Criaturita

Seix Barral Biblioteca Breve

María Bastarós
Criaturita

© María Bastarós, 2025
por mediación de MB Agencia Literaria, S. L.
© Editorial Planeta, S. A., 2025
Seix Barral, un sello editorial de Editorial Planeta, S. A.
Avda. Diagonal, 662-664, 08034 Barcelona (España)
www.seix-barral.es
www.planetadelibros.com

© Ilustración del interior: Alba Casanova

Primera edición: octubre de 2025
ISBN: 978-84-322-4895-5
Depósito legal: B. 14.099-2025
Composición: Realización Planeta
Impresión y encuadernación: CPI Black Print
Impreso en España

MIXTO
Apoyando la silvicultura responsable
FSC® C158190

A mi madre.
A Gastón,
él mi criaturita, yo la suya.

*Perhaps the truth depends
on a walk around a lake.*

WALLACE STEVENS
(poeta)

Si no hay un monstruo ahí,
debería haberlo.

ADRIAN SHINE
(naturalista)

Bienvenidos al LAGO MILAGRO

MATAGUA

AGUAYELA

AGUAS ALTAS

AGUAS NEGRAS

AGUAS CALIENTES

AGUAS CLARAS

I

Seguirá a ese hombre hasta donde él quiera llevarla, igual que ha hecho con otros antes.

El primero al que siguió ni siquiera era un hombre, a lo sumo un chico, un adolescente de pelo negrísimo y brotes de acné con el que le gustaba apretujarse entre dos coches y compartir sobres de sidral. Aquel chico tenía las patas largas y flacas como una mosca de agua y corría más que ningún otro del curso. Se llamaba Marlon. Una mañana se saltaron la primera hora de clase y compartieron un cigarrillo, parapetados tras el murete del parking de profesores. Marlon le había puesto al cigarrillo un poco de hachís y todo olía a barro, a pasto, a pezuña de vaca. Fumaron en silencio hasta que él se quedó de pronto mirando algo que no existía, tal vez el fantasma de un jilguero o un reflejo fugaz del sol sobre el capó de un coche, y dijo que él corría de esa forma porque estaba acostumbrado a huir, que cuando corría imaginaba que dejaba todo atrás, la casa de sus padres y el colegio y el pueblo y el lago Milagro y los campos de jacarandas y pinos llorones y todo lo que había después.

Luego meneó la cabeza, aspiró el porro hasta que la punta se volvió incandescente.

—Al menos antes tenía a Mila —añadió.

—¿Mila? —a la chica se le pusieron los pelos de punta. Imaginó una grácil estudiante de intercambio rubia, quizá pecosa, con una de esas narices desprovistas de hueso—, ¿quién es Mila?

—Mi perra —respondió Marlon.

Sacó una foto arrugada del bolsillo trasero de los vaqueros. Ante el rectángulo celeste de una piscina vacía posaba una perra color topo, anciana y lastimera; la cadera desplazada hacia la derecha, un frisbee impoluto descansando sobre el césped.

—No lo llegó a estrenar —dijo él—. Mi padre la llevó a que la durmieran. Según él no había remedio. —Cerró los ojos; hubo tres segundos de luto—. ¿Se te ha muerto alguna vez alguien?

La chica carraspeó, esperando a que él se diera cuenta. Pero no sucedió.

—Mi padre —dijo por fin.

—Ya, ya —respondió Marlon—, me refería a alguien más.

Ella se encogió de hombros, pensó un momento. Negó con la cabeza.

Antes de ser un cadáver, el padre de la chica había sido biólogo, explorador, un tipo aguerrido, un poco patizambo, un ojo añil y el otro pardo y un colmillo quebrado, la costumbre de golpearse el pecho cuando daba con alguna revelación. Las tenía muy de vez en cuando, las revelaciones: una por jornada en sus semanas menos productivas, tres o cuatro cuando el mundo se le acercaba, como un exhibicionista abriéndose la gabardina en el parque, y le mostraba sus misterios. A la chica le gustaba mirar al padre.

Lo observaba escapar del mundo a través de los agujeros de su propia cabeza, perderse en sus tribulaciones, tomar febriles notas en libretas de bordes descoloridos. Cuando aún estaba vivo, el padre salía a pasear por las tardes. Tomaba como punto de inicio la parte de atrás de la casa, en la linde con el bosque, y acababa en casi cualquier parte: haciendo gárgaras con licor de hierbas en uno de los pueblos vecinos, tomando muestras de guano en una gruta atestada de murciélagos, agachado y silencioso sobre el rastro de un gran reptil. La chica solía seguirle, solo unos metros por detrás. Procuraba imitar sus pasos, la forma algo cóncava de sus piernas, hasta que al cabo de un rato el dolor se le enroscaba en las rodillas, cada vez más apretado, y tenía que conformarse con su andar insípido, recto, nada lesivo.

A veces el padre se giraba a decirle algo, a veces paseaban en silencio toda la tarde. Todo el mundo sabía que el padre había muerto.

Aunque Aguas Claras, el pueblo en el que vivía la chica, era el más grande del valle Milagro, no llegaba a los seis mil habitantes, y todos se tomaban la vida y la muerte ajena como algo personal. Por eso existía, como en el resto de los pueblos del valle, una consolidada afición por la lectura de esquelas. Las del padre habían sido abundantes: de la madre y de la chica, del rector de la Universidad de Aguas Altas, de varias revistas de biología que llevaban una década sin responder a sus llamadas, de una asociación de antiguos alumnos. El funeral se había celebrado

15

hacía entonces *un año, tres meses y nueve días.* La chica no era especialmente diestra en matemáticas y tampoco podía presumir de orientación espacial, pero en cuanto al funeral del padre tenía instalado un cronómetro interno, un minutero bien encajado entre las vísceras, y no necesitaba echar cuentas para saber cuánto tiempo llevaba él encerrado en esa caja a dos metros de profundidad. Muchos vecinos habían acudido a la cita, todos intentando parecer acongojados pero con la secreta intención —o eso estimó la chica— de buscarse un plan de domingo en un lugar donde pasaba poco.

Lo que nadie en el valle sabía era cómo había muerto el padre *exactamente*, y eso era una suerte para ella.

Murió fondeando el lago Milagro, les decía a unos.

O *murió atrapado en una gruta primitiva, recuperando los restos de un celacanto.*

Y su favorita:

Murió en el mar de Bering, enredado en las redes de unos pescadores furtivos. Antes de morir, le dio tiempo a cortarlas.

Aquella mentira le llenaba la boca a la chica como una hogaza recién hecha. La había contado tanto que hasta había germinado en ella un poco de verdad, y a veces le parecía que el padre había muerto en efecto cortando una red en medio de un mar helado, los dedos violetas y el corazón convertido en una estalactita.

Estaba a punto de contarle aquello a Marlon —¿*Sabes cómo murió en realidad mi padre?*— cuando, de pronto, él dejó el porro en el suelo y le agarró la mano.

Eso era algo que nunca había sucedido, pero que la chica había imaginado a menudo.

Contuvo la respiración y dejó la mano ahí, acurrucada como un pájaro enfermo. Notó que Marlon apretaba el puño varias veces, a distintos ritmos, igual que en un código morse que ella debiera descifrar. Por supuesto, interpretó aquel mensaje como una invitación para huir juntos. Para desertar de la vida sin Mila, de la vida sin el padre. Podrían vivir a su aire, imaginó la chica, en una cabaña bien oculta en el bosque de pino llorón, una cabaña imposible de encontrar. Se alimentarían de lo que ellos mismos cazasen, y ella aprendería a cocinar con un palo y un par de pedazos de carbón. En época estival iría siempre desnuda, cubierta de barro, y le quedaría de fábula.

Al día siguiente, Marlon no recordaba haberle hecho ninguna de esas confesiones.

Nada de correr para escapar de su familia y hasta del pueblo, nada de Mila, nada de dejar atrás el lago Milagro y el campo de jacarandas y pinos llorones. Su cara, de hecho, se tornó sombría y críptica cuando la chica lo mencionó. Pero ella ya se había apuntado a atletismo para poder correr —huir, en su cabeza— a su lado, y él no se sintió con la energía de disuadirla. Era algo que sucedía a menudo: el amor de la chica, como uno de esos gorrones que se cuelan en las bodas, entraba de puntillas por cualquier fisura de la determinación ajena. Donde una puerta quedaba ligeramente entreabierta, aunque fuera por un descuido, su afecto metía primero un pie y luego la pierna entera, y al final se acomodaba en el sofá a masticar chicle con la boca abierta.

Después de clase, la chica caminaba hasta la pista de arena y grava rojiza. El campo de atletismo estaba ubicado en pleno valle, así que sentía que iba a correr para todas esas montañas y riscos, que la naturaleza entera juzgaba su desempeño. La chica estiraba aductores y cuádriceps sin saber muy bien lo que hacía, provocándose algún tirón. Luego llegaba el profesor de gimnasia, enfundado en su chándal de poliéster y su incuestionable autoridad, y soplaba feroz el silbato que daba inicio a la carrera.

A la chica, como a muchos otros aunque no a Marlon, aquel profesor le provocaba pesadillas. De su origen no se sabía nada: era uno de esos tipos que un buen día aparecían en el valle y se ponían a trabajar de lo que fuera, uno de esos que siempre echaban las cortinas cuando estaban en casa, siendo a menudo la *casa* una caravana aparcada en la periferia del pueblo. Algunos de esos tipos llevaban tatuajes borrosos en el cuello, otros tenían los nudillos deformados. En el instituto se comentaba que aquel profesor había sufrido un asalto en una de las gasolineras del valle. Un chaval tembloroso y con una camiseta de un grupo de rock le había apuntado con una pistola y le había exigido la cartera. El profesor había agarrado despacio el cañón, dirigiéndolo hacia su propia cara. Luego lo había apretado contra su entrecejo y berreado: *¡Aprieta, chaval, aprieta! ¡Después te sentirás de maravilla!* El chaval había roto a llorar. Cuando, alertado por el dependiente de la gasolinera, llegó el primer policía, el chaval se lanzó a sus brazos en busca de consuelo.

Al principio la chica supuso que ella y Marlon correrían siempre a la par, como dos hermanos siameses separados al nacer. Pero él enseguida la superaba y la dejaba atrás, y hasta daba una vuelta entera a la pista y volvía a adelantarla. Una tarde la chica se dio cuenta de que Marlon pasaba cada vez más lejos de ella, a dos o tres calles de distancia aunque hubieran comenzado a correr en la contigua. A veces echaba la vista atrás y la observaba durante unos instantes mientras corría. Ella pensaba que con esa mirada puntual pretendía asegurarse de que todavía estaba ahí, de que no se había marchado a ninguna parte, pero lo cierto es que la cara de Marlon fue adoptando un gesto cada vez más urgente, más despavorido, como si la hubiera sumado a su lista de cosas de las que huir.

Los padres,
la casa,
el colegio,
el lago Milagro,
los bosques de jacaranda y pino llorón,
ella.

En pocas semanas Marlon se hizo inalcanzable, un fuera de serie. El profesor de gimnasia estaba exultante, hasta le regaló unas deportivas de marca con su nombre grabado en la lengüeta. *¡Aprieta, chaval, aprieta! ¡Después te sentirás de maravilla!*, gritaba cada vez que Marlon se acercaba a la meta. Ese año ganó todas las competiciones del colegio. La chica llegaba siempre entre las últimas, las rodillas ensangrentadas y las sienes palpitando como aterrados corazones de hámster. Mientras luchaba por no perder el conocimiento, el campo visual se le teñía de negro y morado, negro y naranja, negro y lima limón. Manchas de contornos escurridizos como amebas se dilataban y contraían en la oscuridad. A veces, cuando apenas conservaba ya el dominio de los pies, veía entre las manchas al padre, vivo y en su mejor versión, sosegado y sonriente como en un día de pícnic. Siempre dispuesto a compartir sus conocimientos, aunque fuera desde el más allá, el padre le decía cosas del tipo:

Kaila, el pez gato tiene doce hileras de dientes, ¿te ima-

19

ginas? ¡Doce hileras! Un auténtico depredador. ¿Eres tú una depredadora, Kaila?

O quizá:

Oye, Kaila, si no puedes soportarlo más, siempre puedes fingir un desmayo. El cíclido centroamericano finge estar muerto para atraer a sus presas. En cuanto un pececito se acerca para darle un mordisco, ¡PUM!, el cíclido se despierta y ataca. El asunto es que a veces no viene mal convertirse en cadáver. Aunque, claro, ¿qué te voy a decir yo?

La chica llegaba a la meta en soledad, justo para ver cómo Marlon levantaba un trofeo tras otro. Nunca le dedicó ninguno, ni le agradeció el dudoso papel que había ejercido en esa velocidad tan imposible de batir. Eso, por supuesto, era todo un alivio. Quizá fuera solo una sospecha suya. El enamoramiento, según había leído en una revista, aumentaba el riesgo de infarto —¿o era de cáncer?, no podía recordarlo— y la colmaba a una de inseguridades. Durante meses tuvo pesadillas en las que Marlon le mandaba un mensaje que solo decía: *Gracias por enseñarme a correr de verdad.* Se despertaba en un charco de agua, siempre temerosa de haberse hecho pis encima, pero el agua era transparente y dulce. La chica olfateaba aquella agua y le parecía que era igual que la del Milagro, como si hubiera vuelto del sueño a través del lago. Todos en el pueblo sabían mucho de agua. La región —cinco pueblos distribuidos en las orillas de un lago de profundidad desconocida— era líquida en un 60 %, igual que el cuerpo humano. A los vecinos del Milagro les gustaba decir que, cuando uno miraba unos segundos el sol y luego cerraba los ojos, lo que veía recortado sobre el fondo negro era, precisamente, la silueta del lago. Y tenían razón.

En cuanto la chica se despertaba, arrojada a la realidad por aquellos sueños hostiles, la Madre acudía solícita a su dormitorio. La Madre tenía un radar: podía escuchar a la chica desplegar los párpados por las mañanas, el batir de sus pestañas en la madrugada. Era esa clase de Madre, toda su anatomía puesta al servicio de la chica. En cuanto la oía agitarse en sueños llegaba con un vaso de agua, envuelta en su sempiterna bata. La bata, aunque muy cuidada, tenía al menos la misma edad que la chica, y ella no recordaba a la Madre sin esa prenda de patchwork acolchada.

—¿Necesitas algo, nena?

La chica se giraba en la cama, la cara a escasos milímetros de la pared.

Y resoplaba. Gruñía. Se mordía los nudillos.

Claro que necesitaba algo.

Pero ese algo no era ella.

II

Al segundo lo siguió hasta el archipiélago de los ingleses, donde él iba a cursar un año de filología. El archipiélago de los ingleses era un territorio agreste, con antiguos destacamentos militares y una única ciudad, en su isla mayor, que se pretendía cosmopolita y lúdica. Allí acudían campamentos de niños a aprender a decir *hello, my name is Jorge, how are you today?*, jóvenes a trabajar como estibadores o en hostelería, estudiantes universitarios a perfeccionar su inglés. La isla más extensa, a la que la chica y el filólogo acudirían juntos, se llamaba Soledad. A ella, por lo que sea, aquel nombre no le despertó la menor suspicacia.

Acababa de terminar el último año de bachillerato, tan lleno de promesas, y en su caso todas aquellas promesas se habían traducido en *nada*. No solo no había alcanzado la nota para entrar en biología, como era su plan, sino que había aprobado el curso de milagro, con la lengua fuera y la energía por los suelos. La chica tenía claro que, cuando por fin entrase en la universidad, no tardaría en revelarse como *un portento*. Estaba destinada —no podía ser de otra forma— a seguir los pasos del padre.

Pero eso tendría que esperar.

La vida, a veces, le parecía solo una inmensa sala de espera. Una de la que cada vez más gente salía, dejándola a solas con las paredes de gotelé y los flexos tintineantes.

Cuando la chica estaba en el primer curso de primaria, rodeada de niños y niñas con progenitores la mar de aburridos, su padre había salido en la portada de *Nature*. Aquella era la revista científica más importante del mundo, y era famoso el rechazo de sus editores a retratar personas en sus portadas. Preferían cosas más interesantes, como formaciones geológicas o cadenas de ADN. El padre, que tenía entonces solo veintinueve años, se había convertido en el científico más joven en protagonizarla. Desde entonces el teléfono no había dejado de sonar, el auricular siempre lleno de alabanzas hacia el padre, y en cada biblioteca y hasta en cada peluquería del valle se habían hecho con un ejemplar de la revista. El titular rezaba «Explorando el abismo: un año a la caza del horror y la maravilla». En la superficie de papel cuché, el padre sujetaba una enorme concha de *Nautilus pompilius* y miraba con profundidad a la cámara. Aquel titular, sin embargo, le había parecido demasiado rimbombante.

—Lo que yo busco —había comentado mientras la Madre espolvoreaba canela sobre su café— es un ADN ambiental primitivo. Aunque supongo que eso no suena tan épico como *horror* y *maravilla*.

La Madre se había encogido de hombros.

—A mí me parece precioso —había dicho—, *¡abismo, horror, maravilla!* ¡Son palabras mayores! Se nos está acabando la canela.

Pese a la detestada grandilocuencia, un ejemplar de la revista colgaba enmarcado en el despacho del padre.

Era lo primero que uno veía si la puerta estaba entreabierta, y él procuraba dejarla entreabierta siempre.

Desde la muerte del padre, las calificaciones escolares de la chica se habían descalabrado como un coche al caer por un risco. El primer examen al que se había presentado tras el funeral había sido de trigonometría. Senos, cosenos, tangentes, secantes. Había permanecido las dos horas del examen inmóvil, la vista fija en el papel intacto. Después de que su profesora la hubiera animado a, al menos, intentarlo, había usado el compás para hacer un dibujo que luego se entretuvo coloreando.

—Bonita flor —le había dicho la profesora.

La chica había suspirado, sin mirarla.

—Es una anémona.

Al final aprobó los exámenes de graduación con cincos raspados, siempre bañada en la mirada compasiva de sus profesores.

—Ay, criaturita —oyó un día comentar a la de historia—, su padre..., ya sabéis, ¿no?

Lo cierto era que aquel verano, el verano de la graduación, el Tercer-Verano-Sin-Padre, la chica no era capaz de estar sentada más de veinte minutos, ni de retener palabras complejas, ni siquiera órdenes simples como *echa eso a lavar* o *compra pan de camino a casa*. Se despertaba cada día con la cabeza embotada y el corazón desbocado, y a menudo lo hacía empapada en aquel sudor dulce que llenaba de cercos las sábanas. Por fortuna, era tan líquido que enseguida se evaporaba, aunque a veces creía verlo resbalar por la cama y colarse entre las lamas del parqué. La Madre, preocupada por la chica, le preparaba infusiones de tila y melisa que ella rechazaba argumentando que sabían a agua sucia.

Sin nada concreto que hacer mientras todos sus compañeros comenzaban los estudios, en septiembre la chica se apuntó a un curso de arte gráfico: apenas diez meses, en una escuela privada en un pueblo cercano, Aguas Calientes. Los pueblos que rodeaban el lago Milagro tenían nombres muy parecidos, todos en función de cómo se comportaran las aguas en sus orillas. El de la chica, el más grande de todos, era Aguas Claras, en el lado sur. Allí el agua era transparente y llena de quietud, plácida como un domingo. Cerca estaba Aguas Calientes, bautizado así por una zona de géiseres que a los turistas les encantaba visitar en verano. Allí se estilaba una artesanía de arcilla que la chica juzgaba espantosa, pero que los visitantes compraban a montones, y era por eso que se había inaugurado la escuela de arte. A una hora hacia el noroeste estaba Aguas Altas, un pueblo de terreno más escarpado, lleno de miradores, donde se habían construido las universidades y se celebraba algún que otro festival folklórico al que solo acudían extranjeros. Conduciendo un par de horas hacia el este desde Aguas Claras se llegaba a Aguas Negras, donde nacieron las antiguas minas de carbón que habían provocado la creación de pueblos en torno al valle. Casi al extremo norte se levantaba el pequeño Aguayela, más un conglomerado de casitas y bares que un pueblo, donde en invierno hacía un frío feroz y soplaba un viento que arrancaba los cedros desde la raíz. Y cerca de allí, sumida en bosques de ahuehuetes y ocotes, estaba Matagua. Y nadie sabía a qué se debía el nombre.

25

En verano, cuando la región acogía más turistas, un típico entretenimiento local era verlos bajar de los autobuses a mitad de trayecto, alarmados y maldiciendo su confusión. *Pero ¿el hotel no estaba en Aguas Negras? ¡No, esa es la excursión de hoy! El hotel estaba en Aguas Calientes. ¿O era en Aguas Altas? ¿Alguien tiene un ibuprofeno?* Para entrar en la escuela de arte de Aguas Calientes, de reciente creación, no se precisaba pasar una prueba de acceso. Tan solo había que depositar cierta cantidad de dinero en una cuenta corriente y aparecer por allí la mañana de inicio. La Madre había vendido su coche —la chica no quería ni hablar de vender la camioneta del padre, que aún contenía un sutil olor a aftershave y termo de café espeso— y su inscripción enseguida estuvo finiquitada.

La plaza junto a la escuela estaba siempre a rebosar: chicas con la cabeza rapada, chicos con melenas lacias como crines, perros con crestas teñidas de aguamarina, tatuajes de atrapasueños. La chica había creído que sacarse aquel título le resultaría sencillo y el aprendizaje útil. Una vez se matriculara en biología, podría sorprender a todos con sus dibujos de fauna marina. También había creído que dibujar se le daría bien. En una ocasión, una bondadosa profesora de plástica había alabado uno de los *christmas* que les obligaban a hacer en Navidad, y la chica había interpretado que tenía un talento natural para la pintura. Pero no era así.

En cuanto vio que sus compañeros eran llamativamente mejores que ella, le cogió una manía furiosa a los lápices y al carboncillo, incluso a la cuchilla con la que les sacaba punta. Miraba el instrumental de dibujo y le falta-

26

ba el aire, las rodillas se le volvían de vapor. Había comenzado a faltar a clase. En cuanto la Madre abandonaba la casa para ir al trabajo se metía de nuevo en la cama, luego vagaba de habitación en habitación, se sentaba en el suelo a mirar antiguas fotografías: el padre y ella sobre un kayak en el lago Milagro, el padre y ella arreglando los aparejos de pescar, el padre y ella sobre el techo de la camioneta, con el sol ardiendo en el horizonte como una antorcha olímpica. La Madre siempre se negaba a salir en las fotos —¡Con estas pintas no!—, así que cualquiera que revisara esos álbumes pensaría que aquella era una familia de dos.

Un día cualquiera, mientras retrasaba la hora de volver a casa y enfrentarse a los fatídicos deberes —dibujar veinte manos en posiciones realistas—, el filólogo anunció que había conseguido plaza para cursar unos meses en el archipiélago de los ingleses. La chica y el filólogo se conocían desde hacía dos meses y él era, según la chica comentaba consigo misma, el mejor novio que había tenido. Era cierto que no había tenido más, que considerar al *corredor* un novio sería un tanto osado por su parte, pero no pensaba dejar que aquella circunstancia le quitase ningún mérito al filólogo: a menudo pasaba a buscarla después de clase —incluso en un par de ocasiones le había llevado la mochila— y dejaba que ella se comiera más de la mitad de las patatas fritas sin decir ni mu. Es más, en una ocasión habían ido a un mercadillo —se habían topado con él en la calle, en realidad— y el filólogo se había ofrecido a pagarle una pulsera para la que ella no llevaba efectivo. Luego no le había exigido que le devolviera el dinero, así que, de algún modo, podía decirse que

27

le había regalado una joya. Podía decirse —o sospechar-se, al menos— que el filólogo la amaba.

A la chica no le dio ninguna pena abandonar las soporí-feras clases de dibujo para irse al archipiélago con él, pero la Madre se mostró reticente al principio —*¿Con ese chi-co? ¿Os conocéis lo suficiente? ¿Y el curso? ¿Cómo lo vas a dejar?*—. Sin embargo, los relatos sobre la tragedia que le suponía ser estudiante de arte y la promesa de aprender inglés —*I promise, I swear, I'll do my best*— consiguieron ablandarla. La chica sabía que la Madre era pura miga de pan, una sustancia fácilmente reducible a una masa dúc-til, moldeable. Una vez ablandada no tardó en anunciar que doblaría turnos para ayudar a la chica con transfe-rencias semanales, al menos durante sus primeros meses fuera.

—Esa isla es cara, nena. Vamos a sacarle todo el pro-vecho.

La Madre hablaba a menudo en primera persona del plural para referirse a ella, cosa que a la chica le resultaba insoportable.

La Madre era televendedora. Nunca terminó la carrera de biología, aunque al menos le sirvió para conocer al padre. *Para acabar esta carrera*, solía decir él, *hay que sentir ver-dadera pasión por ella*. El padre había sido el mejor de su promoción. Al terminar le habían dado una beca para viajar a las islas Galápagos y estudiar la fauna endémica. El pingüino de las Galápagos, el lobo marino de las Galápa-gos, el lobo peletero de las Galápagos, la tortuga gigante de las Galápagos. Había fotografiado alcatraces de patas turquesa como azulejos de piscina y hasta descubierto la existencia de las iguanas híbridas, fruto del apareamiento entre iguanas terrestres y marinas. Tenían la piel rayada y manchas de colores claros, nadaban con soltura y tomaban el sol repantigadas sobre roca volcánica.

—Deberías verlas, Kaila —solía decir el padre—. Algún día te llevaré.

Pero ese día no llegó y ya era evidente que, salvo resurrección mediante, no llegaría nunca.

La Madre pasaba siete horas al día marcando números, ofreciendo distintos productos para su venta. Aspiradoras que eran también cepillos para tapicería, vasos que se convertían en cortadores de verdura, tupperwares que cocinaban al vapor en el microondas, impermeables que se enrollaban y se transformaban en pequeñas riñoneras. Todo lo que vendía era capaz de abandonar su función original para convertirse en otra cosa. A veces la Madre miraba los objetos de su cocina, meras espátulas o sartenes sin ninguna utilidad más allá de la obvia, y suspiraba aliviada.

Lo usual en su trabajo era llamar a un listado de tiendas, empresas donde ya conocían a las televendedoras y hasta, en los mejores casos, se dirigían a ellas por sus nombres o por alguno parecido. En el caso de la Madre, que se llamaba Alicia, podían llamarla Olivia, o Alberta, o Emilia. Pero pronunciaran el nombre que pronunciaran, lo hacían siempre *con cariño*, o eso aseguraba ella.

Una jornada cada ciertas semanas, sin embargo, tenían que llamar a particulares.

Esos días la Madre volvía a casa contracturada, los hombros dos centímetros más arriba de lo usual. *Sé que es irritante recibir llamadas*, repetía, *pero hay que tratar*

29

al telefonista comercial con respeto. Solo hace su trabajo. Los hay peores, ¿no? Piensa en... los verdugos, o los guardias de tráfico.

En una ocasión, dos meses después de que muriera el padre, se habían encontrado con una conocida de la Madre en un supermercado. La mujer debía de ser de la edad de la Madre, que entonces tenía solo treinta y cinco años, pero lucía el cabello completamente blanco, con algunos mechones trenzados y pequeñas conchas agujereadas y ensartadas en la parte inferior. Por la clavícula le reptaba un tatuaje de contorno amorfo y difuso, quizá una cola de lagartija o una rama de cerezo. Era la primera vez, desde la muerte del padre, que la chica y la Madre salían de casa para algo que no fuera ir al trabajo o al instituto. Hasta entonces habían preferido encargar la compra por teléfono, prescindir de paseos e interacciones sociales. La mirada de la gente era una losa demasiado pesada.

La Madre había evitado cualquier comentario sobre el padre.

Por lo visto, hacía mucho que no veía a aquella mujer. La voz le brincaba como un conejo. La desconocida había preguntado por la edad de la chica —catorce años—, por qué pensaba ser de mayor —bióloga— y por su banda favorita, pregunta que a la chica le había resultado totalmente fuera de lugar y ante la que se había encogido de hombros.

Luego la mujer había posado su mano sobre la clavícula derecha de la Madre y le había dicho que iba camino de una reunión —algo sobre un círculo de mujeres y un libro de no sé quién— a la que tal vez le gustaría unirse. Así podrían ponerse al día, porque había pasado mucho,

30

muchísimo tiempo. *¡Eones!*, exclamó riendo como un caballo. También le había preguntado qué andaba haciendo ahora, había alabado su nuevo estilo de cabello —que no era nuevo en absoluto, pero eso aquella mujer no podía saberlo—, tan corto por detrás, con la nuca despejada.

—Te estiliza mucho —había asegurado.

La Madre se había tapado la boca para ocultar su sonrisa —eso solía hacer ante los piropos—, y le había explicado por encima aquel trabajo suyo de telefonista en el que llevaba ya años. La mujer había asentido al escucharla, fingiendo —o eso juzgó la chica— que aquel empleo era algo digno de conversación. Cada vez que meneaba la cabeza, las conchitas de su pelo chocaban entre ellas. La Madre le había dicho:

—Aunque hablas con personas sin parar, el de comercial telefonista es un trabajo tremendamente solitario.

Al oír hablar así a la Madre, a la chica se le habían llenado los oídos de pudor. Tiró con firmeza de su brazo hasta apartarla de la mujer.

III

Isla Soledad era una fruta madura y gris picoteada por las gaviotas. El cielo amanecía huraño, un charco dado la vuelta, la luz ocre y opaca como papilla. En la cocina enmoquetada y llena de lastimeras manchas de aceite, la chica cogía aire y lo expulsaba ya caliente sobre las yemas de los dedos. El efecto duraba apenas segundos, y las manos volvían a entumecerse por la humedad. Un día, al levantarse, le pareció que la zona de las cutículas de los dedos de los pies amanecía enrojecida e inflamada. Como si en sueños hubiera estado dando patadas a patas de sillas y esquinas traicioneras. Buscó en internet. Nada de sueños. Aquello era algo llamado sabañones. Se debían al frío y la humedad y su evolución podía tomar un cariz verdaderamente aterrador. Miró el perchero del que colgaba su pretendida ropa de invierno. A esas alturas estaba claro que su abrigo de paño no era suficiente, que sus guantes sin dedos no eran suficientes, que su bufanda no pasaba de vulgar pañuelo. El amor por el filólogo calentaba la cabeza y el corazón, pero los pies eran otro asunto. Los pies no se andaban con tonterías. En una tienda de deporte compró ropa térmica. Dormía encogida dentro de un forro polar, apretando su espalda contra el torso del filólogo. Se despertaban tiritando y corrían a preparar café, ponían las manos en torno a la cafetera como si fuera una estufa.

Al menos estamos juntos, decía ella.

El filólogo asentía distraído, daba un sorbo a su café y se marchaba a la universidad.

La chica creyó que pronto conseguiría una ocupación secundaria en isla Soledad —la primera era, evidentemente, el amor—, pero no dominaba el idioma tanto como pensaba. En cada entrevista las palabras se daban de bruces entre ellas hasta dejarla primero confundida, luego titubeante y al final muda. Tras varias semanas de búsqueda, la contrataron en una cafetería del muelle desde la que se veía la playa: el cielo abigarrado de nubes color antracita, la arena torturada por la lluvia, los pájaros atacando voraces la basura.

En la cafetería trataba de concentrarse en las tazas y los platos combinados, pero equivocaba los pedidos y recibía constantes quejas de los clientes: mujeres atléticas que hacían footing con sus bebés a cuestas se quejaban, grupos de adolescentes que pedían batidos de colores pastel y se gastaban el cambio en el fotomatón del muelle se quejaban, parejas que acudían a la terraza a ver la puesta de sol sosteniendo pringosos cucuruchos de helado se quejaban. De vez en cuando soplaba un viento colérico, y entonces el mar se crispaba y la chica no podía evitar pararse a mirarlo y preguntarse qué monstruos se revolverían en sus profundidades. Allí mismo, de pie sobre el linóleo, con su delantal lleno de manchas de salsa Worcester y pastel de riñón, brotaban ante sus ojos las criaturas de las que solía hablarle el padre. *Nautilus*, pez víbora, dragón de mar frondoso, isópodo gigante. Nunca las había visto en persona, así que las imaginaba tal cual aparecían en sus enciclopedias, en dos dimensiones, planas y coloridas como un plato de cumpleaños infantil. A veces le parecía verlas colocadas en los estantes de mostaza y kétchup y tabasco, tendidas boquiabiertas sobre las mesas, rodeadas por patatas fritas desechadas y bandejas de plástico por retirar. Esos días se equivocaba más que nunca, y el local entero era un murmullo en su contra.

De todos modos, aquello —el tiempo hostil, el trabajo mediocre, su desempeño aún más mediocre— merecía la pena porque a las ocho, cuando acababa su jornada, el filólogo pasaba a recogerla. Llegaba entusiasmado de la universidad, la boca trufada de anécdotas y juegos de palabras —que la chica no acababa de entender pero ante los que se carcajeaba porque, a juzgar por la risa de él, debían de ser *realmente graciosos*—, saludaba al resto de las camareras con su delicioso inglés, y hasta en una ocasión le dio unas flores que había arrancado para ella de los parterres del paseo. Pequeñas y violetas, se llamaban *calandrinias* y eran la flor nacional del archipiélago. La chica había conocido este detalle tras buscar en internet «significado calandrinia» con la esperanza de que regalar aquella flor ocultara un mensaje trascendental. Quizá obsequiarlas fuera una forma de decir *te amo como nunca pensé que podía amar*, o *hasta que te conocí no sabía lo que era la belleza*, o *nadie hace las mamadas como tú; por favor, nunca apartes la cara de mi regazo*. A la chica le gustaba imaginar al filólogo haciéndose con las flores de manera clandestina, agachándose con disimulo junto a los parte-

34

rres y siendo reprendido por ancianas rabiosas, atrapadas en ese remoto archipiélago sin sol y sin amor. También le gustaba imaginar que el filólogo era increpado por los *patrulleros del paseo*, voluntarios con enormes chalecos azul marino que pasaban la tarde exigiendo a los niños no correr demasiado con el patinete, no tirar los envoltorios de sus chocolatinas al suelo —aunque el suelo estuviera impecable y no hubiera rastro de chocolatinas— y no pegar sus dichosos chicles en los bancos. En cuanto uno de los patrulleros conminaba al filólogo a devolver las flores a su sitio —eso no era posible una vez cortados los tallos, pero la autoridad de los patrulleros era cabezona y desnortada—, él decía algo del estilo de:

¡Espere, hay una cosa que quiero enseñarle!

Entonces sacaba de su cartera una foto de la chica —algo también improbable porque nunca le había pedido ninguna— y el patrullero abría los ojos admirado y decía *anda, no la dejes escapar*, y el filólogo corría por el paseo marítimo con el abrigo convertido en capa y las flores en ristre como una bandera.

Con tales elucubraciones teniendo lugar mientras repartía almuerzos y tés con pastas, era natural que nadie recibiera correctamente su pedido.

Lo cierto era que, para hacerse con unas flores del paseo marítimo, uno solo tenía que parar un momento junto al parterre y elegir las que quisiera llevarse. A menos que un viandante hubiera tenido un día terrible y buscara un sumidero cualquiera sobre el que volcar su ira, nadie decía nada respecto a aquellos pequeños hurtos. Al fin y al cabo, allí las flores crecían sin freno, animadas por el mismo exceso de humedad que hacía que las rebanadas de pan de molde florecieran en cuanto pasaban unas horas fuera de la nevera.

35

En isla Soledad todo estaba siempre en proceso de podredumbre, a punto de ser sustituido por otra cosa que primero le crecería por encima hasta asfixiarlo.

El filólogo y la chica compartían su piso enmoquetado y de sutil aroma a lácteo caducado con otros estudiantes: una pareja griega que trabajaba como monitores infantiles y una australiana que estudiaba historia y había acudido allí con una beca para escribir su tesis sobre conflictos coloniales. La australiana solía echarse a llorar sin previo aviso, a veces en mitad de una frase, porque, según decía, en aquel lugar todo estaba *desesperantemente mojado.* Planchaba su ropa más de dos y tres veces al día y se recogía el pelo en complejas trenzas que de todos modos acababan rizándose y sacándola de quicio. Una mañana, la chica vio que el salvapantallas del ordenador de la australiana se había inundado de fotos de desiertos: el Atlas, el Atacama, el Gobi, Palm Springs. No le comentó nada al respecto. Comunicarse en inglés requería demasiada energía, y había que racionar los intercambios con inteligencia. A la semana siguiente, una imagen sustituyó a todas las demás: una galleta color granate suspendida en el espacio, rodeada por un halo de fulgor sanguino. Era Marte. La chica, mientras desayunaba cereales light y una manzana blandurria, observó cómo la australiana veía un vídeo sobre el planeta rojo una y otra vez, retrocediendo para volver a escuchar la parte en la que la voz en off decía *la ausencia de óxido en estos meteoritos indica que Marte está increíblemente seco, y que ha estado así durante millones de años.*

36

Cuando la griega le preguntó a qué facultad iba, la chica solo pudo hacer un mohín y oler las calandrinias con las que el filólogo le había obsequiado, que empezaban a entrar en estado de descomposición.

—El año que viene haré biología, como mi padre —dijo.

La griega asintió.

—¿Y ahora qué haces?

La chica deambuló por la cocina, buscando la respuesta en muebles y electrodomésticos.

—Aprendo inglés —sentenció.

Luego cambió el agua del jarrón y buscó en internet «cómo hacer que las flores cortadas vivan más». Había que pelar la parte baja del tallo, echar sal en el agua. Sintió que había aprendido algo.

Lo que ganaba en la cafetería no era suficiente para pagar su alquiler, así que la Madre, como había prometido, le hacía llegar dinero cada mes. En el asunto de las transferencias escribía frases como *cuídate, firmado mamá*, o *vamos a aprender mucho, firmado mamá*, o *¡más dinero!, firmado mamá*. También la llamaba por teléfono cada día, aunque la chica lo cogía pocas veces y contestaba laxa, errática, dejando vagar la mirada por el salón y posándola en objetos como un taco de pósits o un reloj estropeado.

Para ella, hablar con la Madre era solo un recordatorio de la imposibilidad de hablar con el padre.

Al cabo de unos meses, una mujer se presentó en la puerta para llevarse de allí a la estudiante australiana. Resultó que había mandado un e-mail a su hermano en el que hablaba sobre *la gente mojada* y sobre cómo estos se comu-

37

nicaban a través de la humedad. La humedad que *se agazapaba en las bisagras de la nevera, que teñía de verde los cantos del grifo del lavabo.* Su madre se presentó en el apartamento y le ordenó que empaquetara sus cosas. Mientras la australiana arrastraba los pies hacia su cuarto, los miró rabiosa.

¿Cómo nadie se había dado cuenta de lo que sucedía? ¿En qué estaban pensando?

Los griegos musitaron un cortés *lo sentimos*, y pareció que aquella frase hueca y entrecortada, dicha por dos personas, cobraba el brío suficiente, o al menos eso debió de pensar la madre, que posó la mirada sobre el filólogo. *Estoy muy centrado en los estudios*, se excusó él con una seriedad que impresionó a la chica, *paso el día en la universidad. Ojalá me hubiera dado cuenta, pero Mirna y yo casi no hablábamos.*

—Miriam —gruñó la madre.

Luego miró a la chica, esperó unos segundos.

—¿Tú qué?, ¿no dices nada?

—Yo... —balbuceó ella— es que estoy aprendiendo inglés.

La madre se llevó las manos a la cabeza.

—Dios mío —dijo—, tú eres la peor de todos.

Una vez la australiana apareció con una gran maleta, la madre la sacó de allí y cerró de un portazo que hizo que la manivela interior de la puerta se descolgara.

En lugar de la australiana se instaló una estudiante con el pelo lacio y de un naranja tan desleído que a veces parecía rubio y otras veces beige. Se llamaba Skye. La primera noche, reunidos en torno a la mesa redonda de la cocina, les contó que le habían puesto ese nombre por una isla de Escocia, un lugar cubierto de musgo multicolor y casca-

38

das que caían al mar desde riscos quebrados como mandíbulas de lobo. La chica le preguntó qué opinaba del tema de Nessie, esa criatura marina cerca de la ciudad de Inverness. Muchos marineros la habían avistado entre la niebla, pero ninguno había conseguido fotografiarla debidamente. Skye rio como si la pregunta fuera una broma. Su risa era de miel y cascabeles, se deslizaba sedosa por los oídos. La chica se revolvió nerviosa en su sitio. Una pata de su silla era algo más corta, así que cada vez que se meneaba lo más mínimo la silla se inclinaba con un ruido seco, de caja de madera antigua. Le pareció que, aunque todavía no había pasado, estaba a punto de darse un buen trompazo.

La presencia de Skye le venía muy bien al filólogo, que necesitaba practicar la variante escocesa del inglés, llena de modismos y con un acento tan marcado que la hacía prácticamente ininteligible. Solía buscar vídeos grabados por hablantes del norte y los escuchaba en la cocina, la mirada puesta sobre el ordenador como si observar aquel trozo de plástico y circuitos pudiera ayudarlo a desentrañar la lengua. Ahora tenía a Skye, con la que podía hablar antes y después de la universidad, y un poco antes de la cena, y otro poco después. La chica se paseaba alrededor, con una sonrisa concienzuda, intentando introducir alguna que otra expresión recién aprendida. Por ejemplo: *I'd love to go to the concert, but the tickets cost an arm and leg!*

Skye la miraba con cierta lástima, como se mira un plato de postre en el que ya solo quedan migajas. A menudo le decía cosas que la chica no entendía, y ella se limitaba a sonreír y a asentir con absurda efusividad. Sin embargo, el filólogo pronto fue capaz de pasar largas horas hablando con ella. La chica lo felicitó.

—Ya entiendes todo lo que dice Skye, ¿no? ¡Es genial!

El filólogo se giró sobresaltado.

—¿Cómo? Si siempre la he entendido.

—Pero tú... tú decías que no entendías ese acento tan cerrado. Que era muy difícil, ¿no?

El filólogo frunció el ceño, como si ella le hubiera ofendido gravemente.

—Siempre la he entendido.

Una tarde de lluvia, tras una partida de Trivial en la que Skye pronto atesoró todos los quesitos, el sol abrió en canal una nube y la luz se filtró por la grieta. Las vísceras del sol se desparramaron sobre la tierra parda y el musgo que esponjaba toda la isla. Los cinco —la chica, el filólogo, Skye y la pareja griega— contemplaron en silencio el paisaje a través de la ventana. Todo en la calle parecía cubierto de pan de oro: los coches, las gaviotas, los puestos de pescado frito, los parkings que corrían en paralelo a la playa, los contenedores que vomitaban basura en el paseo marítimo.

El filólogo miró a Skye y luego al cielo, y luego a Skye otra vez, y dijo:

—*The streets are now the color of your hair.*

Skye sonrió con una sonrisa que ninguno le había visto nunca, y ese fue el final de todo.

A las dos semanas, la chica hizo el equipaje para volver a casa.

Recopiló toda su ropa del cuarto que había compartido con el filólogo, que ahora era solo de ella y le costaba pagar aún más. Antes de cerrar la última bolsa, sacó un jersey, lo roció con su colonia y lo volvió a dejar en el armario.

Su idea era cruzar unas palabras con el filólogo —las había ensayado una docena de veces— antes de marcharse, pero él había salido con Skye a comer. No llegaron hasta las nueve de la noche. A esas horas, la chica ya había perdido un vuelo y comprado otro más caro por internet. Se mordió las uñas sentada en el incómodo sofá de muelles, que entonces le resultó más incómodo que nunca. El primer día que habían dormido en el piso, recién llegados, ella y el filólogo habían hecho el amor allí mismo, en ese sofá, y ahora el dichoso sofá no parecía tener nada que decir. Cuando oyó las risas de la pareja en el rellano, la chica se preparó: la maleta y dos bolsas a los pies, los brazos en jarras, los ojos sin una sola lágrima. Quería ver al filólogo petrificado, quizá rogando su perdón. Eso de *no se sabe lo que se tiene hasta que se pierde* no podía ser una frase hecha sin más. Todas esas píldoras de sabiduría salían de la experiencia colectiva y —no le cabía duda— la visión del equipaje funcionaría como catalizador.

Cuando se abrió la puerta, Skye la miró interrogante. Los ojos un poco bizcos, el flequillo revuelto; guapa pese a todo. La saludó con la mano y se deslizó borracha hasta su habitación, dejándola a solas con el filólogo.

Él reparó en la maleta.

—¿Te marchas?

La chica asintió tan fríamente como pudo. Tragó saliva antes de hablar.

—Al menos tendrás la decencia de romper conmigo antes de que me vaya.

El filólogo miró a su alrededor, desconcertado. Luego suspiró, esbozó un gesto que ella no supo interpretar.

—Kaila. Tú y yo no somos novios, así que no tengo por qué dejarte.

A la chica se le incendiaron las mejillas, le ardió el cuero cabelludo, la punta de las orejas, los empastes de las muelas. Un herpes zóster empezó a incubarse en su pecho, justo a la altura del corazón, aunque no brotaría hasta meses después.

—¿Qué dices?

El filólogo se le acercó, un tanteo de pasos cortos y vacilantes, como uno se acercaría a un perro de presa al que no tuviera más remedio que rebasar.

—Nos hemos acostado alguna vez, Kaila. Ni siquiera muchas. Y nunca hemos hablado de ser novios.

La chica agarró la maleta, furiosa. Luego la volvió a dejar, se puso una de las bolsas al hombro. Después la otra. Pesaban tanto que le costaba hablar.

—Que... yo sepa, regalar flores es... —la chica cogió aire—, es cosa de novios.

—¿Qué flores?

Deseó sufrir algún tipo de ataque espectacular, morir allí mismo entre convulsiones y espumarajos. El filólogo recordó de pronto.

—¡Ah! ¡Las flores! —exclamó—. No sé..., estabas tan enfadada porque no te había regalado nada por tu cumpleaños que pensé que así se te pasaría.

La chica se estremeció. Intentó hablar en un tono gélido, robótico, pero le salió un hilillo de voz lastimero, insuficiente como aquel final.

—Si no somos novios, entonces, ¿qué hago aquí?

El filólogo se encogió de hombros.

—Creo que aprender inglés.

Ya en el avión, la chica se quitó el jersey y se puso a disposición del violento aire acondicionado, su cuerpo frágil expuesto a la corriente seca y helada. No se abrigó, ni siquiera cuando la anciana que viajaba a su lado le ofreció su manta de viaje. Bajó del avión enferma, temblorosa y febril. Aunque profundamente abatida, se enorgulleció de haber situado su cuerpo a la altura de su psique, de haber sido capaz de sumirlo en la misma agonía.

IV

La Madre la recibió con una lasaña de pollo y ciruelas, su plato favorito, que la chica se negó a probar. Ante la insistencia de la Madre, anunció que no volvería a comer nada nunca más. Sin padre, sin amor y sin carrera, tampoco habría alimento.

Durante un tiempo, fue más o menos así. Quizá no pudiera controlar su corazón ni sus lagrimales —lloraba a menudo por el filólogo, la cara contra la almohada, tentando a la asfixia—, pero la comida era algo sobre lo que detentaba todo el poder. Podía elegir metérsela o no en la boca, y también cuánta cantidad. Era la tirana del pequeño reino de su estómago, una reina de corazones brincando por ahí borracha de poder y berreando *¡que le corten la cabeza, que le corten la cabeza!* Abría la nevera y paseaba la vista por su interior, retadora. Alimentos que en otra época la habrían puesto a salivar al instante ahora solo parecían decirle *no serás capaz.* Pero por supuesto que sería capaz.

La Madre, angustiada, hizo acopio de todo lo que alguna vez la había visto comer con deleite. Chocolate negro con avellanas, membrillo, queso ahumado, tarta Sacher, sopa de lima. Asó pollo con dátiles y bacon solo para ver cómo se iba quedando rígido dentro de su tupperware. La chica despreciaba cada plato puesto a su servicio, y aquel rechazo le servía de alimento. Todo su cuerpo bullía de autosuficiencia. Sus poros chillaban *no necesito nada, no necesito a nadie.*

Una noche, cuando llevaba unos tres días alimentándose a base de manzanas y litros de coca-cola light, se despertó en un enorme charco. Era aquella agua que olía y sabía igual que la del lago Milagro. La chica la probó con el dedo índice y pensó que aquello era una especie de recompensa. Su cuerpo, agradecido por su sacrificio, comenzaba a deshacerse de todo lo que le sobraba. Líquido, pensamientos, horas de sueño. Pronto el hambre comenzó a despertarla cada vez más temprano, a horas intempestivas. A las cinco de la mañana sentaba su culo flaco en una silla de la cocina y miraba al vacío, ensimismada, como si el vacío fuera una televisión por cable de fascinante programación. La Madre se levantaba a la vez, aunque a veces hacía poco que había llegado de trabajar. Desde la centralita ofrecían productos en otras partes del mundo, y eso obligaba a respetar horarios de latitudes opuestas. Un día, a las seis de la mañana, con los párpados inflamados y la mirada acuosa, la Madre se sentó junto a la chica y posó un periódico sobre la mesa. Un pelo le cayó sobre la portada y ella lo retiró sin inmutarse. Luego, le cayó otro.

—Vamos a hacer una cosa —le dijo.

Y se puso a rodear ofertas de empleo.

—¿Qué tal camarera?

La chica meditó un instante. En isla Soledad no había

demostrado gran destreza, pero al final era capaz de llevar dos bandejas a la vez sin que las rodillas le temblaran. En realidad, pensó, todo dependía del sitio. Cerca de la cancha de baloncesto, por ejemplo, había un bar en el que servían bocadillos enormes y cerveza de importación (en el valle Milagro toda la cerveza era de importación, pero lo subrayaban igualmente en la carta). Allí las camareras llevaban delantales cortos que ellas mismas decoraban con chapas y retales, aunque eran demasiado mayores para semejantes modelitos. Se imaginó con uno de esos delantales, la menor de todas, pizpireta y veloz, conociendo a decenas de personas —la mayoría chicos— cada día.

—¿Dónde? —preguntó.

—En el Dingo. Esa cafetería en Aguas Calientes, donde se reúnen las ancianas de la lluvia.

—Nada —la cortó.

Había pocas cosas que a la chica le provocasen más recelo que las ancianas de la lluvia, un grupo de setentonas con viseras y pelo cano que conducían ruidosas camionetas y tomaban litros de café mientras cotilleaban sobre los habitantes del valle. Todas habían acudido al entierro del padre y se habían situado lejos, meras observadoras, como si ellas fueran grullas y aquel funeral un alpiste del que picotear.

—Monitora de paddle surf —continuó la Madre.

La chica no se molestó en contestar.

—¿Telefonista?

La chica miró a la Madre, con su bata de patchwork y sus legañas, afanada en una búsqueda destinada al fracaso. Negó con violencia. Ni hablar de telefonista. Telefonista era lo último que quería ser. La Madre tachó el anuncio con una cruz roja.

—Bien —respondió—, seguiremos buscando. ¿Quieres café?

La chica anunció que iría a acostarse otra vez, arrastró los pies con desidia sobre el parqué. Aunque no se dio cuenta —quizá por la bata, quizá por otra cosa— la Madre había perdido peso a la misma velocidad que ella. Los vaqueros se le caían, las mejillas se le vaciaban de carne. Además, había pelos de la Madre por toda la casa. Pelos sobre la funda del sofá, en la encimera de la cocina, en el suelo del rellano. La Madre los recogía resoplando, se miraba la cabellera en el espejo de la entrada.

—A lo mejor ha llegado el momento de cortarse el pelo —dijo un día—. Tantos años con melena se hace muy aburrido. ¿Qué opinas?

La chica se encogió de hombros, sopló unos pelillos maternales de encima de la mesa. Unos cuantos tenían la raíz blanca, algo de lo más novedoso.

Una tarde, cuando la chica llegó a casa desde quién sabe dónde, una mujer de pelo negro y rizado —*Carapubis*, la bautizó para sus adentros— la esperaba sentada en el salón junto a la Madre. Ella no iba en bata, lo que significaba que se trataba de una visita muy seria. Titubeante, la Madre se incorporó.

—Nena, esta es Alejandra. Ha venido para...

La mujer se levantó. Llevaba una libreta negra, unas gafitas de metal fino.

—Ya sabe para qué he venido —la interrumpió Alejandra—, ¿verdad, Kaila?

La chica la miró de arriba abajo. Su atuendo era sobrio, un kimono negro y aterciopelado, y en las manos sostenía una libreta, una cuyo objetivo —la chica lo tenía claro— era llenarse de comentarios insidiosos sobre ella. A la Madre siempre le había interesado el tema de la terapia. Terapias de todo tipo: psicoanálisis, hipnosis, cristales, gestalt, meditación guiada. A veces compraba revistas sobre psicología o cosas que pretendían serlo, que luego acababan abandonadas, sin haberlas leído apenas, en el universo insondable del armario de la cocina. La Madre, de todos modos, nunca había pronunciado la palabra *terapia*.

En una ocasión, la chica lo recordaba con horror, la Madre le había propuesto al padre que buscara *alguien con quien hablar*. El padre le había preguntado sobre qué y ella, balbuceante, solo había podido responder: *Sobre tus asuntos, sobre el trabajo, sobre... todo esto, ya sabes*. Al decir *todo esto* había dibujado una vaga circunferencia en el aire, un espacio cuyo interior podía albergar cualquier cosa. El padre se había echado a reír —*¿Para qué voy a hablar de mis asuntos con una desconocida? Ya tengo aquí dos conocidas excelentes con las que hablar*—, y la Madre, avergonzada —o eso le pareció a la chica—, no había podido sino darle la razón. Ahora, sin embargo, volvía a la carga. Pero la chica no tenía el humor bondadoso del padre.

Suspiró, mirando con displicencia la dichosa libreta.

—No sé. ¿Eres peluquera?

Alejandra puso los ojos en blanco, hizo salir a la Madre de la sala. Se arremangó aquellas mangas anchas, que volvieron a su sitio en solo un instante, y le pidió a la chica que se sentara. Ella lo hizo, reacia. Al apoyar el culo sobre el asiento, notó los huesos bajo las nalgas presionando la madera. Sonrió. Alejandra apuntó algo misterioso en su libreta. Luego levantó la cabeza.

—Voy a hacerte unas preguntas, Kaila. ¿Te parece?

48

La chica miró hacia el infinito, a través de Alejandra y de la pared y de la valla del jardín y hasta de las montañas lejanas, como si la cosa no fuera con ella. Alejandra miró su reloj. La cara se le llenó de implacabilidad.

—Tu madre me ha dicho que últimamente te niegas a comer, ¿verdad? ¿Es porque te ves gorda? ¿Es por las modelos de la televisión? ¿Porque tu novio te ha dejado? La gente deja de comer por muchísimos motivos; si quieres, podemos hacer una lista. ¿Te gusta hacer listas?

La chica se encogió de hombros, fingió un bostezo que a su vez fingió disimular. Alejandra volvió a mirar su reloj.

—Verás —puso cara de lince—, en realidad, yo creo que tu comportamiento se debe a otra cosa. Creo que en el fondo no comes porque tu padre murió, ¿verdad?

La chica la miró impasible. Desde que la había visto allí, sentada sobre el sofá como un vampiro de terciopelo, esperaba alguna insensatez de ese tipo.

—La muerte puede ser un verdadero *disgusto* —continuó Alejandra—. Pero es algo natural..., bueno, ¡casi siempre! Casi siempre es natural. En fin. Sea como sea, hay que aceptarla. No queda otra. Podemos hablar de la muerte, si quieres. Yo hablo mucho de la muerte con mis pacientes. ¿A ti te interesa la muerte?

La chica guardó un silencio hostil, un silencio que en realidad estaba lleno de insultos y puñales, evidenciando que no quería hablar en absoluto sobre la muerte, ni tampoco sobre la vida ni sobre ninguna otra cosa. Alejandra apuntó algo en su libretita.

—Vamos a hacer una visualización —dijo incombustible.

Sacó un espejito del bolso y lo situó junto a la chica. Tomó aire, como si fuera a saltar desde un trampolín.

—Bien, quiero que te imagines muy delgada, tan delgada que tus agujeros de la nariz se hagan más grandes y los ojos retrocedan. No sé si sabes que la malnutrición provoca hipertricosis. A una persona que se empeña en no comer, o que no come porque no puede, eventualmente se le llena la cara de pelo. Es un pelo suave, como borra. Bastante oscuro. Así que quiero que te imagines con algo de vello facial. Más que ahora, me refiero.

La chica arqueó las cejas, se revolvió en la silla. Alejandra se inclinó hacia ella, feliz de haber conseguido conmoverla. Ralentizó el tono, más cerca de su objetivo.

—Imagínate también con la piel muy seca, un poco amarillenta. Poco pelo en la cabeza, también, porque ese se cae. Y las mejillas hacia dentro, muy hundidas, marcando los dientes. ¿Has visto alguna película sobre el holocausto?

La chica no respondió.

—Bueno, ya sabes a lo que me refiero. ¿Te has imaginado ya así, con todo lo que te he indicado?

La chica asintió, aunque lo único que había imaginado eran fluidos corporales, pestilentes y espesos, cayendo a plomo sobre la cabeza de Alejandra.

—¿Y está tu padre junto a ti?

La chica dio un respingo.

—¿Cómo?

—Que si cuando te imaginas así de delgada, de desnutrida, ves la imagen de tu padre a tu lado.

La chica observó el espejo.

No veía al padre, por supuesto —¿de qué demonios hablaba esa mujer?—, y lo cierto era que se había quedado enganchada en aquello del vello facial y ya solo podía rastrear su cara en busca de este. Quizá esa pelusilla en el labio superior debiera avergonzarla más de lo que lo hacía. La revelación la tomó por sorpresa. No sabía que quedaran rincones de su cuerpo sobre los que no se hubiera lamentado ya.

Alejandra se inclinó hacia ella.

—Lo que quiero decir —pronunció muy seria— es que, por mucho que adelgaces, tu padre no resucitará. Lo sabes, ¿verdad?

La chica la miró, los ojos llenos de dientes como un tiburón.

—Eso no es cierto —respondió por fin.

Alejandra la miró perpleja.

—¿Disculpa?

—Si adelgazo lo suficiente, mi padre regresará. Me lo prometió. Me lo susurró al oído, en este mismo salón.

La chica señaló el espacio bajo la silla de Alejandra.

—Está enterrado ahí, bajo el parqué, justo debajo de donde está usted.

Alejandra puso los ojos en blanco otra vez. No se molestó en apuntar nada.

Aquella noche, la chica se negó a hablar con la Madre, igual que a la mañana siguiente. El silencio tenía algo fabuloso, tanto como la inanición. La llenaba a una de un poder contra el que no se podía hacer nada, un poder sin fisuras, inquebrantable. La Madre la tentaba con preguntas en apariencia espontáneas, cuestiones tan amorfas como *¿qué hora es?* o *¿te parece que lloverá hoy?* La chica se mantenía en sus trece, imposible de pillar. Hasta le parecía que su silencio la alimentaba mejor que las manzanas y la coca-cola light, mejor que las pequeñas tarrinas de gelatina sin azúcar que se permitía pasada la medianoche. No hablar implicaba un gasto de energía importante, había que ejercer una vigilancia férrea sobre los reflejos, así que el segundo día, por fin, la chica durmió unas horas seguidas. Al despertarse, lo hizo en un charco de ese líquido dulce, como si alguien hubiera cogido un barreño de agua del lago y se lo hubiera echado por encima durante la noche. Hasta tuvo que cambiar las sábanas, incapaz de volver a dormir en medio de aquel desastre.

La Madre, derrotada, acabó ofreciéndole un pacto. No volvería a contactar con la embaucadora Alejandra, que tampoco a ella le había suscitado la menor confianza, ni con nadie que pretendiera acceder a su psique montada en una desbrozadora. Ella, por su parte, solo tenía que conseguir un trabajo. Uno cualquiera, *solo por probar.* Algo que la proveyera de un horario concreto, unas pautas, la necesidad de un reloj despertador.

La chica arrugó el gesto.

—Podrías conocer gente —insistió la Madre—. Y comprarte lo que tú quieras.

La chica desarrugó la cara.

Al cabo de un par de semanas, en uno de sus paseos hacia ninguna parte, la chica vio un anuncio de empleo en el escaparate de una tienda de ropa de segunda mano.

CADENA SOLIDARIA BUSCA DEPENDIENTA. EXPERIEN-CIA SÍ O NO.

Era peculiar en contenido y en forma, las íes arqueadas y curvas como si aspirasen a convertirse en interrogantes. La chica miró esas íes y le pareció que le susurraban algo del tipo: «¿Por qué no entras y te encuentras con tu destino?». Apoyada sobre el mostrador, rellenó un formulario en el que solo pedían nombre, edad y número de teléfono.

Al día siguiente, la llamaron y le preguntaron si tenía alergia al polvo. La chica pensó en las moquetas de isla Soledad, trufadas de ácaros y todo tipo de pequeñas criaturas infecciosas, y respondió que no.

—¡Perfecto! —exclamaron al otro lado de la línea.

La tienda tenía un horario estrafalario: abría pronto, muy pronto, a las ocho de la mañana, como si alguien pudiera necesitar un jersey usado de camino al trabajo. Lo cierto era que a veces sucedía. Bufandas, paraguas, guantes. La intemperie era la mayor aliada del negocio.

La chica llegó flaca pero llena de energía. La falta de calorías tenía ese inesperado efecto: veloces y repentinos brotes de vigor seguidos de largas horas de apatía total. Durante su primera jornada, todo en la tienda le recordó al filólogo, aunque él jamás hubiera estado allí. Las chaquetas raídas, la caja registradora, la taza del café, la cara de la encargada: posara donde posara la mirada, el paisaje adoptaba la forma de su rostro.

Muchos años después, en un club de escritura, la chica recitará un poema inspirado en aquel primer día en la tienda.

Duelo es cuando
los objetos
y otras cosas más abstractas,
como la luz
o la temperatura
o el murmullo del aire acondicionado,
tienen
tu nariz aguileña
tu cicatriz en el párpado
tu colmillo roto.
No verte es
sobre todo
verte demasiado.

Para que no tuviera que coger el pesado autobús hasta la tienda, la Madre se desviaba de su camino y la llevaba en coche cada mañana. Con pudor le deslizaba en los bolsillos del abrigo varias barritas de muesli, y ese era todo el alimento que la chica ingería durante las siguientes ocho horas.

La jornada en la tienda comenzaba siempre de la misma forma: a primera hora, nada más abrir, llegaban un par de pequeñas furgonetas atestadas de bolsas de ropa donada que la chica debía inspeccionar y clasificar. Muchas de las prendas ya habían vivido todo lo vivible, pero era más cómodo llamar a los trabajadores de la cadena solidaria para que fueran a recogerla que bajarla a la calle y meterla en un contenedor. La chica imaginaba que hubo un tiempo en el que cada una de aquellas prendas tuvo un aroma determinado, tal vez a algún perfume o a un tipo genuino de olor corporal, pero en cuanto llegaban al almacén se impregnaban de un tufo que las convertía a todas en una misma sustancia, una criatura lanuda que apestaba a humedad, a alcanfor y al agua estancada en el escurreplatos.

A la chica le gustaba rebuscar en las bolsas. Era lo más parecido a ser una exploradora que tenía a mano. Sumergirse en océanos de camisas y pantalones y extraer tesoros, criaturas abisales, restos de navíos hundidos.

Su compañera, una mujer mexicana que a veces llevaba a la tienda a su bebé, estaba encantada de que fuera ella quien se encargase de revolver en las donaciones. Durante la primera semana, la chica trató de iniciar una conversación varias veces. En los ojos de la compañera adivinaba una historia de amor trágica, llena de giros imprevisibles. No era que esperase que la desgracia ajena le hiciera relativizar la suya, pero al menos le daría la excusa para narrarla con todo lujo de detalles. Un día, cansada de fallidos intentos sutiles, le preguntó directamente por sus orígenes, por el padre del bebé, por su llegada a la región del valle Milagro. La compañera solo negó con la cabeza, resopló, remetió la teta en la boca del bebé. Luego se quedó mirando al vacío, que era todo lo que hacía a menos que alguien entrara en la tienda.

La Madre, siempre dispuesta a colaborar con la economía de la chica, llamó a conocidos y familiares para recoger ropa en desuso. Tras preparar el desayuno de la chica, que ella seguía negándose a tocar, subía a la camioneta del padre y se ponía en marcha. Desde que él había muerto, a la Madre le aterraba conducir: imaginaba la camioneta hundiéndose en el lago Milagro como una piedra, como un anillo de compromiso oxidado, como una cabeza reducida. Lo había vuelto a hacer pocas veces, puede que cinco o seis, y siempre había tenido que parar en algún arcén a hiperventilar con la cabeza entre las piernas. Haciendo ejercicios de respiración consciente y contando hasta cien en voz alta, la Madre abandonaba el pueblo y serpenteaba por las carreteras de montaña, su asfalto irregular —a veces el coche ¡PUM!, daba un bandazo debido a un hoyo, y la madre gritaba: ¡Ay, Dios mío!, pero seguía conduciendo pese a todo— y sus márgenes sembrados de criaturas atropelladas. Conducía hasta otros pueblos —tenían familia lejana en Aguas Calientes, unas primas que aún se vestían iguales en Aguas Altas, un tío abuelo en Aguas Negras— o incluso hasta la ciudad, lo que la obligaba a atravesar la carretera de circunvalación del lago. Por suerte, la bruma que solía rodear el lago le impedía verlo con claridad. Apenas se apreciaban los embarcaderos de tablas podridas, las escasas cabañas con los tejados salpicados de helechos. Recorría la carretera cantando en voz alta, los ojos vidriosos y las cuerdas vocales ásperas, como una recién divorciada a punto de enloquecer. Cantaba canciones que recordaba vagamente haber bailado hacía muchos años, como esa que decía: *I wanna dance with somebody, I wanna feel the heat with somebody, I wanna dance with somebody, with somebody who loves me.* Cuando llegaba la última parte, la Madre cantaba a voz en grito.

En uno de esos embarcaderos era donde habían encontrado al padre. No estaba segura de en cuál. Para la Madre todo el lago era la misma cosa, una inmensa masa de agua capaz de arrancar la cordura de las personas y hundirla igual que a un bote agujereado.

Una vez pasada la zona de los embarcaderos, la carretera se separaba del lago para virar hacia el interior, hacia la ciudad. Allí las emisoras se escuchaban mejor, y el coche se desplazaba sereno y en línea recta, casi sin necesidad de pisar los pedales. Eran kilómetros de calma, sola en la espesura del bosque, que atravesaban la epidermis de la Madre y se alojaban enroscados en su corazón.

Y, entonces, llegaba a la ciudad.

La Madre pasaba de casa en casa, recopilando jerséis y monos de esquí y zapatillas de ballet y disfraces hacía años guardados en un baúl. *Ahora Kaila trabaja en una tienda de moda antigua*, les decía. *Moda antigua*, había pensado, sonaba mucho mejor que *tienda de segunda mano* o *tienda de caridad*. Luego se enfadaba consigo misma por necesitar embellecer el presente de la chica, como si lo que pensara esa gente tuviera la más mínima importancia, y en la siguiente casa pronunciaba *tienda de segunda mano* vocalizando con tanta precisión como en un dictado. Los familiares le tendían las bolsas de ropa con cierto deleite, felicitándose por su buena acción, y la Madre procuraba pasar con cada uno el menor tiempo posible, dar abrazos cortos, responder a los *ay, ay, ay, cómo estáis* con escuetos *¡fenomenal, gracias!* A algunos no los había visto desde el entierro del padre, un evento plagado de murmullos y cejas arqueadas. A la gente le encantaba asomarse a la vida de los demás y hacer exactamente eso, arquear las cejas, como si no dieran crédito al espectáculo.

Un hombre, una misteriosa criatura marina, una repentina muerte antes de los cuarenta. ¿Qué tenía todo eso de extraordinario?

—Deberían mirarse un poco ellos —musitaba la Madre ya de vuelta en casa, sin saber muy bien a qué se refería.

Por cada diez prendas reunidas, la tienda de segunda mano sumaba algunas monedas al sueldo de la chica. Era poco, muy poco, pero era algo que podía hacer por la hija sin estar cerca de ella. Querer a la chica de cerca la dejaba a una exhausta. Implicaba someterse a constantes negociaciones, comprobar con resignación cómo cada muestra de afecto era lanzada con violencia hacia un precipicio. Implicaba contemplar el cuerpo espatarrado del propio amor, ahí en el fondo del risco, una pierna bajo la oreja como si tal cosa. La verdad era —la Madre se lo repetía a menudo— que alejarse de la chica siempre la había llenado de angustia. Y la angustia era algo correcto, esperado, totalmente natural en una madre entregada. Procuraba no pensar en la angustia aún mayor que le producía deshacer los kilómetros a su regreso: acercarse inexorablemente a la chica, a su falta de apetito por todo lo que no fuera el dolor, a la casa silenciosa que compartían.

V

Cuando desapareció la primera mujer en el lago Milagro —o, al menos, cuando el mundo se enteró—, la chica estaba rebuscando en los bolsillos de la ropa donada.

Eso era lo que más le gustaba de aquel trabajo: los bolsillos de los abrigos, de las chaquetas, de las gabardinas. Encontraba tickets de lo más variado, que luego guardaba en su cartera y revisaba ya en casa, a veces con la lupa del padre, como una paleontóloga agachada sobre polvorientos huesos de dinosaurio.

Su ticket favorito salió de una americana de pana con el forro descosido y una quemadura en la solapa. Era de una tienda de alimentación llamada Clarita, en la que el anterior dueño del abrigo había comprado *nata montada, fresas, aceite lubricante y cinco cajas de chicles.* No pudo imaginar cómo encajaban los chicles en todo aquello. Tal vez, imaginó, a aquel tipo y a su amante les gustara darse de comer en la boca fresas untadas en nata, y luego vaciarse el bote de nata sobre el bajo vientre o el pecho y lamerse hasta quedar tan saciados que ya eran incapaces de continuar con la actividad sexual. Entonces se zamparían aquellos chicles y se retarían a hacer la pompa más grande, y se reirían a carcajadas, como ella se reía con el filólogo durante sus primeras citas —aunque quizá nunca fueron citas y quizá solo se reía ella—, y pensarían que de todos modos lo único importante era eso, reírse, aunque el bote de lubricante reposara inerme sobre la mesilla de noche.

Además de tickets, encontró una sortija de plástico rota —¿rota adrede?, ¿rota y además abandonada en aquel bolsillo adrede?, ¿dejada allí con la esperanza de que alguien, ella, la encontrara?—, un montón de Kleenex —usados—, un condón —sin usar—, caramelos de menta, una multa de aparcamiento, una postal de los géiseres de Aguas Calientes sin matasellos en la que solo decía: ¡Eh! ¡Aquí hasta tú te mojarías!, y una pequeña agenda de teléfonos pacientemente rellenada a mano.

Mientras la chica reunía sus hallazgos, la compañera mexicana veía concursos en la tele del mostrador. Ponía cara de hastío ante los aciertos ajenos y se aletargaba meciendo al bebé o, si había conseguido dejarlo con alguien, meciendo cualquier cosa que pillara. A veces la chica creía que le estaba diciendo algo, muy bajito, pero al prestar atención se daba cuenta de que en realidad le susurraba nanas a lo que fuera que tuviera en los brazos. Solo un día, mientras mecía un chaleco relleno de plumas, la compañera emergió con ímpetu de la bruma maternal en la que habitaba. La pantalla del pequeño televisor se había llenado con un paisaje que la compañera conocía, que desde luego la chica conocía, que de hecho

60

cualquiera en aquel pueblo identificaría al instante y sin problemas.

Era el lago Milagro.

El lago Milagro estaba a apenas media hora en coche de Aguas Claras, aunque en invierno costaba más llegar a causa de la nieve y la escarcha que lamía la carretera. De los pueblos que lo rodeaban, unos casi se tocaban, a otros los separaban más de dos horas. En medio todo era verdor agreste, rocalla, ulular de lechuzas, intrincadas arboledas llenas de luciérnagas y raíces traicioneras que atravesaban el lecho vegetal y se enredaban en cada pie que pillaban. El Milagro era un gran lago: sus orillas se separaban hasta los treinta y cinco kilómetros en su parte más larga, y hasta diecinueve en la más ancha. La profundidad máxima que se había podido medir era de ochocientos un metros, aunque ningún aparato había resistido el viaje hasta el fondo. El lecho era irregular, quebrado y tramposo. En el limo nacían túneles que conectaban con otras masas de agua, quizá —por unas bacterias salinas encontradas en la zona bentónica— hasta con el mar. Expertos de todo el mundo habían acudido a hacer mediciones, a tomar muestras de agua turbia. En verano sus aguas eran azules o verdosas, en invierno negras como el betún. Había muchas historias sobre el lago. Habían pasado de generación en generación a base de susurros hasta que a un historiador se le ocurrió ponerlas por escrito en un gran tomo titulado *Narraciones y mitos en la región del lago Milagro.* Casi todas esas historias tenían un origen común, felizmente ignorado hasta mediados del siglo veinte. En la lengua nativa de la región, que ya casi nadie hablaba pero de la que quedaban algunos registros, el lago

Milagro nunca se había llamado Milagro. Aunque las orejas de quienes habían acudido a poblar la zona gracias a las minas de carbón lo quisieron entender así, aquello de Milagro solo guardaba un parecido fonético con el verdadero nombre del lago. Los nativos lo habían bautizado como *Mitl-a-Goro*. El hogar de La Criatura.

Cuando el lago apareció en la pantalla, la compañera mexicana subió el volumen del televisor. La chica acudió veloz y se situó junto a ella. Esa no era la primera vez que el lago aparecía en televisión, pero siempre era un acontecimiento. En una extrañísima ocasión, debido a unas corrientes heladas del Atlántico, la parte del lago cercana a Aguayela se había congelado, y una patinadora olímpica jubilada se había propuesto cruzar un tramo sobre sus viejos botines con cuchillas. Decenas de personas y algún que otro periodista se habían reunido para recibirla tras su gesta. Habían preparado chocolate caliente, instalado sillas plegables y dispuesto una estufa de butano para los más mayores. Unas cuantas mujeres se agruparon para levantar carteles con símbolos feministas. Desbordadas de un ímpetu jovial, el mismo que le atribuían a la patinadora, dos de las más jóvenes sujetaban una gran lona en la que alguien había escrito: NOSOTRAS PODEMOS.

Después de horas esperando a la patinadora, comenzó a cundir la inquietud.

La noche cayó sobre el lago helado, que se volvió primero azul y luego gris como plata sucia. Se organizó una partida de búsqueda que enseguida la encontró, al borde de la hipotermia, a pocas decenas de metros de la orilla donde se la esperaba. Parte de la comitiva aplaudió su llegada con vítores, abrazaron a los rescatistas, les ofrecieron termos de chocolate caliente. Las mujeres, ya en absoluto joviales, plegaron discretamente su lona y se retiraron malhumoradas.

En otra ocasión, por motivos que nunca llegaron a esclarecerse, una zona del lago Milagro, cercana a los géiseres de Aguas Calientes, había amanecido de un rosa casi neón. La zona se había llenado de fotógrafos aficionados hasta que aquel color alienígena se había disipado, y a los pocos días se empezaron a vender postales del lago rosa en las tiendas del pueblo. Algunos aventuraron que el cambio de color había sido una estratagema comercial, y que los propios tenderos habían teñido el agua con colorante. Otros respondieron que esa era una tarea imposible —como hemos dicho, el lago Milagro era un lago inmenso— y que, en todo caso, a nadie le habría rentado llevarla a cabo a cambio de vender unas cuantas cartulinas.

En suma: en el lago Milagro habían pasado *cosas*, así que no era tan raro que pasaran otras. Cosas estrafalarias, poéticas, a veces solo rumores que unos despreciaban y otros creían a pies juntillas: una niña se había curado de su sordera después de que su abuela le lavara con brío las orejas en el lago; un anciano se había bañado en sus aguas y emergido con varias décadas menos, los ojos sin cataratas y la piel tersa, sin una sola arruga, como si hubiera retrocedido cuarenta años. Cuando su esposa fue informada y corrió a reunirse con él, el hombre la rechazó rabioso, diciendo: *¿Quién es esta vieja?, ¡que me traigan a su hija!* Por suerte, no habían tenido descendencia.

En los campamentos de verano se cantaban canciones sobre el lago Milagro —*Mitl-a-Goro, Mitl-a-Goro, siempre en nuestro corazón, Mitl-a-Goro, Mitl-a-Goro, no nos comas, por favor*— y en los pueblos que lo rodeaban todos conocían al *primo del amigo de alguien* a quien había sucedido algo extraordinario en sus orillas. Por supuesto, muchos aseguraban que ese *primo del amigo de alguien* había visto con sus propios ojos a la esquiva criatura del lago. Algunos hasta la habían acariciado —según algunas historias era aterradora, según otras mansa como una vaca de pasto— aunque, lástima, nadie había sido capaz de fotografiarla.

Pero esta vez era distinto.

No se trataba de algo que alguien le había dicho a otro alguien, ni de una historia susurrada en torno a una hoguera en una noche de verano. Tampoco de la excentricidad de una patinadora anciana, ni de un colorante vertido en las aguas para animar la temporada de invierno. Ni siquiera de la inesperada muerte de una pequeña celebridad local, el padre de la chica, en sus aguas oscuras. En la pantalla, sobre la imagen del lago Milagro, unas letras sobreimpresas formaban la palabra *DESAPARECIDA*. Por algún motivo, a la chica le pareció que eso de *desaparecida* se refería a ella, aunque sin duda *ella* estaba ahí, en ese local atestado de ropa vieja y aroma a humedad y alcanfor, y cualquiera podría verla a través del cristal del escaparate. La compañera estrechó el chaleco emplumado y murmuró la palabra *desaparecida* un par de veces. No se dirigieron mirada alguna, las dos absorbidas por la televisión.

En primer plano la reportera, a la que ya conocían por sus reportajes de asuntos como *comienzan los deportes de verano en el lago Milagro*, o su contrapartida *comienzan los deportes de invierno en el lago Milagro*, tenía una de esas caras trágicas que no dejan lugar a dudas sobre la gravedad de la situación, una cara probablemente ensayada con tesón ante un espejo. Hablaba con voz funesta sobre una mujer mayor desaparecida —o eso se creía— en las inmediaciones del lago. Tras ella, un cordón amarillo y negro se balanceaba como un columpio oxidado.

—La mujer, de nombre Ángela Wisniewska —narró la reportera—, sufría una importante cojera a causa de una enfermedad que padeció en la infancia. Una poliomielitis. Una dolencia terrible. Siendo una niña, el virus había infectado su sistema nervioso y una pierna se le había quedado muy flaca y atrofiada, casi inútil.

En la pantalla apareció una imagen de una pierna afectada de poliomielitis, aunque debajo una cartela aclaraba: «Fotografía con propósitos ilustrativos; esta no es la pierna de Ángela Wisniewska».

—Pese a su cojera, Ángela recorría todos los días los seis kilómetros que separan Matagua y Aguayela, y siempre lo hacía usando la pasarela que rodea el lago Milagro. Según su hija, que ruega la colaboración ciudadana para encontrar a su madre, la señora Wisniewska conocía el terreno como la palma de su mano.

65

Mostró a cámara la palma de su mano, como si así el espectador pudiera hacerse cargo de la peliaguda situación de Ángela. Un golpe de brisa levantó una hoja que se le pegó durante un segundo a la frente, pero la reportera no se inmutó.

—Todavía no sabemos si la mujer de sesenta y cinco años pudo tropezar y caer al lago —concluyó—, o si alguien se la llevó, o si sucedió... ¿quién sabe? Alguna otra cosa. Ya saben que nuestra región está llena de historias. Manténganse atentos para conocer cualquier novedad.

El informativo dio paso a una pareja que anunciaba con entusiasmo histérico un cortador de verduras.

La compañera mexicana apartó la vista de la pantalla y la dirigió a la chica. Por primera vez, los ojos le brillaban con un fulgor distinto al maternofilial, interesados por el mundo que la rodeaba. A la chica le pareció que estaba a punto de convertirse en un lobo. La voz le tembló, ávida de diálogo.

—Oye, ¿tú sabes lo del hombre ese?

La chica toqueteó un botón de un abrigo infantil recién sacado de una bolsa. *El hombre ese*, se dijo, podía ser cualquiera. El mundo estaba repleto de hombres, casi la mitad de la población lo eran. Había hombres en las colas de los supermercados y en el parlamento y en los teatros y en las actividades guiadas del pueblo y hasta flotando en la ingravidez de la estación espacial. Demasiados hombres como para saber a quién se referían las palabras *el hombre ese*.

—Me lo contaron el otro día en un bar. —Por lo visto, la compañera sí que hablaba con otra gente—. Hubo un tipo en el pueblo, un loco, que salió en la tele diciendo que había una criatura en el lago.

66

La chica, súbitamente muerta por dentro, todos sus órganos paralizados, negó con la cabeza.

—Decía que había un monstruo, me refiero —insistió la compañera—, como el de las historias de las viejas. La reportera se debía referir a eso, ¿no?

—No sé nada de ningún loco —balbuceó la chica.

La compañera la miró entre incrédula y decepcionada.

—¡Pero si yo acabo de llegar y lo sé! Luego el hombre murió, pero nadie sabe muy bien cómo. ¿De verdad no te suena?

La chica fingió hojear la agenda de teléfonos que había encontrado en un bolsillo. Los números eran una mancha borrosa, sus dedos vagas siluetas de carne blanca.

Por la noche, ya en casa, recorrió el pasillo de extremo a extremo.

Era un pasillo largo, una ele invertida en torno a la que se disponían todas las estancias. Todas las casas prefabricadas de la zona, con aspecto exterior de cabaña y revestimiento interior de madera, tenían la misma distribución. Cuando era una niña, consideraba aquel pasillo su pista privada de carreras: lo atravesaba, a toda velocidad, montada en artilugios diseñados por el padre. Hubo una época en la que el padre construía muchas cosas para ella, cosas con ruedas y carcasas de brillantes colores. Le contaba la historia de Jacques Piccard, el ingeniero suizo que había construido el batiscafo Trieste y descendido con él hasta los diez mil novecientos metros en la fosa de las Marianas, hasta ese lugar umbrío bautizado como el abismo de Challenger. También le hablaba a menudo del abismo. Allí la presión reducía los huesos a polvo, no entraba un ápice de luz solar. En el fondo se abrían volcanes de lodo que eleva-

67

ban la temperatura del agua hasta límites infernales. Era el punto más profundo de la Tierra, *o al menos*, añadía el padre con gesto enigmático, *el más profundo conocido*. De otros lugares, como del lago Milagro, no se conocía la profundidad. Y pese a todo, en el abismo había vida. Criaturas unicelulares y microscópicas habitaban allí, donde toda existencia parecía imposible.

—Nunca sabes lo que puedes encontrar cuando te hundes lo suficiente, Kaila —solía decir el padre—. La oscuridad está llena de sorpresas.

De niña, las historias sobre el abismo de Challenger le habían provocado elaboradas pesadillas y terrores nocturnos. Se despertaba creyendo ver constelaciones fosforescentes que reptaban por la pared. Aún medio dormida, balbuceaba pidiendo ayuda. La Madre acudía ipso facto, la despertaba del todo, le ofrecía un vaso de agua.

—¿Tienes miedo?

La chica-niña la miraba, los ojos entornados, llenos de indignación.

—Las exploradoras no tenemos miedo.

La Madre asentía, conforme.

—¿Me quedo hasta que te duermas?

La chica-niña no respondía. Se limitaba a recostarse y fingir que se quedaba dormida sin más, sin preocupación alguna en mente, sin rastro de lágrimas en las mejillas. Pasados unos minutos, cuando la oscuridad se le hacía demasiado vasta, abría un ojo con sigilo. La Madre siempre seguía ahí, como un faro envuelto en una horrible bata.

La chica recorrió el pasillo una vez, dos, tres, catorce, veinticinco.

Con los nudillos del puño izquierdo raspó la pared, dejando que el gotelé le despellejara la piel. Era una suerte disponer de terminaciones nerviosas a las que recurrir cuando la cabeza se convertía en un territorio a evitar, aunque ahora la atención se negaba a centrarse del todo en los nudillos. Iba de estos a las palabras de la compañera —*El loco ese que, el loco ese, el loco*—, de nuevo a los nudillos y vuelta a empezar. Si aún tuviera alguno de los artilugios que le construía el padre cuando era niña —aquel patinete de ruedas enormes que la elevaba tres palmos del suelo, o el cochecito que emulaba una caracola en papel maché—, podría montarse en ellos y darse un tortazo como los que se daba entonces, casi siempre cayendo con la boca porque todavía no había aprendido a poner primero las manos, golpes en los que acababa con la nariz sangrando o una profunda grieta en el labio. Tras aquellas caídas, y durante un buen rato, no había nada más. Nada más allá de su cuerpo, de su propia anatomía, toda su existencia concentrada en un centímetro de piel inflamada y sangrante, una reducción absoluta del universo. El dolor físico, tan concreto, tan mensurable, resultaba la mar de tranquilizador.

Cuando la Madre llegó a la casa, ya había algo de sangre en la pared. Apenas un halo, más difuso que el rastro de un avión que cruzara hace ya minutos el firmamento. La Madre olfateó el aire, se le dilataron las pupilas como a un animal en peligro. Ella, incapaz de identificar cuándo había caducado la leche, siempre poniendo el brik ante narices ajenas y preguntando *¿te huele raro?*, tenía una

69

glándula olfativa especial para la hija. De la hija podía olerlo todo, hasta el advenimiento de la fiebre horas antes de que se presentara, o una futura otitis, o un virus estomacal. Cuando vio los pequeños vestigios de sangre sobre la pared, se lanzó catastrófica sobre la chica. Agarró su mano, la condujo hasta la cocina y la colocó bajo el grifo. La chica, muda, la dejó hacer. El agua fría entumeció la herida hasta poner fin al sangrado, que de todos modos era ínfimo. Luego la Madre revolvió en un cajón en busca de alcohol yodado. Sacó distintos botes, comprobó fechas de caducidad.

—¿A qué viene esto? —preguntó la Madre—, ¿es por el chico ese?

Ella negó con la cabeza. Armada con una gasa, la Madre extendió el yodo sobre la herida. La chica contempló su dedo, naranja como el butano.

—Ha desaparecido una mujer —dijo la chica.

La Madre la miró perpleja.

—¿Una mujer?

—Sí —confirmó la chica—. En el lago, entre Matagua y Aguayela. Sin dejar rastro. Así sin más.

A la Madre le temblaron las manos, se le cayó la gasa. Se agachó a recogerla. Cuando volvió a ponerse de pie, la chica se había sentado en una silla de mimbre. Tenía los brazos cruzados sobre el pecho, solemne.

—No voy a volver a la tienda —anunció.

La Madre abrió la boca para responder.

—No voy a volver, mamá. No digas una palabra.

La Madre cerró la boca.

70

VI

Fue entonces cuando la chica se convirtió en un fantasma. No en una de esas presencias que menean cuadros y hacen saltar el tostador en mitad de la noche, más bien en un fantasma lesionado, un espectro inmóvil que se arrebujaba en el sofá y miraba a través de los muebles y las paredes sin llegar a ver nada excepto su pena.

Una noche, insomne, encendió la cadena local. Quería saberlo todo sobre la mujer desaparecida, recabar información, pero las palabras de la compañera de la tienda —ahora se refería a ella como *la idiota*— se le habían quedado a vivir en los oídos, atascadas entre el yunque y el martillo. Las escuchaba en cuanto la imagen del lago Milagro llenaba de sopetón la pantalla, y se obligaba a apagar la tele antes de volverse loca. Luego tenía sueños protagonizados por la mujer desaparecida —*Ángela Wisniéwska, Wisniewská*, repetía sin saber dónde colocar el acento—, cuyo aspecto, al margen de aquella pierna atrofiada, ni siquiera recordaba: en unos sueños era elegante como una actriz de los años cincuenta y caminaba apoyada en un bastón por la pasarela del lago, embutida en una falda de tubo y una chaqueta cruzada, algo que nadie en su sano juicio se pondría para pasear por allí; en otros se trataba de una señora apresurada, con zapatos ortopédicos y pasitos cortos, empeñada en llegar a un destino que —oh— nunca alcanzaría. A veces una gran ola brotaba del agua calma del lago y se tragaba a la mujer; otras, la propia Ángela Wisniewska se agachaba y reptaba, palpando el pasto, hasta hallar una fisura por la que meterse debajo de la tierra, que luego latía y temblaba como si la masticara. Casi siempre, una inmensa criatura de piel grisácea emergía del agua estancada de las orillas y engullía a Ángela, y luego el lago se teñía de rojo y unas cuantas burbujas anunciaban su fin.

La chica emergía de estos sueños empapada en sudor y ahí acababa su supuesto descanso y comenzaba su vigilia, siempre alerta y a la vez adormilada, incapaz de hilar más de dos frases sin bostezar.

La Madre, por su parte, se hizo experta en el silencio. Preparaba el desayuno sin hacer un solo ruido: prescindía del tostador para evitar el salto de las rebanadas desde la rejilla, usaba una pequeña sartén pulida y una espátula de madera que eludía cualquier chirrido. Caminaba de puntillas y respiraba imperceptiblemente, como si estuviera en busca y captura y un alma caritativa la hubiera escondido en un desván. Se aguantaba el pis para que el chorro no quebrara el mutismo doméstico. Se recogía el moño con cuidado, preocupada de que la pinza de plástico pudiera caer al suelo y el sonido del impacto interrumpiera el escaso sueño de la chica, a la que escuchaba rondar por la casa y trajinar hasta las tres o las cuatro de la madrugada. Abría cajones, encendía y apagaba la televisión como presa de una epilepsia, sollozaba y se sonaba los mocos con furia.

—Parece que quieras echar el cerebro por la nariz —le dijo una vez la Madre.

—Ojalá —contestó lacónica la chica.

Además, la chica salía al patio y entraba en el despacho del padre, una construcción prefabricada, más pequeña, situada junto a la valla. Luego volvía a la casa; sollozaba de nuevo, llenaba el salón de tazas usadas y pañuelos de papel manchados de lágrimas. La Madre se levantaba de vez en cuando y le ofrecía tilas, hasta unas pastillas naturales para conciliar el sueño que había comprado para ella en un herbolario.

La chica las rechazaba, terca.

—No intentes cambiarme —le decía.

Cada mañana, antes de marcharse al trabajo, cuando la chica por fin había caído rendida en la cama, la Madre le preparaba el desayuno y lo dejaba sobre la mesa de la cocina. La chica lo veía allí una vez se levantaba: el bacon asomando por las esquinas del pan de molde, el queso volviéndose de piedra pese al papel film con el que la madre protegía el sándwich. Al lado siempre había un zumo: el jugo de tres naranjas obtenido con un exprimidor manual para no hacer ruido. La chica se lo bebía y dejaba el vaso en el fregadero; no tenía ninguna intención de comerse el sándwich. Pese a que podía limitarse a tirarlo por el váter —hacer creer a la Madre que aunque apenas dormía se alimentaba, proporcionarle algo de paz aunque fuera de cartón piedra—, prefería guardarlo en la nevera como testimonio de su renuncia. El

73

sacrificio, si no era exhibido, tenía una recompensa mucho menor.

Un día, la Madre llegó del trabajo y dio un respingo al ver a la chica sobre el sofá. No era raro verla ahí, desde luego, pero su aspecto empezaba a ser la mar de preocupante. Estaba más cetrina y a la vez más descolorida, el pelo más lacio y a la vez más encrespado. La chica se estaba transformando, pero todavía no se adivinaba en qué. La Madre se sentó frente a ella, decidida. Insistió en su deber de *hacer algo*, no algo concreto, sino sencillamente *algo*. Una opción —la opción correcta sin duda, la de las chicas que rellenaban impresos y presentaban solicitudes y cuyo futuro no se proyectaba como la sombra chinesca de una mano rota— era prepararse para la entrada en la carrera de biología. Al fin y al cabo, este había sido siempre su deseo, o eso llevaba años diciendo a cualquiera que le preguntase. Si su destino era seguir los pasos del padre, quizá era la hora de ponerse a ello. El asunto era que ese destino implicaba horas de estudio: tendría que repetir el examen selectivo y subir su nota media en más de dos puntos.

—No cabe duda de que será un esfuerzo, pero un esfuerzo que te mantendrá ocupada. A veces hay que llenar la cabeza con cosas nuevas para que otras salgan. —La Madre lo sugirió mirando su propio regazo, como si los ojos de la hija pudieran reducirla a cenizas.

Ella negó vehemente, se echó la manta por encima de la cabeza. Solo de pensar en sentarse horas ante un libro sentía cómo su glotis se taponaba, cómo una mano invisible le encajaba un corcho en la boca del esófago. Se observó a sí misma en el reflejo de la televisión. Una silueta indefinida cubierta por una manta escocesa repleta de pelusas y manchas de zumo de naranja; el fantasma de una tienda de saldos, más ridículo que amenazador. Le pareció que ese era exactamente el aspecto que debía tener y se sintió por un instante reconfortada, como si al fin hubiera encontrado su sitio. Luego se quitó la manta de encima y se recostó contra el respaldo del sofá, indicando a la Madre que no le arrancaría una sola palabra más.

Incansable —o al menos perseverante—, la Madre le propuso a la chica un plan tras otro, una lista interminable de *algos que hacer*. El cine, la biblioteca municipal, aerobic, paseos por el parque, cuadernos de pasatiempos —*de adultos, por supuesto*, aseguraba la Madre sin que nadie le hubiera preguntado, *de adultos con inquietudes*—, yoga, clases de cerámica, de torno, soldadura, gimnasia aérea, soplado de vidrio. Diseño de joyas con elementos reciclados.

—¿Basura? —preguntó la chica arrugando la nariz.

La Madre revisó el folleto.

—Elementos reciclados —repuso.

La chica resopló, exhausta de tantas opciones. Se escurrió agónica entre los cojines. La Madre le agarró la mano, temiendo que desapareciera entre el poliéster y el relleno de plumas. La chica se dejó agarrar con desgana.

—Estoy tan sola —dijo.

Una madrugada, la chica se levantó y caminó hasta el despacho del padre. Paseó por la estancia vigilando que todo siguiera exactamente en su sitio: el colmillo de morsa atlántica que un inuit había regalado a su padre —y que él usaba como pisapapeles— colocado de la misma forma sobre la torre de folios garabateados, la enciclopedia sobre *Curiosidades zoológicas y dónde encontrarlas* abierta en la página del «gallo ponedor». Al padre le encantaba contar historias, y la del gallo ponedor era la favorita de la chica. El padre, que lo sabía, la introducía siempre así, como si fuera la primera vez que la mencionara:

—Abandonar el miedo y abrazar la posibilidad de lo extraordinario, Kaila. Nada es más valioso que eso. ¿Te he hablado alguna vez del gallo ponedor?

La chica, que entonces era solo una niña, se sentaba de inmediato en el suelo, sedienta de la voz del padre.

—Imagina esto, Kaila. Es el siglo quince, hace más de quinientos años. Un par de campesinos van a recoger huevos a la casa de una mujer que tiene gallinas. Los ves, ¿verdad? Probablemente son un poco idiotas, pero no debemos juzgarlos con dureza. Lo importante es no ser uno mismo un idiota, lo que hagan los demás es asunto suyo. Cuando se acercan al corral, ven unos huevos extraños, con forma de serpiente. Son muy estrechos, enroscados como caracolas. Eso les da terror. Hubo un tiempo..., bueno, todavía pasa, ¿verdad? Parece que lo excepcional da miedo en vez de curiosidad. ¡La gente no quiere saber!, ¡están encerrados en sus propias cabezas!

A veces el padre, al pronunciar esta frase, se levantaba y daba vueltas por el despacho.

—Pero eso es lo que hace humano al humano. El anhelo de saber. Y nosotros queremos saber, ¿verdad, Kaila?

La chica-niña movía la cabeza arriba y abajo, solemne.

—Bien —decía el padre—, muy bien. La cosa es que los hombres cuchichean entre ellos y deciden que esos

76

huevos son obra del demonio. No se les ocurre otra explicación. La mujer de las gallinas es una mujer sencilla. No se fija en las pupilas dilatadas de los hombres, ni en cómo murmuran y golpean el suelo con las puntas de los zapatos. Cuando le preguntan por esos extraños huevos, les dice que los pone uno de sus gallos. Los hombres se llevan las manos a la cabeza, *¡los gallos no ponen huevos!* Pero la mujer puede demostrarlo. Los lleva ante el gallo en cuestión. Es un gallo desplumado, de aspecto enfermizo. Los hombres lo miran como se mira al alacrán que espera bajo la piedra. *A ver si canta*, dice la mujer. *Antes de poner un huevo siempre canta.* Los hombres esperan, el culo incómodo sobre un tocón y el alma aún más incómoda dentro del pecho. Se sacan cosas de entre los dientes, se meten los dedos en las orejas y esperan.

La chica-niña sabía que el padre adornaba la historia, que todos aquellos gestos no estaban recogidos en ningún libro. Eso era porque el padre entendía el alma de las historias, las veía en su cabeza como si sucedieran delante de él, y así era como las contaba. En boca del padre todo brillaba: las palabras explotaban y hacían acrobacias.

—De pronto el gallo se pone a cantar, como si anunciara el alba. Los campesinos lo miran expectantes. El gallo se inclina y, con esfuerzo, pone uno de esos extraños huevos de serpiente. Los hombres se alejan despavoridos, gritando y tirándose de los pelos, y dejan a la mujer con un palmo de narices.

77

Aquí a la chica-niña se le erizaba la piel, porque ya sabía cómo acababa la historia. No importaba las veces que la hubiera escuchado: un escalofrío se le agarraba al espinazo y el padre, consciente, ralentizaba el tono y le sostenía la mirada.

—Al día siguiente, los hombres del pueblo van a buscar a la mujer. La acusan de brujería. Le dicen que ha metido al diablo en el gallo, y que igual que ha hecho eso, puede meterlo en cualquiera de ellos. La mujer no se puede creer lo que le dicen. A ella también le da miedo el diablo, muchísimo miedo, como a todos. Llora y jura su inocencia, se tira al suelo y ruega por su vida. Les dice a los hombres que aquel gallo era antes una gallina, pero que un día, sin más, había empezado a cantar. Que se había transformado en un gallo pero había seguido poniendo huevos, aunque los huevos tuvieran ahora esa extraña forma enroscada. Pero esos hombres no quieren saber, así que la historia solo les hace taparse los oídos y berrear. Por la tarde queman a la mujer y al gallo, los dos juntos en una pira en mitad del pueblo.

Al acabar, el padre meneaba la cabeza como si, pese a saberse la historia de memoria, todavía no pudiera creerse el desenlace.

—¿Qué pasaba en realidad con el gallo, Kaila?

La chica-niña recitaba la respuesta.

—A veces, si una gallina se pone enferma y pierde su ovario funcional, que está en el lado izquierdo, se le activa una cosa que se llama... mmmm... —esa era la palabra que más le costaba recordar—, ¡gónada!

78

—Muy bien.

—Y eso se convierte en un testísculo.

—Testículo —corregía el padre.

—Eso. Y entonces la gallina se convierte en un macho, o casi un macho, y se cubre de plumaje de gallo y puede cantar como un gallo, y fecundar como un gallo, y a la vez seguir poniendo huevos. O sea, es gallo y gallina a la vez.

—¿Y eso qué quiere decir, Kaila?

La chica-niña se ponía de pie y se arremangaba, dispuesta a salir hacia una misión que aún no le habían confiado pero que sin duda llegaría.

—Que los misterios solo lo son hasta que los valientes los descifran.

La chica, trapo en mano, acarició la hoja de la enciclopedia con la imagen del gallo ponedor y le pasó el paño con cuidado. Al cerrar los ojos casi creyó escuchar la voz del padre, profunda y aterciopelada, tan llena de sabiduría que parecía que esta se desparramaba hacia el exterior en cuanto hablaba y que, con algo de suerte, una podría hacerse con un poco.

La Madre, de pie junto a la ventana del salón y bien envuelta en su bata, la observó salir del despacho. La chica lloraba, quizá no pudiera verlo pero lo sabía por cómo se movía, por cómo ladeaba la cabeza y por el ritmo de sus pasos. Aunque estaba lejos, puede que ocho o diez metros, le pareció ver un dedo índice apuntándole con severidad desde las pupilas de la hija. Como si la causante última de ese llanto, aun de manera indirecta, aunque solo fuera por el hecho de haberla traído al mundo, fuera ella. Entonces miró un retrato del padre

79

que colgaba enmarcado de la pared, y rogó por su intervención. *¿Es que no puedes hacer nada por tu hija?* Luego retiró la mirada, porque aquella fotografía aún la ponía nerviosa.

Era la fotografía favorita del padre, y él mismo se había encargado de enmarcarla y colgarla. Se la habían hecho para ese número de *Nature* en el que apareció.

El fotógrafo se había presentado en la casa con un maletín lleno de complementos y había invitado al padre a elegir un objeto con el que retratarse. La chica-niña, que entonces tenía seis años, había admirado el interior del maletín, sacando uno a uno los objetos. Pipas de tabaco de distintos estilos, anteojos absurdos, una pequeña lámpara de queroseno propia de un barco antiguo. El padre había examinado los artículos con un detenimiento impostado, casi socarrón, para acabar preguntando si podía elegir uno de sus propios objetos. El fotógrafo observó su muestrario con lástima, resignado, sin más remedio que ceder.

El padre, con una mano extendida y los ojos entornados, como si así analizara sus posesiones con algo más primitivo que la vista, había vagado por el despacho y pasado la mano por encima de huesos pulidos, láminas, miniaturas de nácar, máscaras tribales, colmillos de bestias. La Madre había llegado mientras tanto hasta la puerta del despacho, cafetera en mano. Se había quedado quieta, sin querer interrumpir lo que fuera aquello. Después de un rato, el padre había escogido una enorme concha de *Nautilus pompilius*. Era blanca, con líneas quebradas rojas; una espiral de nácar y sangre. Había algo hipnótico en ella, algo eterno y a la vez frágil, y cuando la Madre la limpiaba procuraba hacerlo con el máximo de los cuidados, temerosa de que romper algo así pudiera convocar la desgracia o, al menos, una ristra de percances menores.

El padre, ceremonioso, había posado la concha sobre el escritorio de caoba.

—Es un *Nautilus pompilius* —le había dicho al fotógrafo—. Un cefalópodo apenas evolucionado, una especie de fósil viviente. Aunque algunos de mis compañeros no admitirían ese término bajo ningún concepto. ¿Le gusta?

El fotógrafo había asentido, inclinándose para situar el rostro a la altura de la concha.

—Me la regaló un indígena batak, en Sumatra. Era uno de sus bienes más preciados, pero yo...

Entonces, la Madre había dado un paso atrás. Se había retirado de la puerta del despacho con la respiración entrecortada, deshecho el camino por el jardín sin decir una palabra. Un poco del café hirviendo le había caído en los pies, pero no gritar no le había costado ningún esfuerzo. Debía estar callada, callada como esa concha. Esa concha de *nautilus* que, como ella sabía perfectamente, el padre había comprado en un mercadillo de souvenires de la costa durante sus últimas vacaciones juntos. No recordaba, además, que el padre hubiera estado jamás en Sumatra.

81

VII

Una tarde, la Madre pasó por un centro de información turística. El más cercano estaba entre Aguas Claras y Aguas Calientes, en un camino de tierra auxiliar de la carretera. Al ver aquel camino muchos pensaban que todo el lago estaba conectado así, mediante una carretera al uso y un bucólico paseo entre pinos, pero la verdad era que al cabo de unos kilómetros el camino se cortaba en seco, y quienes lo seguían se topaban con un intrincado muro vegetal y debían dar la vuelta. Nadie había dispuesto un cartel que lo advirtiera. La ficción de un caminito para paseantes aportaba cierta seguridad abstracta, como esas casas que cuelgan en su porche la señal de alarma aunque no hayan contratado ninguna.

En la ventanilla de información, la Madre preguntó por las actividades al aire libre que se celebraban cerca de Aguas Claras y en el resto de los pueblos del Milagro. Quizá la chica solo necesitara un poco de sol, sintetizar vitamina D, zinc, magnesio, todas esas sustancias mágicas que le devolverían la alegría de vivir. Y, además, al aire libre se broncearía, se le llenarían las mejillas de rubor. A las chicas, en general, les encantaba estar bronceadas.

Era extraño visitar el centro turístico del lugar en el que una misma residía, y cuando la recepcionista le preguntó por su código postal la Madre boqueó hasta que fue dispensada con un: *¡Nada, nada, no es importante! Ahora mismo le adjudico una voluntaria.* En el lago Milagro, muchos asuntos funcionaban con voluntarios. Quizá no fuera la mejor idea para la economía de la zona, pero los grupos se habían formado con tal entusiasmo que pronto habían adquirido trascendencia, como una especie de altruista y omnipresente quinto poder.

Una joven carialegre, de edad similar a la de la chica, acudió para recomendarle a la Madre los mejores planes a los que apuntarse. Llevaba una de esas camisetitas en las que se leía *¡Oh, Mitl-a-Goro!*, el lema de la región, sucinto y abstracto como pocos. La voluntaria, encantada con su papel, recitó las actividades para la Madre: piragüismo, observación de estrellas, recogida de hongos, conservación vegetal, rafting, descenso de barrancos, buceo, yoga durante la luna llena.

—Y, claro, la tirolina de Aguas Altas es célebre. ¿Sabe cómo va lo de la tirolina?

La Madre sonrió cortés: sabía lo que era la tirolina, es decir, la había visto muchas veces desde el coche, aunque no sabría explicar *cómo iba*, su funcionamiento concreto, si es que la joven se refería a eso. Se sintió desamparada. Ni siquiera las cosas que estimaba a su alcance se le revelaban fáciles. La joven la miró de arriba abajo.

83

—A lo mejor la tirolina no es lo suyo. ¿Qué tipo de actividad le gustaría realizar?

La Madre rebuscó en el bolso, aunque no necesitaba nada. Cuando se sentía fuera de lugar solía rebuscar en bolsos, en bolsillos, en cualquier hueco disponible. Palpaba las cosas que se arremolinaban en aquellas cuevitas oscuras y suaves y deseaba ser una de ellas. Un Kleenex arrugado, por ejemplo, o un viejo caramelo de menta. Algo familiar cuyo único destino fuera permanecer a resguardo.

—La actividad es para mi hija. Ella no sabe que he venido, porque ella..., en fin, cómo explicar...

—¡El piragüismo es genial!

La Madre se sobresaltó. Desde luego, la joven sabía cuál era su trabajo. Secretamente, agradeció su dinamismo.

—Se puede empezar alquilando una piragua en el embarcadero situado al final de Aguas Claras y, por el lago, llegar hasta Aguas Calientes. El lago Milagro es un lugar precioso y muy seguro, no se deje engañar por..., bueno...

—La voluntaria carraspeó, miró hacia ambos lados. Se inclinó hacia la Madre con gesto clandestino—. Ha desaparecido una mujer, ¿sabe? Una mujer mayor. En el norte, entre Aguayela y Matagua.

La Madre asintió, confusa.

—Según historias antiguas —siguió la voluntaria—, hay una criatura en el lago. Una especie de dragón marino o algo así, no sé... ¿A usted eso le interesa o le da escalofríos?

La Madre se puso de color gris.

—Escalofríos.

La voluntaria se incorporó, recuperando la sonrisa.

—¡BIEN! En ese caso no se preocupe. Solo son chifladuras. Pero si conoce a alguien que le interese, tenemos una guía disponible. Se hace una excursión por el lago, se cuentan las leyendas sobre la criatura... y no hay que llevar nada, ¡la comida y la bebida están incluidas!

La Madre meneó la cabeza, aturdida. Esa excursión era lo que menos deseaba para la hija.

—Qué bien.

—¿Ha pensado en recorrer la carretera de circunvalación del lago? También puede recorrer algún trayecto a pie, por las pasarelas. A la gente le gusta parar en los meandros a beber algo y tomar el sol. Y si llega hasta el norte, puede comer en Aguayela. Vacían medio pan de hogaza y meten dentro una crema de cangrejo de agua dulce exquisita. Es un lugar idílico, en serio, ¡idílico! Lleno de casitas de colores. Hay que llevar impermeable, llueve un rato cada día. El lago Milagro está lleno de microclimas, y por eso en cada zona hay vegetaciones autóctonas.

La joven parecía encantada mientras recitaba todo aquello. Estaba claro que ella había parado muchas veces *en un meandro a beber algo y tomar el sol*, quizá incluso a jugar a las palas o a rellenar cuadernos de crucigramas, a hacer las cosas propias de las chicas sanas que no se pasaban el día tumbadas negándose a probar bocado. La Madre observó esa fila de dientes mostrados sin pudor y las piernas le temblaron, como si ser testigo de la felicidad de otras chicas pudiera mermar todavía más la de *su* chica. Agarró los trípticos que la voluntaria le tendía, le dio las gracias cuatro o cinco veces y salió de allí escopetada.

85

Luego condujo hasta uno de los embarcaderos del Milagro, hasta ese del que salía la tirolina. Aquella zona era siempre un pequeño hervidero de gente, sobre todo desde que habían instalado la tirolina nueva, que en realidad tenía ya varios años pero seguía llamándose así para diferenciarse de una anterior, mucho más precaria, que con el viento se mecía y sonaba como una carraca y que estuvo a punto de causar más de un disgusto. La mayoría de los extranjeros que llegaban al pueblo lo hacían para montarse en aquel artilugio, que cruzaba el lago en uno de sus tramos más estrechos. Aun así, alcanzaba los ciento veinte metros. «La tirolina más extrema de la región. ¡Atrévete y sal transformado!», leyó en un cartel.

Junto al puesto de la tirolina se amontonaban las piraguas, rojas y naranjas como un atardecer de plástico. La Madre las examinó. Todas eran dobles, para dos personas. La joven del centro de información había olvidado ese detalle. No parecían lo más apropiado para la chica. Pero quizá la tirolina pudiera gustarle. O ni siquiera gustarle, quizá no hiciera falta. El placer, había aprendido, estaba sobrevalorado. Quizá simplemente fuera terapéutico. Lanzarse al vacío, a los brazos de la nada, confiar en la propia supervivencia, o mejor aún, verse a las puertas de la muerte, del abismo definitivo y total, donde una no podía siquiera quejarse de lo terrible de la existencia porque no había tal cosa por allí.

A lo mejor eso, *salir transformada*, era justo lo que la chica necesitaba. A lo mejor era lo que necesitaba todo el mundo.

Tal vez por ese motivo estaban allí todas esas personas: niños untados en crema solar, parejas que se sacaban fotos hasta la extenuación, grupitos de adolescentes que se daban la vuelta en el último momento, chillando y

86

dando palmas como si un ataque de pavor fuera motivo de orgullo.

Algo zumbó en su oído, libó una flor y desapareció. La Madre se sacudió la oreja y merodeó por el lugar. En el otro extremo del recodo del lago, dos figuras bregaban por atarse el arnés antes de lanzarse al vértigo. Estaban lejos, muy lejos, aunque —eso pensaría la Madre de vuelta a casa— no tan lejos como parecía estar la chica, incluso cuando una podía alargar la mano y tocarla.

Los observó durante un rato, hasta que dieron el esperado salto y llegaron al embarcadero celebrando su gesta. Eran una pareja de la edad de la chica. Realmente parecían *transformados*, en algo ruidoso y lleno de poder. Al observarlos bien, reparó en que ella era una compañera de colegio de su hija. Envidió su bronceado, su naturalidad. Se acercó rápido, sin decidir si saludarla o no, como si solo por aproximarse a ella pudiera llevarle algo de su júbilo a su hija. Pero, antes de alcanzarla, se topó con algo. Una fotografía en blanco y negro, impresa en un folio y pegada con cinta aislante a una farola decorativa de forja. El corazón se le aceleró, los oídos se le colapsaron con el fluir de la sangre. Resultaba increíble, pero lo que había allí pegado era una fotografía suya.

Solo cuando estuvo a menos de un metro del cartel, se dio cuenta de que no era ella. De hecho, ni siquiera se parecía a la mujer de la foto. Era una mujer más mayor, morena, el flequillo cortado sin mucho tino y las cejas gruesas, despeluchadas, con rotundas bolsas bajo unos ojos anfibios.

«Ángela Wisniewska —leyó bajo la imagen—. Desaparecida en la zona norte del lago Milagro. Tiene una pierna defectuosa. Cualquier información, contactar voluntarios / policía.»

Ya en casa, la Madre abrió la nevera y se topó —de nuevo— con un desayuno sin tocar. La chica, eso sí, había roído un par de galletas, cuyo envoltorio reposaba alentador en el cubo de la basura. La Madre preparó una infusión en la que echó subrepticiamente un suplemento de vitaminas, luego la llevó hasta el salón. La chica estaba en el sofá, la manta de cuadros envolviendo sus piernas, la estufa encendida pese al calor. La Madre la apagó, discreta. Miró a la chica, impermeable a su presencia, dura y colorada como un crustáceo. Cualquiera diría que su intención era hervirse.

—Nena, hoy pasé por la tirolina, ¿sabes?

La chica no apartó los ojos de la tele, que para colmo estaba apagada.

—¿Sabes a quién vi allí?

La Madre se sentó junto a la chica.

—A esa amiga tuya del colegio, una rubia, muy bajita, que cantaba en el coro.

Nada.

—¿No te acuerdas de ella? ¿Cómo se llamaba? He estado durante todo el trayecto intentando recordarlo, pero mi memoria ya no es la que era porque, ¿sabes?...

La chica resopló.

—No resoples —protestó la Madre—, ni que te hubiera fastidiado el final de tu película favorita.

La chica siguió con la vista en la pantalla, que solo le devolvía su reflejo. A la Madre se le ocurrió una broma —*A lo mejor lo que te pasa es que tu película favorita eres*

88

tú—, pero no la dijo. Con la chica no funcionaba el humor, las bromas rebotaban en ella y acababan golpeando a quien las hubiera pronunciado.

—¿Sabes de quién te hablo?

La chica la miró, rendida.

—De Silvia.

—¡Esa misma! ¡Silvia! Pues estaba ahí, con un amigo, y se lo estaban pasando en grande. A lo mejor te gustaría llamarla y...

—¡Mamá! —La chica parecía indignada, como si la Madre la hubiera insultado—. Ese chico no es su amigo, es su novio. A esos sitios se va con novios. Yo no tengo a nadie con quien ir, nadie que me acompañe.

Miró a través de la ventana con recelo, como si ante la casa desfilaran decenas de parejas celebrando su amor. La Madre echó un vistazo, pero ahí fuera no había nadie.

—No van solo parejas —aseguró—, había muchos grupos de gente... de todas las edades, y amigas, y una monitora muy simpática, y...

La chica se levantó del sofá, dio grandes zancadas hacia su habitación.

—¡No conocerás a nadie si no sales de casa! —le gritó la Madre.

La chica respondió con un portazo, ya parte integral de su vocabulario.

Por la noche, atrincherada en su cuarto, la chica sacó una caja de latón de debajo de la cama.

Allí guardaba sus bienes más preciados, una recopilación que mutaba según recibía agravios. La caja había acogido una de las flores que le regaló el filólogo hasta

89

que entendió que en su pretendido romance no había esperanzas de segunda parte; también la colilla del porro que compartió con aquel primer novio que nunca lo fue; el *christmas* que le valió los elogios de la profesora de plástica y que legitimó su entrada en la escuela de arte, también hecho pedazos. La caja de bienes preciados supuraba dramatismo, su contenido iba y venía propulsado por ataques de ira. Lo único que siempre había permanecido intacto eran los recuerdos relacionados con el padre. Un recorte de un periódico local lo mostraba joven y barbudo junto a un enorme pez luna, había también un fragmento de basalto, una piedra volcánica traída de una isla misteriosa, cartas recibidas desde lugares lejanos cuyos nombres a veces no sabía pronunciar. En la caja estaban también los tickets y modestos tesoros encontrados en los bolsillos de la ropa donada a la tienda de segunda mano. La mayoría de los tickets no conservaban la tinta, y la chica no sabía a qué habrían pertenecido en principio. Extrajo con cuidado la agenda de teléfonos que se llevó en su último día. Los números estaban escritos con una caligrafía llena de volutas, elegante, propia de una mujer que se hace la permanente y lleva los bolsillos llenos de caramelos de menta. Una agenda antigua de una propietaria ya muerta, eso era lo que parecía. Agarró el teléfono.

Casi todos los números contaban con un prefijo local, y una vocecita insidiosa y robótica respondía a cada intento con un *este número no existe o está fuera de servicio*. La única llamada respondida fue a un número —identificado en la agenda como Marcos— que resultó corresponder ahora a una pizzería. Sin saber cómo reaccionar, la chica pidió una mediana de prosciutto y funghi. Al colgar oyó movimientos en el dormitorio contiguo, el

90

de la Madre. Un ponerse de pie, un dar vueltas inquieta por el cuarto, un volverse a tumbar.

La chica esperó al repartidor sentada junto a la puerta. Fantaseó con la posibilidad de que resultara ser Marcos, y de que Marcos resultara además ser un chico bello como un atardecer brumoso, con los párpados caídos y las pupilas llenas de poesía, un pelo negro y espeso en el que hundir los dedos con deleite, una moto trucada en la que llevarla muy lejos de allí.

La persona que llamó al timbre, sin embargo, era un hombre pakistaní de ojeras lilas y, eso sí, la mejor cabellera que había visto la chica en su vida. Pensó en contarle cómo había acabado llamando a la pizzería, pero el hombre no le dio la oportunidad. Rebuscó en su riñonera, le entregó el cambio y desapareció como el fantasma de la pizza que había decidido ser. Ni siquiera la miró a los ojos. La chica solo deseaba que la mirasen a los ojos.

Entonces vio de soslayo cómo la Madre asomaba la cabeza desde su cuarto, cómo observaba con entusiasmo la caja de pizza. Sin mirarla, fue hasta la cocina. Dejó la puerta abierta, garantía de que la Madre estaría al tanto de sus movimientos. Desde allí podría ser observada sin problemas. Pisó el pedal del cubo de la basura, abrió la caja y dejó caer el contenido dentro. La pizza se deslizó inerte entre papel de cocina sucio y peladuras de naranja. Escuchó cómo la Madre, desilusionada, volvía a cerrar la puerta de su cuarto. Bien. Al ir a plegar la caja para meterla en el cubo, la chica vio que, en el lado interior de la tapa, alguien —probablemente el encargado de la pizzería— había pegado una octavilla con una imagen. Era uno de los carteles de búsqueda de Ángela Wisniewska, impreso en blanco y negro y manchado de grasa láctea y orégano. Lo despegó con cuidado, lo limpió todo lo que pudo. Luego, ya en su dormitorio, lo clavó al corcho con un par de chinchetas.

Ángela tenía los ojos enormes, claros como el agua del lago en verano. Desde la cama, la chica la observó con pena hasta quedarse dormida. Los ojos de Ángela se le metieron dentro de la cabeza como dos culebras, y anidaron allí toda la noche. Los vio proyectados en todos sus sueños, un par de bolas azuladas sobreimpresas a cualquier imagen. Por la mañana aún los veía, suspendidos ante los suyos como si ya fueran parte de la misma cosa. Cuando se sentó a la mesa de la cocina, la superficie estaba manchada con las lágrimas de la Madre, pero la chica no se dio cuenta.

Entonces, la segunda mujer desapareció.

Lo vio mientras se bebía el zumo de naranja exprimido por la Madre, las manos demasiado ocupadas como para cambiar de canal ante la aparición del lago en la pantalla. Era la misma reportera la que hablaba, y esta vez no podía disimular su entusiasmo ante el hecho de que por fin sucediera algo digno de audiencia en la zona que le habían asignado.

—Dos mujeres desaparecidas en dos semanas, en el mismo lugar.

En la pantalla apareció una fotografía de Ángela Wisniewska, la misma que ahora colgaba en el corcho de su habitación. La chica se acercó a la televisión y posó la mano derecha sobre la cara de Ángela. Al instante apareció la imagen de otra mujer. Un rostro pequeño, arratonado, con las cejas finas salpicadas de canas y un párpado más caído que el otro. Una de esas fotos de carnet que cualquiera con dos dedos de frente habría mandado repetir salvo, por lo visto, aquella mujer.

—Priscilla Hernández —anunció la voz de la reportera— es la nueva víctima, o supuesta víctima, de lo que muchos consideran ya un fenómeno serial. ¡El caso de las misteriosas desapariciones del lago Milagro! Ante la angustia generalizada, distintas asociaciones han convocado una vigilia para esta noche. Será aquí mismo, en Aguayela, cerca de donde han desaparecido las mujeres, en una zona accesible desde automóvil privado y autobús.

En la parte inferior de la pantalla, en letras diminutas y pasando a toda velocidad, quienes tuvieran una gran capacidad para la lectura rápida y carecieran de dioptrías podrían leer el mensaje: «Las autoridades no confirman la existencia de ningún fenómeno en serie y animan a los habitantes del Milagro a seguir con su rutina habitual».

La chica, con gesto firme, apretó la mano contra la pantalla.

Iría a esa vigilia.

VIII

La chica, igual que la mayoría de los habitantes del valle Milagro, detestaba con fervor el transporte público de la región. Quienes no tenían más remedio que usarlo se veían sometidos a sus horarios irregulares, a su repentina desaparición —de pronto una línea se veía interrumpida por un desprendimiento o por la presencia de animales en la carretera, y el responsable no veía la necesidad de avisar a nadie—, al humor cambiante de sus conductores. Lo usual era que, a partir de las cinco, los autobuses del valle se desplazaran por la carretera como carcasas huecas, sin un alma que les levantara la mano ni les hiciera parar en las marquesinas. Los conductores, liberados de testigos —salvo por una o dos personas apretujadas en la última fila—, aprovechaban para cantar a voz en grito, mascar chicle con la boca abierta, echar pestes sobre esa señora que se había quejado del volumen de la radio.

En una ocasión la chica, obligada a coger un autobús para regresar de la tienda de ropa donada, había visto desde su asiento cómo el conductor enloquecía kilómetro a kilómetro, igual que una criatura nocturna alucinada por la luna llena. El hombre había comenzado a dar palmadas sobre el volante, primero como quien tamborilea despreocupadamente, al poco como quien fantasea con la aniquilación total del enemigo. Luego, en tono desafiante, había empezado a hablar: *¿Qué quieres, qué quieres?, ¿que cambie la música? ¿Y tú?, ¿te puedes cambiar la cara? ¡JA, FÍJATE! ¡Pues eso sí que es un problema!* Al principio la chica había creído que el conductor hablaba con ella, pero al abrir la boca para responder se dio cuenta de que ni siquiera había reparado en su presencia, de que hablaba con alguien que no estaba allí, que quizá nunca había estado. La chica se preguntó si, cuando ella hablaba con el padre ausente —cosa que sabía que hacía, pero en la que prefería no pensar—, tendría semejante pinta de loca. Estar loca, pero sobre todo parecerlo, era lo peor que le podía suceder a una.

El conductor había pasado el resto del viaje riéndose a carcajadas, disparando diminutas gotas de saliva contra el cristal, flirteando con pasajeras inexistentes. La chica, pudorosa, había echado alguna que otra mirada furtiva hacia la cabina, donde el hombre despotricaba feliz, embriagado por su propia desinhibición, y había sentido hacia él una envidia inesperada y feroz. Imaginó que debía de ser ese momento de enajenación solitaria —y no el paisaje nostálgico del valle, con el lago sumido en la bruma y los pinos llorones inclinados sobre la carretera— lo que hacía que el de conductor de autobús fuera uno de los trabajos más solicitados de la zona.

La chica no había vuelto a coger un autobús —se había prometido no hacerlo bajo ningún concepto—, pero aquel día no quedaba otro remedio. Si quería asistir a la vigilia tenía que desplazarse hasta Aguayela, y la única forma de hacerlo sin contar con el favor de la Madre era montarse en una de esas dichosas carracas de caucho y

95

metal. A las siete salió de la casa, sigilosa igual que un gato o un detective privado, y caminó hasta la parada del autobús más cercana. Se había envuelto en una amplia parka negra que perteneció al padre, un saco que —consideró en el momento— la haría pasar inadvertida, una sombra amorfa desplazándose en la oscuridad. Al verse reflejada en el cristal de la marquesina le pareció que tenía aspecto de fugitiva o de viuda antigua, y lo cierto era que se sentía un poco como ambas.

A esas horas no era probable que se cruzara con la Madre, que solía llegar a casa pasadas las nueve, pero sería mejor tomar precauciones. Se parapetó tras un lateral de la marquesina, que el frío había vuelto de color plata y transformado en un biombo opaco, se ajustó la capucha de la parka y se mantuvo atenta a la carretera. Sobre el alquitrán había cristalizado una finísima capa de hielo y los automóviles que pasaban lo hacían con un deslizarse sinuoso, como patinadores reduciendo la marcha tras una carrera. Pasaron tantos coches en dirección noreste y el frío castigaba tanto sus manos que pensó en parar alguno —sería una forma fantástica de conocer a un futuro novio, una de esas anécdotas que contarían decenas de veces a conocidos y amigos—, pero el autobús apareció por fin y a una velocidad alarmante, tan escorado al arcén que tuvo que apartarse de un salto. Dentro se distinguía un batiburrillo de cabecitas, algo asombroso tratándose del valle. Solo en verano —y en los fines de semana más turísticos— se veía en un transporte público semejante concurrencia. El conductor abrió con desgana e ignoró el saludo de la chica, y ni siquiera reaccionó cuando ella dejó unas monedas sobre el mostrador de la cabina. La chica tomó asiento al fondo, observó intrigada: hombres y mujeres de todas las edades, una pareja con gafas metálicas a juego y un niño rubicundo que se hurgaba con pasión la nariz, dos grupos de adolescentes con pancartas enrolladas. Parecía que hubieran fletado un autobús rumbo a un espectáculo familiar: tigres que saltan a través de aros, sables entrando en gargantas, chisteras con doble fondo, mujeres que desaparecen. La chica era la única que había acudido sola, pero era obvio, o eso le pareció, que todos iban al mismo sitio, y la idea de un destino común le resultó la mar de reconfortante. Cuando llegaba una curva el conductor la tomaba demasiado cerrada, haciendo que todos tuvieran que agarrarse a los asientos y esforzarse por mantener el equilibrio. Su furia —¿qué hacía toda esa gente ahí?— era evidente como la noche, como el ulular de las lechuzas o el repiqueteo de los asientos de plástico. Pero nadie se quejó ni lanzó una mirada reprobadora hacia la cabina, nadie se molestó siquiera en arquear una ceja. Todo el mundo estaba ocupado hablando de las desapariciones.

Ángela Wisniewska, Priscilla Hernández.

La chica había memorizado sus nombres sin esfuerzo alguno, como si siempre los hubiera conocido. Recordaba también sus caras al detalle, igual que las de dos tías cuyos retratos hubieran colgado en la pared del pasillo desde tiempos inmemoriales. Sin embargo, según pudo comprobar, la gente confundía a las dos mujeres. Mezclaban la cojera de Ángela con la delgadez de Priscilla, inventaban decenas de formas de pronunciar *Wisniewska*. Un tipo embutido en un rígido jersey de lana se refirió a ellas como *Primera* y *Segunda*, y otro alabó la practicidad de aquellos nombres. Por lo visto, eran ya muchos los que se referían a Ángela y a Priscilla de esa forma. La chi-

97

ca pensó que aquellos términos le daban al asunto un tono de profecía o de maldición, como si ese par de mujeres fueran solo el comienzo de algo más grande, algo que dejaría a todo el mundo sin aliento. Se arrebujó en la parka, en la que a veces creía apreciar un imposible rastro del aroma del padre, y miró hacia la carretera oscura.

Las rutas que circundaban el lago tenían unas cuantas paradas evidentes, las situadas en los pueblos y cerca de las urbanizaciones, y otras tantas que parecían absurdas, casi un chiste en mitad de caminos asfixiados por túneles de árboles y blancos nidos de arañas y criaturas de cola anillada atropelladas en los arcenes. Eran la clase de paradas en las que nunca había nadie, pero mientras se acercaban a la más lúgubre de todas, la chica comprobó atónita que esta vez no había una, sino cinco personas esperando al autobús. En aquella marquesina el banco estaba roto hacía meses, pronto conquistado por la hiedra y las enredaderas. Como no había donde sentarse, los aspirantes a pasajeros esperaban de pie, discretamente agrupados para procurarse calor. El conductor tardó en frenar, sin creer a sus propios ojos, y tuvo que dar marcha atrás unos metros.

La chica observó subir a los nuevos ocupantes del autobús, todos con las mejillas encendidas por el frío y la expectación. Uno de ellos, barbudo y con el mentón salpicado de migas, llevaba una pequeña lona enrollada, un par de mujeres cargaban una gran bolsa llena de algo que parecían sándwiches envueltos en papel de plata. Todos saludaron y fueron saludados al entrar, encantados con la presencia propia y ajena. A la chica se le ocurrió que las desapariciones de las mujeres habían activado la circulación de los habitantes del valle. La sangre les bullía en las venas, lozana y saltarina, y los ojos les brillaban como a coyotes.

Frotándose las manos, una anciana diminuta se sentó al lado de la chica. Llevaba uno de esos gorros con largas orejeras, el interior forrado de borreguillo y el exterior de un material parecido al raso, en tono celeste, a juego con la sombra de ojos cuarteada sobre el párpado.

—¿Vas a la vigilia? —preguntó quitándose el gorro. Unos pelos alambreños le emergían de la zona superior del labio, y llevaba una horquilla infantil sobre el cabello finísimo: una Minnie Mouse de plástico, sonriente y tocada con un lazo de tela, pegada a una base metálica descascarillada. La chica asintió.

—¡Yo también! Qué casualidad. —La anciana miró alrededor, buscando algo que añadir—. ¿Conoces a alguna de ellas?

La chica dudó, por un momento convencida de que conocía a Ángela. Recordó sus ojos, tan asomados de las cuencas, dos ojos que parecían querer escapar de su emplazamiento original. Por la noche, cuando el sueño y el hambre la alelaban, aquellos ojos se volvían enormes como simas. Negó con la cabeza.

—Yo tampoco. —La anciana suspiró, un aliento acre con trazas de colutorio—. Pero me encantan las vigilias. Son tan solemnes, con esas velas por todas partes... ¿Has estado en alguna?

La chica negó de nuevo. Nada en ella, sintió, resultaba relevante.

—¡Lástima! Yo he estado en varias. A veces ayudo, encendiendo velas o repartiendo agua. —La anciana hizo una pausa, esperando una reacción que no llegó—. Me encanta ayudar a la gente.

La chica desvió la mirada hacia la ventanilla. La noche había caído sobre el valle y el paisaje se había vuelto gris y azul marino. Criaturas huidizas habrían empezado ya a desperezarse en sus madrigueras, listas para salir a procurarse el sustento. A su lado, la anciana revolvió en su bolso hasta sacar un pequeño pintalabios. La observó aplicarse carmín sin atender al traqueteo del autobús, una pala y un colmillo enseguida manchados de rojo. Decidió que aquella mujer estaba a todas luces loca, loca de un modo explícito y sin fisuras. La idea la reconfortó. Imaginó la locura como una bandeja de canapés de la que, cuantos más cogieran los demás, menos le tocarían a ella. Relajada, miró hacia la negrura del bosque y de todo lo que había más allá, hacia la negrura del mundo mismo. Los faros del autobús iluminaban el asfalto, las raíces y la maleza seca se volvían doradas a su paso. Intuyó los sonidos del bosque, misteriosos y a veces musicales, amortiguados por el ruido del motor. Había pocos momentos así para la chica, momentos en los que eran solo ella y el mundo, en los que hasta podía decirse que el mundo la engullía de una forma amable, como un abrazo de tierra y raíces. Pero esos momentos siempre acababan pronto, normalmente por un pensamiento que le saltaba encima sin más. A veces era un pensamiento sencillo y rudimentario, como *oye, estás gorda*, a veces era algo más críptico, como *que tu padre muriera no habla muy bien de ti*. A veces no hacía falta un pensamiento para apartarla de aquella paz repentina, bastaba con una mosca volando bajo o una anciana ávida de conversación.

—¿Sabes? —la anciana se inclinó hacia la chica, como

si fuera a confiarle un secreto—, en esta vigilia no va a haber velas. Es porque se celebra en la pasarela, y allí está prohibido encender fuego. Yo creo que hoy podrían hacer una excepción, una vigilia sin velas es como un entierro sin flores. Seguro que a Primera y Segunda les gustaría que hubiera velas.

—¡Dejen de llamarlas Primera y Segunda!

En el autobús se hizo un repentino silencio, incluso el niño dejó de hurgarse la nariz. La chica miró hacia arriba. La que había hablado era una joven morena, delgada como una raspa, con una intrincada trenza y una de esas bolitas metálicas en la barbilla. La cara le irradiaba una belleza abstracta, imposible de adjudicar a uno u otro rasgo, que la chica codició al instante. La anciana, al lado de la chica, balbuceó un lastimero sinsentido.

—Bueno, bueno —el hombre de las gafas habló con voz sosegada, como un sacerdote o un profesor de infantil—, esta jovencita tiene mucha razón. Imagínense que a esas tormentas que lo destrozan todo en verano las llamáramos la primera, la segunda, la tercera... Sería casi como convocar a *la cuarta*, ¿no creen?

—No me llame jovencita.

—Quizá podríamos poner a las desaparecidas nombres femeninos —continuó el hombre distraídamente—, como se hace con las tormentas.

—¡Ya tienen nombres! —respondió la joven de la trenza.

—¡Cierto! Pero tan difíciles... ¿Alguien los recuerda?

La chica se levantó, solemne. Ella los sabía tan bien como se sabía el suyo. Se aclaró la garganta para hablar.

—Ángela Wisniewska y Priscilla Hernández —se adelantó la joven de la trenza.

La chica volvió a sentarse, decepcionada. Se preguntó si alguna vez conseguiría decir algo sin que otra persona lo hiciera más rápido, con más seguridad, mejor.

Al otro lado del cristal el lago Milagro, como un gato negro enroscado en mitad del valle, llenaba hasta donde abarcaba la vista.

IX

La chica sabía —o creía saber— casi todo lo que una hija podía saber sobre su padre.

Sabía que, durante el invierno, golpeaba con estruendo el capó un par de veces antes de subir al coche, por si algún gato se había colado dentro para dormir al calor del motor. Sabía que, al contrario que otros padres, no respondía a sus llorosos *he tenido una pesadilla* con un *no te preocupes, solo era un sueño*, sino con un entusiasta *¡estupendo! ¿De qué trataba?* Sabía que se afeitaba sobre el fregadero de la cocina porque hacerlo en el estrecho baño de la cabaña, alicatado de arriba abajo, le parecía *asfixiante*. También que no temía a la oscuridad ni a los rayos porque, en una ocasión, había subido con ella al tejado durante una tormenta eléctrica para ver si caía alguno en el pararrayos recién instalado. Al llegar la Madre a casa, empapada y con el carro de la compra hecho un desastre, les había chillado hasta la extenuación para hacerles regresar adentro. Esa era la clase de cosas que hacía la Madre: interrumpir cuando algo asombroso estaba sucediendo, como si no pudiera soportar que la vida de los demás estuviera salpicada de emoción y belleza.

La chica imaginó que, de seguir vivo, el padre estaría en ese autobús con ella. Sin duda amansaría a la concurrencia, tan evidentemente fuera de sí, porque el padre era también una especie de domador. No uno de esos crueles hombres de circo que sometían a las fieras a base de latigazos, sino uno al que ellas deseaban escuchar y hasta obedecer por propia voluntad. Eso era, pensaba la chica, porque el mundo era generoso con el padre, y el padre, como si hubieran firmado un pacto del que solo ellos conocieran las cláusulas, era generoso con el mundo. No era la clase de persona —la chica había conocido a varias— que se agarraba a la información de la que disponía como a una gema que otorgase poderes intransferibles y que no permitiría ver a nadie más. Si el padre estuviera allí, montado en ese autobús a rebosar de charlatanes, miraría con pausada profundidad hacia el lago, hacia las oscuras aguas que bañaban las orillas de Aguas Negras, y diría:

—¿Sabéis? Ahí, en la zona donde la tierra se curva hacia arriba y no hay un solo árbol, está el inicio de las antiguas minas de carbón, aunque ni siquiera está señalizado y nadie parece recordarlo.

Entonces los pasajeros cerrarían la boca y se sentarían en torno a él para escucharle mejor, como la chica había visto suceder tantas veces. Cuando ella era solo una niña, la casa solía acoger cenas por las que pasaba mucha gente, escritores y profesores y naturalistas y hippies de pelo ensortijado que llegaban desde distintos puntos del mundo para conversar con el padre. Todos fumaban en silencio mientras él contaba historias como la del gallo ponedor o la de las sacrificadas madres pulpo, que tras la puesta de huevos dejaban de comer y hasta se autolesionaban, y a menudo morían antes de que los huevos hicieran eclosión.

—El sacrificio de la madre —decía él— es un comportamiento de lo más natural, como si una vez nacidos los hijos ya no tuvieran nada que ofrecer al mundo. La gente escuchaba el aciago final de las madres pulpo —cómo se producían heridas, se mutilaban y enredaban sus tentáculos hasta provocar su propia muerte— sobrecogida y embelesada. La Madre, por su parte, se ocupaba de mantener caliente el café. A veces, en los sueños que la chica aún tenía sobre esas cenas, el magnetismo del padre era tal que los objetos —las teteras, el mantel de hule, las pipas de madera de olor ahumado— levitaban y comenzaban a orbitar a su alrededor, cada vez más rápido, como si el padre tuviera su propio campo de atracción.

Era cierto que el valle Milagro estaba lleno de minas. El padre le había contado la historia decenas de veces. Se trataba de minas de carbón de más de dos siglos, largas serpientes excavadas en la tierra que se estrechaban durante metros y metros hasta hacerse casi impracticables. Aquellas minas eran el motivo por el que la gente había comenzado a asentarse en el Milagro, desplazando a la población original hasta convertirla en una minoría extravagante, un souvenir de otro tiempo. Las minas, sin embargo, no habían tenido un final feliz, y eso las había arrancado de cuajo de la historia de la región.

—Nadie —solía decir el padre— necesita una épica de desenlace mediocre.

Durante su época más activa, las minas habían congregado en su entorno a miles de hombres, que llegaban al valle como si la propia montaña los vomitara a orillas del lago. Se presentaban allí con la idea de un trabajo inmediato y de sol a sol, y algunos habían arrastrado con ellos a toda su familia. Pronto fue imposible levantar alojamientos para todos, así que muchos de los recién llegados tenían que dormir en el bosque, en precarias tiendas, sin atreverse a acurrucarse los unos con los otros pese al frío. Algunos eran tan jóvenes que aún llamaban en sueños a sus madres, y despertaban siendo el hazmerreír de todos sin saber por qué. Las minas no eran a cielo abierto, sino tuneladas y sin apenas aire, y el trabajo constante pronto comenzó a provocar las iras de la montaña. Al fin y al cabo, eran sus entrañas las que se habían abierto en canal y expuesto para que todos pudieran servirse de ellas.

Al llegar a este punto del relato, el padre solía inspirar y espirar con gravedad, señal de que la parte más oscura de la historia se aproximaba.

—Cuando comenzaron los corrimientos de tierra y los derrumbes, los propietarios de las minas se limitaron a poner algunos andamiajes de refuerzo. Cuando alguno de los túneles colapsaba, sencillamente abrían otro. De todos modos, el carbón seguía saliendo de la roca, la gente seguía llegando y los asentamientos del lago eran cada vez más un pueblo, y luego varios, y al final, una región conectada por una carretera. La gente se sentía en deuda con el carbón; tanto, que había quienes lo besaban con fervor y salían de las minas con la cara completamente tiznada. Algunos de los nativos del valle se incorporaron a trabajar en las minas, pero la mayoría evitaron a toda costa introducirse en las tripas de la montaña. Aquellos nativos eran los que habían señalado el lago y pronunciado con gesto solemne la palabra *Milagro* cuando los recién llegados les preguntaron por el nombre del lago. O eso entendieron sus interlocutores. Casi dos siglos después, cuando se levantó la ciudad universitaria de Aguas Altas y los estudiosos y lingüistas empezaron a llegar al valle, se comprendió que el nombre del lago no era Milagro. Eso era cosa de la gente, que escuchaba lo que quería escuchar. En realidad, al lago se referían con esa expresión en la lengua originaria, *Mitl-a-Goro*. Eso era lo que los nativos decían cuando señalaban el lago de aguas oscuras a los recién llegados.

Entonces el padre se incorporaba, casi en éxtasis, y miraba por la ventana del estudio en dirección al lago, que no podía verse desde allí pero que —la chica lo sabía— reposaba negro e inmenso a solo unos kilómetros. Pronunciaba las palabras con cuidado, como si fueran sagradas.

—*Mitl-a-Goro. El hogar de La Criatura.*

La chica sabía cómo terminaba la historia de las minas. Los incontables accidentes habían acabado provocando tensiones entre mineros y capataces, y tras un derrumbamiento que se había cobrado una decena de vidas los disturbios se habían apoderado de la región. Incendios, robos, cristales hechos añicos, un puñado de hombres de los que nunca más se supo. Las minas no tardaron en cerrarse, pero para entonces ya había seis asentamientos desarrollándose en torno al lago. Quienes se habían dedicado al carbón se marcharon con sus familias, y la gente olvidó el modo en que los pueblos del Milagro habían comenzado su andadura. Como vestigio del pasado minero de la región solo habían quedado los túneles en torno al lago, muchos inundables y otros sellados para evitar accidentes.

Según el padre, era ese pasado minero de la región, esa desconexión del resto del mundo, lo que había hecho que el valle siempre se surtiera a sí mismo de los servicios necesarios. Desde que la chica tenía memoria existían grupos independientes de guardas forestales, que se encargaban de que nadie se hiciera con peces más pequeños de lo permitido y de que no se cazara fuera de temporada —aunque por todos era sabido que podían hacer la vista gorda a cambio de una discreta remuneración—, y un equipo de bomberos que preparaban los cortafuegos en temporada de incendios. Para todo lo demás, hacía años que se habían organizado los grupos de voluntariado del valle Milagro. Los voluntarios llevaban camisetas y gorras a juego, bajaban gatos de abetos y vigilaban las techumbres y los canalones de los vecinos, el tamaño de los nidos de las procesionarias y la fauna que merodeaba por los vertederos.

Los grupos de voluntarios habían nacido poco después de la muerte del padre, y la chica siempre se preguntaba si él se habría unido a ellos con entusiasmo o si los habría mirado con recelo, como a colegiales a los que resultara absurdo confiar nada. Aunque lo natural era

108

pensar en los voluntarios como jóvenes, muchos pasaban de los cincuenta, y hasta había un par de octogenarios que a menudo olvidaban qué hacían en aquella carretera nevada con una pala en la mano. La gente del valle, a sabiendas de su desinteresado compromiso, paraba los coches y los devolvían a sus casas. La chica nunca había recurrido a ellos, y esperaba no tener que hacerlo. Su entusiasmo le resultaba extenuante, amargo, un recordatorio de su propia apatía.

El lema de los voluntarios había sido *El Milagro somos todos*, hasta que, hacía solo unos meses, alguien había comentado que la ausencia del femenino resultaba un tanto desconsiderada, sobre todo teniendo en cuenta que la población del Milagro eran mayoritariamente mujeres. Se había propuesto como nuevo lema *El Milagro somos todos y todas*, o quizá mejor *El Milagro somos todas y todos*, pero pronto se estimó que eran demasiado largos y poco atractivos a los oídos. Tras valorar *Somos Milagro* —esto, opinaron muchos, sonaba más a secta que a otra cosa—, se impuso como favorito *¡Oh, mitl-a-goro!*, que recogía el nombre original del lago y otorgaba un carácter bastante pintoresco.

—Es un lema ambiguo —había explicado el portavoz de los voluntarios—. No se sabe si hay que pronunciarlo con orgullo o con pena, ni si es un saludo o una despedida. No hace referencia ni a hombres ni a mujeres, ni tampoco a nada que se le parezca, y puede decirse como se prefiera, según el ánimo. Es muy versátil.

A todo el mundo le había parecido perfecto.

109

Ahora eran esos voluntarios los que se encargaban de distribuir en el espacio a los asistentes a la vigilia, reservando asientos para los ancianos y repartiendo mantas e infusiones calientes a quienes lo solicitaban. La gente bajó de los autobuses impaciente, como si acudieran a un concierto de rock y temieran quedarse sin sitio, y los voluntarios los recibieron igual que a un rebaño desorientado, con paciencia e infinita comprensión.

—¡Oh, Mitl-a-Goro! —decían los asistentes a modo de agradecimiento.

La chica enseguida desechó la manta, pero aceptó feliz la infusión. No le gustaba el olor de las que le preparaba la Madre, empalagosas con su naranja y su cardamomo, pero esta, fuera de lo que fuera —era, de hecho, de naranja y cardamomo—, le pareció de lo más apetecible. Dio un sorbo y la nariz se le llenó de flores, y le pareció que estaba exactamente donde debía estar. Autónoma, independiente, una exploradora lanzada con tirachinas hacia un mundo repleto de misterios por descifrar. Notó cómo la anciana del autobús se colocaba a su lado.

—¡Vaya! —exclamó la mujer—. ¡Aquí debe haber al menos doscientas personas! ¿Dónde nos sentamos? —La chica dio un respingo involuntario, tanto que un poco de la infusión le salió por la nariz—. ¿Y qué es eso?

Entre las decenas de personas que se ordenaban por ahí, con vasitos de agua caliente en las manos y actitud expectante, se levantaba una tarima de madera. Una voluntaria se les acercó sonriente.

—¡Es nuestra tarima! La hemos montado nosotros, con nuestras propias manos —explicó—. Es para la cadena local, y también para quienes quieran subir a decir algo.

—¿Algo como qué? —preguntó la anciana.

—¡Lo que sea! Una oración, un poema.

A la anciana se le iluminó la cara, mostró sin pudor los dientes manchados de carmín.

—¡Ay! ¡Yo me sé uno precioso! De Dylan Thomas.

La voluntaria arqueó las cejas.

—Un poema sobre las mujeres desaparecidas —dijo.

La anciana se ruborizó.

—Ah, claro. Qué tonta.

La chica oteó en derredor. Junto a la tarima distinguió a la hija de Ángela Wisniewska. La había visto varias veces en la cadena local. Siempre rogaba por el regreso de su madre sin que se supiera muy bien si le hablaba a un secuestrador o a la propia Ángela, como si su madre se hubiera metido dentro de una chistera de la que pudiera salir solo con desearlo. Como si no acabara de creerse que alguien, pudiendo elegir entre tantas personas a las que secuestrar, la hubiera escogido precisamente a ella. A los pies de la hija de Ángela había dos niños pequeños —mellizos o gemelos o, por lo menos, muy parecidos— jugando a darse bofetadas. La chica los observó con curiosidad; no parecía que hubiera norma en su juego más allá del escrupuloso respeto por los turnos. Uno le daba una bofetada al otro, el otro se acariciaba la mejilla inflamada, preparaba la mano, devolvía el tortazo. Aunque era evidente que eran sus hijos —es decir, los nietos de Ángela, aquellos a los que volvía de cuidar cuando había desaparecido—, la mujer apenas los miraba. Cuando uno le tocaba la pierna, la agitaba con brío, igual que cuando en verano una siente un insecto subir por la pantorrilla y la sacude sin atreverse a bajar la vista, no vaya a toparse con algo aún más terrorífico que lo ya imaginado. Junto a la mujer y los niños, una adolescente pelirroja temblaba de frío pese al enorme anorak de plumas. En las manos sujetaba un cartel. Aunque desde allí no podía distinguirlo bien, la chica no tenía dudas. Era una fotografía de Priscilla Hernández, la otra desaparecida. Pese a lo atenta que había estado a cualquier noticia relacionada con ella, sobre Priscilla apenas se habían revelado datos. Solo que había desaparecido en la misma zona que Ángela, en la pasarela de madera que comunicaba Aguayela con Matagua. Exactamente donde estaban ahora. Quizá, pensó la chica, las dos mujeres se hubieran asomado desde la pasarela por un motivo. Quizá hubieran visto algo revolverse en el lago, algo extraordinario que el padre consideraba que debía habitar esas aguas, algo escurridizo y de mandíbula potentísima, algo...

La anciana posó la mano sobre el hombro de la chica.

—¿Dónde nos sentamos?

La chica la miró. Los ojos de la anciana se habían vuelto de pronto más redondos, separados y anhelantes como los de un cachorro.

—Yo... tengo que irme. —La chica señaló la zona tras la tarima, donde no se apreciaba un alma.

Luego notó más palabras desfilando a través de sus labios, un ejército obediente al que no recordaba haber dado ninguna orden.

—Me está esperando mi novio.

A veces a la chica le parecía que nadie en su sano juicio podría censurar sus mentiras. Ni siquiera las planeaba. Sencillamente le llegaban, ya fabricadas, se le posaban en la lengua y era imposible no decirlas. Mientras se alejaba, se giró un par de veces para mirar a la anciana. La luna lo había vuelto todo frío y plateado, y su luz bañaba a la anciana como a un fantasma tristísimo.

La chica avanzó hacia la tarima, la boca aún con ese regusto a la palabra *novio*. Le gustaba pronunciarla; tenía un sabor azucarado, a cerezas bañadas en ron. Estaba segura de que decirla muchas veces provocaba caries. Caminó entre la gente con la mirada gacha, orientándose gracias a los zapatos ajenos, unos y otros brillantes sobre el césped mojado. La mayoría tenían suelas recias, caña alta, gruesos calcetines de punto calentándoles las pantorrillas. En lugares fríos como el valle Milagro, la estética era sacrificada a toda prisa en el altar de la supervivencia. Pero la chica, siempre consciente de la posibilidad de toparse con el amor verdadero —o con alguno de sus tramposos sucedáneos—, se había encargado de llenarse los ojos de *eyeliner* y varias capas de rímel, tanto que ahora sentía cómo las pestañas se le iban congelando, cada vez más pesadas. En pocos minutos, estaba segura, tendría un borrón negro en torno a los ojos. Ninguna de las decisiones que tomaba, se lamentó, conseguía acercarla a la belleza. Quizá la belleza residiera en un lugar inaccesible a ella: tal vez no era algo que pudiera obtenerse con esfuerzo sino una energía que brotaba de dentro, una fuerza de la naturaleza involuntaria e inevitable, como un alud. Mientras caminaba leyó algunos carteles, todos sujetados por manos femeninas. Un BASTA YA escrito con unas letras moradas y llenas de arabescos, un SI DESAPARECE UNA, DESAPARECEMOS TODAS que la chica no supo cómo interpretar. Ya cerca de la tarima una mano de hombre, velluda y con los nudillos anchos y duros como bocas de riego, sostenía un cartel distinto. La chica lo observó incrédula. Era solo un gran interrogante, pintado en rojo, bajo el que se leía la pregunta *¿QUIÉN SE LAS HA LLEVADO?* Pero la palabra *QUIÉN* había sido tachada y debajo, escrito en un rojo furioso, se leía *QUÉ.* QUÉ *SE LAS HA LLEVADO.*

El portador del cartel era un tipo con una barba frondosa y una camiseta del monstruo del lago Ness. La chica recordó haber tenido una parecida, uno de tantos regalos del padre que ahora odiaba haber perdido. Cuando era una niña solía usarla como pijama, durante la época en la que se hacía pis encima nada más conciliar el sueño, su cuerpo siempre esperando a que se despistara para traicionarla. Solo el recuerdo de aquella etapa le dio ganas de orinar, así que superó la tarima, en torno a la que empezaba a aglomerarse gente, y se introdujo unos metros en la vegetación.

El bosque allí era tan frondoso que, una vez dentro, parecía que una hubiera sido totalmente engullida por él, aunque solo hubiera caminado diez pasos desde el claro. Los bosques y los lagos eran así, capaces de hacerte olvidar en un instante de dónde venías, capaces de hacerte dudar de que existía un lugar seguro al que regresar y del que apenas te habías alejado. Por eso era importante saber orientarse mirando al cielo, solía decir el padre. Al contrario que los árboles y las simas, las estrellas no jugaban malas pasadas. Eran aliadas seguras.

—A no ser que esté nublado —solía añadir entre carcajadas.

A la chica, aquella coletilla siempre la llenaba de desesperanza.

Se puso en cuclillas y vació su vejiga con alivio. El pis creó un fino río sobre el corcho helado y la chica lo miró abstraída hasta reparar en que el río terminaba en la parte baja de sus propios pantalones. Eran pantalones de pana, un tejido espeso y abrigado sobre el que más valía no acabar meándose. La chica maldijo su suerte —siempre la dichosa suerte— y la asaltó una vergüenza rara, en diferido, como si un gesto reprobador del padre le llegara desde años luz de distancia, desde un lugar con sillones de escay y minibares de caoba en el que los padres muertos se reunían para observar a sus hijas crecer y cometer una estupidez tras otra. Miró hacia la espesura del bosque, deseando fundirse con ella. Y entonces lo vio.

A unos metros de distancia, diez como mucho, un rectángulo blanco flotaba suspendido entre el tapiz verde y ocre. Los troncos de los ocotes y los pinos lo mantenían prácticamente oculto, pero no cabía duda de que allí había algo sensacional. Quizá, se dijo la chica, una puerta o, mejor aún, un portal, un acceso intergaláctico abierto *sospechosamente cerca* de la pasarela en la que a Ángela Wisniewska y a Priscilla Hernández les había dado por desaparecer. La chica entornó los ojos y avanzó, sin apartar la vista de aquel prodigio. Si lo hacía, el rectángulo mágico se desvanecería para siempre y nadie la creería. A los pocos pasos entendió, como era de esperar, que no se trataba de ningún rectángulo mágico, sino de una sábana vulgar, una encimera lisa y anodina que colgaba de una cuerda asegurada a dos árboles. La chica guardó silencio, sin tiempo para valorar su propia decepción. Dos voces femeninas emergían del espacio tras la sábana. ¿Primera y Segunda, tal vez? La chica se imaginó a sí misma regresando a la zona donde los vecinos se concentraban y resolviendo el misterio para todos, aunque aquella explicación tan pedestre —Ángela y Priscilla solo estaban en el bosque, quizá de pícnic, quizá retozando encima de un mantel de cuadros— no era especialmente de su agrado. Se aproximó de puntillas hacia la sábana, conteniendo la respiración. Y se detuvo. Sobre la tela blanca alguien había pegado un folio con la palabra *Camerinos*. Se agitaba con el viento y a veces se leía *Caminos*, a veces solo *Caros*. Decepcionada sin remedio y sintiendo cómo el pis que le empapaba los tobillos se volvía más y más gélido, se asomó discreta por un lateral.

Sentada en una silla plegable, la reportera que había narrado las desapariciones para la cadena local se dejaba maquillar por una mujer muy parecida a ella. Una versión más cansada, descolorida y flácida, como si alguien hubiera hecho una copia de la reportera en un pergamino mojado y luego la hubiera dejado secar bajo el sol castigador de agosto.

—¡Mamá! —se quejó la reportera—. ¡Este maquillaje es demasiado oscuro!

La madre asintió y rebuscó a sus pies, en una maleta de ruedas abierta. Eligió un gran estuche de lunares, lo abrió y lo puso ante la cara de la reportera.

—Vamos a probar con uno de estos. El melocotón es bonito. A mí me favorecía. Cuando tenía tu edad, solía...

La reportera empezó a sacar botes y frasquitos del estuche como si destripara un animal recién sacrificado.

—No puedo salir, mamá, no puedo, estoy horrible.

La madre negó con vehemencia.

—Ay, hija, no digas eso, que te va a castigar Dios.

—¿Y el neceser blanco?

116

—¿Qué neceser blanco?

—Uno pequeño —dijo la reportera—. Con maquillaje más claro. Estoy muy pálida, mamá, estoy demasiado pálida y tengo la cara arrugada, ¡soy una momia!

La reportera se levantó angustiada, las rodillas temblorosas.

—Debe haberse quedado en el coche. Voy a buscarlo.

La madre la hizo sentarse.

—Iré yo, espera. Te quito antes lo oscuro.

Untó a toda prisa un algodón en tónico y comenzó a frotar con cuidado la cara de su hija. La reportera sonrió, agradecida. Cada vez que su madre pasaba el algodón, haciendo suaves círculos, el maquillaje iba tomando el aspecto de un tornado color teja. Realmente, pensó la chica, era demasiado oscuro.

Asegurándose de que la zona empapada de sus pantalones sería imperceptible para los demás, la chica se alejó de la sábana y regresó a la concentración. La gente se había situado en sus sitios definitivos, todos observando la tarima vacía en recatado silencio. Sigilosa, se hizo hueco en un lateral, justo donde unas pequeñas escaleras facilitaban el acceso al pequeño escenario. Quizá ella misma pudiera subir una vez comenzaran los turnos. Podría gritar algo del tipo: *¡La criatura del lago es real, Emilio Santos os lo advirtió!*, o quizá llevar a cabo una acción más *performática* —había aprendido esa palabra en la escuela de arte de Aguas Calientes—, como rodar por el suelo con los ojos en blanco y luego levantarse y, en trance, invocar el nombre de su padre tres veces,

Emilio Santos,
Emilio Santos,

117

Emilio Santos,

hasta que todo el mundo comenzase a murmurar y huyeran despavoridos sin saber cuál era la amenaza. Eso le encantaría al padre, estaba segura. Todos los padres de la sala de padres muertos le invitarían a una copa. Pero a la chica no se le daba muy bien hablar en público —ni siquiera en privado— y, al contrario que el padre, no gestionaba nada bien las burlas ajenas.

El padre había sido un tipo muy seguro de sí mismo, un firme defensor de su valía. Ante quienes habían negado la posibilidad de que una criatura marina desconocida habitara en las corrientes profundas del Milagro siempre se había mostrado firme, incluso condescendiente. Una vez le había contado a la chica-niña que hacía años, en un espectáculo de magia, un hipnotizador lo había sacado al estrado y al final había sido él, el padre, el que había acabado hipnotizándolo y haciéndole dar vueltas sobre sí mismo como una peonza. La chica-niña le preguntaba entonces a la Madre si aquello era verdad, y la Madre siempre reía y decía que sí. Era la época en la que los padres eran todavía felices, y a veces ponían música y bailaban agarrados como un tierno monstruo de dos cabezas.

Cuando le preguntaban por la criatura del lago, el padre se explicaba con la paciencia de un profesor cansado pero voluntarioso.

—No estamos hablando de cualquier lugar —repetía con gesto gentil—, hay una parte importante de este lago que ni siquiera asoma a la superficie. Siempre que hemos intentado medir su profundidad con sonares nos hemos encontrado con subdivisiones en túneles, y luego más túneles. Hay decenas de historias y canciones de los pueblos originarios del valle que hablan de una criatura marina huidiza que habita estas aguas. Son tan profundas que las cámaras que se han hecho descender han reventado por la presión, y casi una decena —esto, según el padre y los pocos que apoyaban su teoría, era el argumento más contundente a su favor— fueron interceptadas por algo grande, que se movía con lentitud pero que, sin duda, estaba ahí, y estaba vivo.

—¡Eso puede ser un siluro! —protestaban algunos.

El padre reía con la boca abierta y la cabeza echada hacia atrás, como si esa sugerencia fuera el mejor chiste jamás contado.

—Los siluros no habitan a esas profundidades —aseguraba—. Pregunte a cualquier ictiólogo.

Por fin, uno de los voluntarios subió a la tarima portando un micrófono. Probó el sonido, acercándolo y alejándolo a su boca.

Oh, Mitl-a-Goro,

Desaparecidas uno, Desaparecidas dos,

Pizzas Dominique, las mejores pizzas de la región Milagro, en la carretera entre Aguayela y Matagua.

El ambiente se inflamó. La gente intentaba permanecer callada, pero no podían evitar que se les escapara algún gemido nervioso.

—Gracias por acudir —siguió el voluntario—, estamos consternadas y consternados ante las desapariciones de dos mujeres y dos..., ¡bueno!, de dos mujeres aquí cerca, en las inmediaciones de nuestro querido lago, y vamos a rogar por su regreso y a recordar que no se pueden encender velas y que, si alguien desea fumar, tiene que llevarse la colilla de vuelta y no tirarla por cualquier lado, porque el valle Milagro es de todos. Y de todas.

La humedad del ambiente era tal que la posibilidad de un incendio resultaba ridícula, pero a la gente del valle le gustaba pensar que el fuego era un eterno pretendiente de sus territorios, como si la amenaza de que se los robaran aumentase su valor. *Las novias feas solo son feas hasta que otro les mira el trasero*, había dicho una vez un señor en una heladería ante la chica-niña. Y aunque la Madre la había sacado de allí pitando, a la chica-niña aquel comentario se le había quedado guardado, muy al fondo del cerebro, y lo recordó ahora sin saber a qué fin.

El voluntario indicó a las hijas de Ángela Wisniewska y Priscilla Hernández que se acercaran al micrófono, y la chica pudo ver mejor los carteles con las imágenes de sus madres. Los ojos asalmonados de Ángela, los rasgos ratoniles de Priscilla. Sin parecerse en absoluto se parecían y punto, sin que una pudiera precisar los motivos. Una suerte de naturaleza maternal se les posaba en los párpados y en las mejillas, invisible pero evidente, y las hermanaba de un modo distinto al genético. La chica se dijo que cuando tuviera sus bebés —que sin duda tendría, aunque ahora no le interesaran lo más mínimo— sería otro tipo de madre, una que conservaría su identidad intacta, inalterable, y que una vez esos bebés se convirtieran en adultos —adultos impecables que la adorarían y no meterían la pata ni una sola vez— ella se mantendría genuina, inimitable y eterna, como la coca-cola o los caniches.

Primero habló la hija de Priscilla Hernández, que era joven, más joven aún que la chica. Tenía el pelo sucio, pegado a la frente como una crema oscura y untuosa, y hablaba tan bajo que apenas se la oía pese al micrófono. Mientras hablaba toqueteaba el cartel, tapándole la cara a su madre.

—Hola —dijo ante la atentísima multitud—. Lo primero de todo, quiero decir que no tenemos dinero.

La gente se miró estupefacta.

—Lo digo por si a mi madre la ha secuestrado alguien que crea que tenemos dinero. No tenemos. Mi tío tenía una colección de sellos que decía que valía mucho, pero alguien se la robó.

La chica percibió una voz a su derecha. Era la reportera, que llegaba junto a un hombre vestido de negro. Él cargaba a la espalda una cámara inmensa, una armadura llena de cables. La chica aguzó el oído.

—No puedo salir así —escuchó decir a la reportera—. ¡No estoy maquillada!

Apurada, la reportera trastabillaba sobre un par de tacones, finos como patas de araña.

—Está ya muy oscuro —el hombre miró a la reportera con hartazgo añejo, de hace siglos—, no podemos esperar más.

Ella suspiró resignada.

—No me cierres el plano en los ojos. Los tengo horribles, se me hinchan, cuando me despierto es como...

Entonces se topó con la mirada de la chica, que volvió la cabeza de inmediato. La hija de Priscilla seguía balbuceando al micrófono, diciendo incoherencias sobre sellos. Tenía el pelo todavía más sucio que un momento antes; parecía ensuciarse a cada minuto. La chica se alegró de que al menos su pelo no le diera disgustos, y lo acarició

121

como a una mascota leal. Vio a la reportera acercarse a la tarima, inspirar y espirar una, dos, tres veces, agitar las manos, transformarse en otra cosa. Con una energía totalmente nueva, la reportera subió los pequeños escalones que elevaban la plataforma y apartó a la hija de Priscilla con un gesto cordial, inapelable, que todos agradecieron. El cámara se colocó a sus pies, en primera fila, obligando a la gente a reorganizarse.

Hubo murmullos, cuellos estirándose para ver por encima del aparato.

—¡Bien! —La reportera estrujó el micrófono; un foco hábilmente dirigido convirtió su rostro en una mancha blanca—. Estamos aquí, en el sector norte de nuestra querida región del valle Milagro, para documentar la vigilia por las mujeres desaparecidas en la zona entre Aguayela y Matagua, dos de los pueblos que rodean el lago. Nueve días, dos mujeres. Como pueden ver, la asistencia no deja lugar a dudas. La gente del Milagro está consternada.

El cámara giró, haciendo un barrido por las caras de la gente más cercana. Los gestos se llenaron de dolor, una mujer se secó una lágrima inexistente. La reportera paseó por el escenario como si meditara el mejor modo de continuar. Luego miró hacia la cámara con aplomo.

—Bien, seamos sinceros. No vamos a decir que una desaparición con nombre femenino sea algo estrafalario. Las chicas desaparecen sin parar. Son como anguilas, como el agua de lluvia. Se escurren por las grietas del mundo. Se las tragan las carreteras, los bosques, los túneles, las vías de tren, las áreas de servicio, las cafeterías veinticuatro horas, los parkings, los pasillos de los supermercados, las playas desiertas. El mundo se da atracones nocturnos de chicas y luego las vomita aquí y allá, en cualquier parte. Y nosotros, ustedes y yo, las encontramos.

La reportera calló, miró a la multitud. El bosque entero aguantaba la respiración.

—Lo curioso es que esta vez no se trata de chicas —prosiguió—. Se trata de mujeres de familia, esas mujeres con abrigo de paño que vuelven de cuidar a sus nietos a horas decentes, mujeres a las que los coches no pitan. ¿Quién se las está llevando? Las teorías son infinitas. Tanto como la pena de sus hijas, a quienes tenemos aquí. Jazmina, Elena. Dejemos que ellas hablen.

La hija de Priscilla se volvió a acercar al micrófono, desconcertada. La reportera le hizo un gesto, parecido al que usan los policías para frenar a los coches que se acercan demasiado al paso de cebra de una escuela, e indicó a la hija de Ángela Wisniewska que se aproximara. Ella lo hizo arrastrando a los dos niños, que le tiraban de los bajos de la parka. Comparada con la primera vez que la chica la había visto en pantalla, el día de la desaparición de Ángela, estaba muy desmejorada: había ganado en bolsas de ojos y perdido en el resto del cuerpo, y hasta parecía que la espalda se le hubiera achatado. La reportera le dio un abrazo que parecía real, emocionado.

—Querida Elena —susurró, y bajó de la tarima con una mano en el corazón.

La hija de Ángela agarró el micrófono, las palabras salieron de su boca como ensayadas.

—Mamá, no sé dónde te has metido —dijo mirando a cámara—, pero tienes que volver ya. —La mujer parecía a punto de sollozar, pero se contuvo—. Si alguien te tiene retenida, solo tiene que soltarte. Nadie le hará nada, ¿vale? No habrá ninguna represalia, nada, de ninguna clase.

123

—¡JA! ¡Dile a la criatura que la suelte!

La hija de Ángela miró hacia el público, conmocionada. La gente se miró entre sí. Era imposible saber quién había hablado. La chica se tocó la boca, asegurándose de no haber sido ella. Pero la voz había sido masculina, grave y oscura como una caverna, y eso la descartaba de inmediato. Observó entre las filas cercanas y vio allí a la chica del pelo trenzado y las piernas flacas, al hombre con la camiseta del lago Ness. Él, cosa extraña, sonreía como si estuviera a punto de empezar un espectáculo para el que hubiera pagado una buena entrada. La chica lamentó no haber sido ella, ¿era lícito añadir algo ahora, gritar un ¡eso! que tal vez sonaría oportunista y hasta digno de lástima? Solo había un modo de saberlo.

Y entonces, antes de que la chica pudiera siquiera abrir la boca, se escuchó.

Un chillido agudo, desgarrador, que cruzó el bosque como una jauría de perros.

Todas las cabezas se giraron hacia la zona de las pasarelas, donde el aire se hacía denso y oscuro y la humedad del lago se alzaba en velos de bruma helada. La reportera emergió de aquella negrura corriendo, el pelo encrespado, tropezando sin llegar a caer del todo, con un neceser blanco en las manos.

—¡Mamá ha desaparecido! —berreó.

X

Buscaron en las orillas del lago, en el improvisado parking, en las colinas frondosas que daban a la carretera, detrás de los troncos que se inclinaban solícitos sobre los arcenes. Un hombre se asomó curioso a los bajos del autobús, como si la madre de la reportera pudiera estar allí, acurrucada sobre una rueda. La reportera se paseó entre el gentío con el neceser en las manos y la mirada extraviada, a veces dirigida al interior del neceser con cierta esperanza. Cualquier lugar parecía bueno para buscar a una madre perdida.

Los voluntarios asumieron el rol temporal de fuerzas del orden, recogiendo los testimonios de quienes estaban deseando hablar. Una mujer con pegotes de rímel en el mentón —¿cómo habían llegado allí?— afirmó haber visto en la barandilla de la pasarela un caminito luminoso, una baba purpurinácea dejada por algún bicho desconocido y aterrador.

—O —admitió con la boca pequeña— por un caracol.

Un señor con abrigo de pana confesó que durante la vigilia había oído unos gritos de mujer sobrecogedores, gritos que podrían convertir la sangre del más valiente en carámbanos de hielo, pero que no dijo nada en el momento porque él no era de llamar la atención.

—Pobre Tercera —lamentaba ya la gente—, era tan... Y luego callaban porque nadie tenía ni idea de cómo era.

La chica participó en la búsqueda pese al frío, que se cebaba con ella gracias a la falta de calorías. Moverse le calentaba las extremidades y la distraía de su propia pena. Sumida entre la multitud, tan afanada en una misión colectiva, se sintió invisible y a la vez parte de un gran organismo, un enjambre en busca de su imprevista reina, una reina cincuentona de pelo crespo y pendientes dorados de bisutería barata. Su madre, había explicado la reportera, se llamaba Gloria, *igual que la canción*. La chica no tenía la menor idea de a qué canción se refería, pero gritaba *Gloria* con tal ímpetu que pronto sintió las cuerdas vocales irritadas y quejosas. Siguió gritando pese a todo, ya especialista en ignorar las señales de su cuerpo. La gente a su alrededor se movía en inquietos grupos, se iluminaban con pequeñas linternas, palpaban troncos y césped. Era difícil orientarse en aquella falta de luz, y la chica auguró —el entusiasmo nunca estaba reñido con el catastrofismo, menos aún en su caso— que era posible que aquella búsqueda se saldara con alguna desaparición más. Imaginó cómo sería el panorama de tener a su padre junto a ella. Probablemente, mucho menos caótico y más efectivo. El padre, de estar allí, insistiría en buscar en la pasarela junto al lago. Al fin y al cabo, allí era donde Ángela y Priscilla se habían desvanecido. En su camino hacia la pasarela, la chica se cruzó con alguien a quien conocía, aunque tardó unos minutos en ubicarla. Era la mujer a la que se había encontrado en el super-mercado hacía años, junto a su madre, en una de sus primeras excursiones fuera de casa tras la muerte del padre. La mujer, aún con sus ridículas conchitas colgando del cabello —¿serían las mismas, se preguntó la chica, o acaso las iba renovando cada cierto tiempo?—, estaba concentradísima en la copa de un pino llorón —¿podía la madre de la reportera haberse refugiado allí?— y ni siquiera la vio. Eso le permitió observarla a conciencia. El tatuaje del cuello, que aquella primera vez le había parecido algo parecido a una rama de cerezo, resultó ser algo muy distinto. Ahora lo veía con claridad. Era un útero finamente delineado del que emergían dos trompas de Falopio trufadas de flores. La chica arrugó el gesto, como un gato antes de purgarse. Quizá ella estuviera gorda —aunque los pantalones le resbalaran de la cadera de un modo nuevo y reconfortante—, pero al menos no tenía un aparato reproductor grabado para siempre junto a la cara.

A su alrededor, todo el mundo caminaba juntando las manos en forma de altavoz. Llamaban a Gloria con voz pudorosa, casi para el cuello de su camisa, como si esperasen que se hubiera sentado a unos pocos metros a leer y solo necesitara escuchar su nombre para levantarse y decir: *¡Ay, perdonad! ¡Estoy aquí!* La chica, con una certeza oscura —una certeza que le sabía a triunfo por muy de mal gusto que fuera y por mucho que no pensara confesárselo a nadie—, estaba segura de que no iban a encontrar a Gloria. No hoy, al menos. Para la chica ya no cabía la menor duda, no se necesitaban más indicios. A Gloria, como a las demás, se la descubriría cuando se hallase por fin a la criatura: las tres mujeres hechas un ramillete dentro de su buche, abrazadas las unas a las otras y con el blanco de los ojos ligeramente azulado. Lo que no podía aventurar era el aspecto que tendría el bicho. Quizá fuera un monstruo alargado y con cresta, una inmensa pitón con branquias, o quizá un pez primitivo, de escamas pétreas y dientes puntiagudos como el celacanto. Se preguntó dónde habitaría, en qué guarida oscura tendría su refugio. También si la guarida sería cómoda, si la consideraría su espacio de seguridad o si acaso tendría una criatura-madre entrometiéndose constantemente en sus asuntos y ordenándole comer esto o aquello. Quizá la criatura había sido capaz de emanciparse y vivía bajo el falso lecho del lago, en un sótano dispuesto para ella. Según el padre, el fondo del lago Milagro, con todos aquellos recovecos inexplorados, podía esconder sorpresas insólitas, como el fondo de cualquier otra cosa. Decía que era calcáreo y que probablemente se abría en incontables simas, paredes verticales estrechas como una lámpara de pie o inmensas como un tráiler de exposición, a veces comunicadas unas con otras, un montón de heridas rocosas formando un laberinto sumergido.

La chica llegó a la pasarela. Entre las grietas de sus tablones asomaba el moho, verde y brillante como esmeraldas mojadas. Sintió los pies helados, húmedos, movió los dedos tratando de recuperar el calor. No sentía ese entumecimiento desde su temporada en el archipiélago de los ingleses, y el dolor sordo del frío trajo consigo dolores más profundos: su amor por el filólogo, el amor del filólogo por otra. Mientras examinaba la baranda en busca de rastros —sangre, tejidos, quizá trazas de maquillaje—

se imaginó siendo esa *otra*, una *otra* amada sin sacrificio, con un ímpetu feliz en lugar de con una resignada aceptación. Resopló rabiosa. ¿Por qué la devoción ajena siempre la esquivaba? Miró hacia el lago, hacia sus aguas sumidas en la noche cerrada y calma, y se imaginó reinando allí dentro, siendo la criatura. Un ser temible, colosal, que aparecía para causar pavor a quienes se burlaban de su existencia. Luego se imaginó siendo Primera, o Segunda, o Tercera. Acurrucándose dentro de una garganta sombría y siendo llevada lago abajo, cada vez más abajo, hasta convertirse en coral o en liquen marino. Era posible que fuera justo ahí, donde ella misma estaba de pie, donde la criatura las había alcanzado. La pasarela crujió bajo sus talones, igual que debió crujir bajo los de ellas. Miró al suelo, a la caza de pistas, pero los tablones estaban tan llenos de musgo y pisadas que, si alguna vez las hubo, ya sería imposible encontrarlas.

La chica se agachó, cerró los ojos. Posó la palma de la mano sobre la pasarela. Esperó sentir algo, algún tipo de energía trascendental atravesándola. Eso era —ahora se daba cuenta— lo que la había empujado hasta allí. La búsqueda de las desaparecidas, pero sobre todo la de una epifanía, una ínfima revelación, aunque fuera solo una frase. Ni siquiera necesitaba tanto, pensó; se conformaría con solo las vocales. Si una voz de ultratumba le susurrase ahora *uaeeiaaoaaoouaa*, ella se encargaría de interpretar el mensaje. Un mensaje como:

—Tu padre tenía razón. ¿Acaso lo dudabas?

—¡Por supuesto que no! —respondería airada la chica.

Dudar del padre era cosa de cobardes, de gente sin imaginación, de malas hijas. Y la chica no era ninguna de esas cosas. Aún tenía los ojos cerrados y la mano apoyada en la pasarela húmeda cuando llegó la voz. No era el tipo de voz que ella esperaba: grave, serena, como la de un fantasma de mil años, sino una voz casi adolescente, fina y suave, de terciopelo recién lavado.

—¿Es que quieres desaparecer? —preguntó la voz.

La chica levantó la cabeza.

El chico que hablaba era bajito. Tenía el labio inferior mucho más grueso que el superior, un reparto de carne que ella juzgó injusto y muy poco estético. El pelo se le rizaba en un tirabuzón absurdo en mitad de la frente, como si alguien hubiera decidido que no lograría ser lo suficientemente gracioso por sí mismo y que un detalle cómico le beneficiaría. Decidió que no era guapo, nada guapo. Al instante se sintió aterrada de que él hubiera podido pensar lo mismo de ella y se atusó el flequillo con diligencia.

—Los autobuses se marcharán en veinte minutos —dijo el chico—, lo han anunciado ahora mismo.

—Oh.

La chica se puso en pie.

—Gracias. Yo... no quiero desaparecer.

Por lo que fuera, su frase no acabó de convencerla.

—Para nada —remató.

El chico no llevaba el chaleco fosforescente con el lema *¡Oh, Mitl-a-Goro!* que lucían todos los voluntarios, pero sí iba vestido —¿disfrazado, quizá?— de explorador, o por lo menos de alguien obsesionado con la supervivencia, con los escenarios apocalípticos, con la cuarta y quinta y sexta guerra mundial. Su chaquetón beige estaba acribillado de bolsillos, y un cabezal de linterna asomaba de uno de ellos.

—¿Eres voluntario? —preguntó la chica.

Él rio con una risa que le salió más por las fosas nasales que por la boca, una risa avergonzada de sí misma.

130

—¡Ni hablar! —respondió.

La chica pensó que, pese a su negativa, era exactamente la clase de chico que se hacía voluntario. O campeón de algún juego de mesa que nadie conocía, o adicto a los videojuegos, o a las revistas pornográficas antiguas, si es que eso existía.

—Te vi entrar por aquí hace un rato y pensé que no habrías podido oír la llamada de los voluntarios.

La chica lo miró. A juzgar por los acontecimientos, cabía la posibilidad de que aquel chico se hubiera encaprichado de ella en la distancia y que ahora pretendiera seducirla.

—Oh —dijo ella—, genial.

Comenzó a desandar la pasarela. Él la seguía satisfecho, ella lo vigilaba de reojo. Aquel chico, no cabía duda, estaba interesado en ella de alguna forma, y esa atención no era algo que debiera desperdiciar. Intentó rastrear la belleza en sus rasgos, encontrar algo a lo que aferrarse. Pero el chico tenía los pómulos planos, cicatrices de acné, pelos donde no debería haberlos, una fosa nasal mucho más grande que la otra. Su voz, al menos, resultaba agradable. Quizá no tanto como *agradable*, pero desde luego no era espantosa. Una podría cerrar los ojos y escuchar esa voz durante horas sin vomitar. Eso era algo, ¿no? Tenía que serlo. Que un chico que, *oh, Dios mío*, mostraba interés por ella no fuera guapo, ni siquiera un poco, ni tuviera un olor corporal sugestivo, ni nada a lo que ella pudiera recurrir para volverse loca de amor, constituía una especie de tragedia. Y, sin embargo, resultaba relajante. Era un alivio caminar junto a un chico sin sentirse al borde del desvanecimiento, un pie detrás del otro, rodillas firmes, *undostrés*, sin hacerse preguntas constantes sobre el estado de su pelo, la pesadez de su aliento, el efecto de los reflejos del sol en su escaso vello facial. Hasta se sentía capaz de hablar, de ser ella quien iniciara una conversación sin que el gaznate le temblara.

—Lo peor no es que esas mujeres hayan desaparecido —susurró midiendo cada palabra—, sino que la gente insista en llamarlas Primera, Segunda, y ahora también Tercera. Que las reduzcan al anonimato. Tienen sus propios nombres, ¿o no?

El chico asintió.

—Totalmente de acuerdo.

—Me llamo Kaila —se presentó ella.

El chico rio y la chica pensó que su risa, en realidad, tampoco era desagradable. Era una risa más propia de un castor que de un humano, pero eso no tenía nada de malo. A todo el mundo le gustaban los castores.

—No sabes quién soy, ¿verdad?

La chica dejó de caminar. La noche era tan cerrada que el cesar de sus propios pasos la asustó. Miró a su alrededor. Estaban solos. O, más bien, estaba sola. Sola con otro.

—¿Es que nos conocemos? —preguntó.

—¡Hombre! —exclamó él—. ¡Si hemos pasado un año pegados!

La chica reanudó la marcha desconcertada. Los pies se le aceleraron solos, dotados de su propia batería. Valoró la posibilidad de encontrarse ante un maníaco. En cierto modo, que de todas aquellas chicas la hubiera elegido a ella resultaba halagador. También inverosímil. Había muchas chicas en la vigilia, algunas guapísimas, de cabello sedoso y cutis sin mácula. A lo mejor esas chicas le intimidaban demasiado y solo se sentía cómodo dando caza a mujeres a las que consideraba menos atractivas que él. Tal vez ella estaba a punto de convertirse en la

Cuarta. Le horrorizó su destino, pero más aún los motivos que lo explicaban.

—¿No te acuerdas? —insistió el chico.

Desde donde estaba podía ver el inicio de la pasarela, los cuatro escalones que daban acceso al claro.

—Hemos hablado un montón de veces.

La chica se encogió de hombros. A lo mejor solo estaba siendo víctima de una broma que no entendía, meditó. No solía reírse de lo mismo que los demás, ni tampoco eran las mismas cosas las que suscitaban sus lágrimas. En una ocasión, a los pocos meses de morir el padre, había llorado durante veinte minutos ante un cartel que anunciaba *2x1 EN PIZZAS DE TAMAÑO FAMILIAR*. Si se trataba de una broma, aunque no fuera una muy divertida, lo mejor sería continuarla como si nada: fingir que sabía perfectamente que le estaban tomando el pelo y demostrar que no le importaba en absoluto, que de hecho estaba dispuesta a reírse más alto que nadie. JA-JA-JA. Lo había aprendido en el colegio.

—Ah —respondió con retintín—, ya me acuerdo de ti. Al final cancelamos la boda, ¿verdad?

El chico volvió a reírse con aquella risa de castor. Habían llegado por fin a los escalones, que recibieron sus pasos con ruidos quejumbrosos, como si estuvieran deseando quedarse solos para bostezar y quejarse de lo mucho que los habían pisoteado. Se oía a la gente subir a los autocares, intercambiar opiniones; un murmullo que oscilaba entre el pesar y el entusiasmo, entre el *qué terrible* y el *qué trepidante*.

—Íbamos a la misma clase —dijo el chico—. El año antes de que repitieras.

La chica escudriñó aquel rostro bobo unos instantes.

—Estaba en la mesa de al lado —añadió funesto.

La chica escudriñó un poco más.

—Te dejaba copiar en los exámenes de matemáticas.

Hizo memoria. Sí recordaba haber aprobado matemáticas. Recordaba también que solía encontrar las respuestas a las ecuaciones más difíciles en los folios de la mesa contigua, siempre acertados y jamás protegidos por ningún brazo. No recordaba la cara que tenía delante, pero, ahora que la observaba con total detenimiento, era la clase de cara que no dejaba huella alguna, la clase de cara que una podía ver al despertar de un coma de doce años, o al ser rescatada de una isla desierta tras décadas de afligida soledad, y no reconocer al día siguiente.

—Vale —concluyó—, me suena eso de los exámenes.

El chico arrugó el morro disgustado, y su disgusto le pareció a ella un manjar delicioso, tanto que hizo que la tripa se le despertara de pronto, sacada de su letargo, y rugiera con fruición. Del claro emergieron unos repentinos gritos, y los dos se giraron alerta. Sobre la tarima, que unos voluntarios trataban de desmontar, la chica vio a la anciana con la que había compartido asiento en el autobús. La mujer, llena de urgencia, esquivaba a los voluntarios para acercarse al micrófono. Cuando lo agarró, gritó con aplomo:

—¡No entréis dócilmente en esa noche quieta!

El chico la miró desconcertado.

—¿Eso no es de Dylan Thomas?

Alguien aplaudió desde la cola de los autobuses.

XI

La casa de la chica no estaba cerca de la del chico. Ella vivía en las cabañas prefabricadas de las afueras, dispuestas a ambos lados de la carretera como si una mano las hubiera dejado caer con un espasmo. Él lo hacía en lo que se consideraba *el centro* del pueblo, una pequeña aglomeración de fincas con tejados a dos aguas y modernos balcones añadidos *a posteriori* que eran, según el padre había comentado alguna vez, un auténtico chiste. Pese a la distancia entre sus casas, el chico se bajó del autobús en la misma parada que ella y anunció que la acompañaría caminando hasta su portal. Sus pies marchaban al unísono, tan sincronizados que a la chica le daba vergüenza mirar hacia abajo. Aquella sincronicidad, no planeada, le sugirió otras formas de intimidad más obscenas, formas a las que no deseaba de ninguna forma llegar. Dirigió la vista hacia el mobiliario urbano, de pronto muy interesada en bancos y farolas. Él, empeñado en alumbrar los rincones plagados de telarañas de su mente, le resumió sus recuerdos del curso en el que habían coincidido.

Te ayudé a encuadernar un trabajo de ciencias.

Me pediste que mintiera por ti un par de veces.

135

Las dos lo hice, claro.
Te dejé un compás. Nunca me lo devolviste.
A la chica aquellas anécdotas le resultaban familiares de una forma ajena, como si le hubieran pasado a una prima o a una amiga cercana y se las hubieran contado con pelos y señales. Los meses posteriores a la muerte del padre eran una escenificación de cartón piedra que pretendían pasar por *la vida*, pero que no lo eran. Apenas recordaba esa época. Solo haberse reincorporado a las clases por empeño de la Madre y odiarlas a ambas —a las clases y a la Madre— con un furor sostenido, inextinguible, como odian esos adolescentes que un día llegan al instituto con un par de escopetas dentro de una bolsa de deporte. Durante aquellos meses, la Madre solía acribillarla a preguntas a la hora de la cena: *¿Cómo han ido las clases? ¿Quieres ir a comprar unos zapatos? ¿Tienes algún examen pronto? ¿No puedes masticar antes de tragar? ¿Por qué no hablamos un rato? Ay, ¿es que no piensas hablarme más?*

La chica creía que la Madre debería considerarse afortunada de que no hablase. Si le hubiera dado por hacerlo, la habría puesto en un buen aprieto.

Podría haberle dicho, por ejemplo, que si hubiera acompañado al padre en sus excursiones al lago, si no se hubiera mostrado siempre tan desinteresada por todo lo que acontecía más allá de la puerta de casa, en el mundo real, habría estado con él para socorrerlo. A veces pasaba las noches en vela, torturándose por no haber acompañado al padre ella misma. Pero la chica debía ir al colegio; es decir, estaba *obligada* a hacerlo. Si la hubieran educado en casa, como el padre había propuesto alguna vez, habrían ido juntos a todas partes. Se habrían convertido en una pareja de exploradores célebre, como Percy Fawcett y su hijo Jack, pero sin ser devorados por una tribu de caníbales. La Madre le había robado un futuro dorado con el padre, quizá hasta un salto a los anales de la historia. Ensimismada, pateó una piedra.

—¿Me oyes? —preguntó el chico.

Ella le miró, devuelta al presente.

—Que si quieres cenar.

El chico estaba hambriento, quería comprar patatas fritas o algo parecido.

—Es muy tarde —repuso ella—, está todo cerrado.

El chico la miró como si acabara de aterrizar en la Tierra montada en un meteorito.

—Son las once —dijo—, aquí cerca hay una calle llena de puestos de comida.

A la chica se le llenó la cara de interrogantes.

—Vaya —se asombró él—, ¿es que nunca sales?

—Hago otras cosas —respondió ella.

Secretamente, confió en que él no le preguntara qué cosas.

El chico la condujo hasta un callejón por el que nunca había pasado de noche. Carteles que anunciaban conciertos, hiedra roja desparramada sobre fachadas de ladrillo, una guirnalda de coloridas luces meciéndose entre dos postes telefónicos. Había mesas corridas, estufas de acero, parejas que compartían cócteles y se frotaban los pies con afán. La chica procuró no parecer completamente atónita ante el hecho de que toda esa alegría se desplegara allí cada noche, a apenas unos cientos de metros de su casa, y ella no tuviera la menor idea.

En el centro de la calle, una mujer muy arrugada y con un poncho muy planchado rasgó una guitarra y comenzó a cantar:

Me pregunto por qué me siento tan sola,
¿soy una extraña en mi propia vida?
Todo el mundo tiene subidas y bajadas,
todos los días hace viento en la carretera.

Dentro de la funda de la guitarra, forrada de tela escocesa y abierta sobre el suelo, reposaban algunas monedas y un par de carteles con las caras de Ángela Wisniewska y Priscilla Hernández. Ahora habría que añadir la de Gloria. Y puede que aún a más mujeres, tantas que se necesitarían las fundas de toda una orquesta para alojar sus caras, y ya no solo se haría complejo recordar sus nombres, sino también sus números.

—¿Qué crees que les ha pasado a esas mujeres? —preguntó la chica.

El chico la miró de reojo.

—Creo que se las han llevado —dijo.

—Todo el mundo cree que alguien se las ha llevado.

—No alguien —corrigió él—, *algo.* Algo que hay en el agua.

La chica lamentó la fealdad del chico como se lamenta la existencia del terrorismo o los microplásticos, como algo doloroso e inevitable contra lo que casi nada se puede hacer. Al volver a mirarlo, sin embargo, le pareció que su mentón era más cuadrado, sus ojos más limpios, su tirabuzón menos tirabuzón. Procuró ponerse todo lo solemne posible.

—Quizá no lo sepas —dijo—, pero mi padre era biólogo. Salió en una revista muy importante. Él creía que había algo en el lago. ¡No es que lo creyera! Investigó mucho al respecto, más que nadie. Hay una cosa en el fondo...

—En la capa bentónica, sí —se adelantó el chico.

La chica lo miró pasmada.

—Estudio biología —añadió él.

Ella miró a su alrededor. Quizá todos esos puestos, la mujer de la guitarra, aquel chico, hasta el olor a cerdo guisado, fueran solo una alucinación debida a la falta de alimento. Él siguió caminando, hablando con inesperado júbilo:

—Tu padre tuvo mucho que ver. Asistí a su charla en el instituto. Estuvo genial, alucinante. Fue una pena que acabara de ese modo.

La chica sintió una fila de hormigas rojas recorriéndole el espinazo.

—Querías patatas, ¿verdad? —lo interrumpió.

El chico la guio hacia uno de los puestos: encimera manchada de aceite, toldo manchado de aceite, cartas manchadas de aceite, dependienta milagrosamente inmaculada. Él pidió un par de raciones de patatas fritas y la dependienta se las acercó en dos cucuruchos de cartón pringados que de algún modo no le mancharon las manos. Quizá estuviera hecha de agua y repeliera el aceite, se le ocurrió a la chica. El chico le pasó uno de los envases y el aceite se le metió dentro de las uñas, como si buscara una forma de entrar en su cuerpo. Se miró las manos, disgustada. Ella no estaba hecha de agua. Pese a su empeño, no había en el mundo nada menos liviano que ella. Sintió que sobre sus hombros se apilaban neveras viejas, canoas putrefactas, antenas de televisión desechadas, oxidados tapacubos de ruedas de camión; un desguace hasta los topes de piezas de metal retorcido. Mientras pensaba en esa clase de cosas —montañas de chatarra elevándose hasta tapar cualquier rastro de firmamento—, el chico se afanó en rebuscar en la bandejita de condimentos. Sobres de kétchup, mostaza, mayonesa, salsa verde, molete.

—¿No os queda picante? —preguntó.

Estaba claro que él ya había estado ahí. La dependienta sonrió mostrando una perfecta fila de nácar y la chica se tocó sus propios dientes con el índice. Todos seguían allí, fieles a su disposición original. Ninguno estaba partido, ni siquiera cariado, pero entre las palas había un hueco demasiado ancho y los colmillos eran ligeramente más afilados que los de la media mundial.

Es guapa, se dijo con pesar, infinitamente más guapa que yo.

Se tomaba la belleza del resto de las mujeres de manera muy personal.

La dependienta le tendió al chico una botella diminuta de tabasco. Era de plástico, una miniatura blanda y perfecta. Mientras se alejaban del puesto y de la calle y de la música hacia casa de la chica, él abrió los sobres y comenzó a ahogar sus patatas en salsa. Ella sostenía el otro cucurucho. Sentía las patatas arder en sus manos, tentadoras e hipercalóricas.

—¿Tabasco? —preguntó el chico ofreciéndole la botellita.

—¿Crees que soy guapa?

La chica se tapó la boca. No podía creer que hubiera preguntado eso. ¿Es que se había enajenado por completo? No sabía cuántas horas llevaba sin comer. Cinco, quizá siete. A partir de las seis el cerebro se le empezaba

140

a vaciar, y a veces las palabras se cambiaban de orden sin que pudiera hacer nada por evitarlo. La chica deseó ser el suelo que pisaban, una de esas patatas empapadas en aceite mil veces hervido, el cartón mugriento que las contenía. Cualquier cosa antes que ella misma. El chico se había parado en seco, la mezcla de salsas goteaba desde las patatas hasta los dedos de su mano derecha. La chica quiso decir algo como *lo siento, estoy borracha*, o *acabo de salir de un sanatorio*, o *alguien a quien no puedes ver me ha puesto una pistola en la cabeza para que dijera eso.* Sin embargo, preguntó:

—¿Tan guapa como la chica de las patatas?

—¿Qué? —El chico parecía perplejo—. ¿Qué chica de las patatas?

Ella tragó saliva.

—La que nos acaba de atender.

Él la miró de arriba abajo. Se puso serio, como si alguien le acabara de ceder los mandos de una aeronave a punto de estrellarse.

—Kaila Santos —dijo—. Eres muy guapa, más que cualquier chica que yo haya visto. Incluso que las que están a cargo de un puesto de patatas fritas cuando me estoy muriendo de hambre.

La chica sonrió aliviada.

Luego notó algo extraño, una pasta blanda y sabrosa quemándole la lengua.

En algún momento, sin darse cuenta, se había metido una patata en la boca.

Se tocó los labios, sorprendida, y el chico lo interpretó como una señal. Se inclinó sobre la chica, obediente, y la besó con la boca abierta. Su lengua no parecía muy segura de cuál era su papel, y se paseó nerviosa sobre los dientes y las encías. La chica se dijo que, además de no ser guapo, aquel chico no tenía la menor idea de besar. No podía reprochárselo porque sospechaba que, en realidad, ella tampoco. Nunca nadie le había dicho que besara fenomenal, ni tampoco le habían sonreído de esa forma tan boba que veía en las parejas con las que se topaba en parques y paradas de autobús. La chica también pensó que no deseaba en absoluto ese beso, ni esas manos tímidamente colocadas en su cintura. Pero no dijo nada al respecto.

La Madre la recibió embutida en varias capas de tela. El pijama de felpa color mostaza, la bata de patchwork, el abrigo de paño puesto sobre los hombros. La chica conocía a la perfección todas esas prendas, y hasta el sonido que hacían sus tejidos al desplegarse. El pijama, por ejemplo, desprendía electricidad; la bata sonaba acartonada y rígida, como una caja de pizza al abrirse.

En cuanto la Madre llegaba del trabajo, normalmente a las nueve —aunque su horario sufría variaciones imprevistas y contundentes—, se ponía el pijama color mostaza. Aquel pijama se guardaba en una funda que, dada la vuelta, era también un gorro de ducha. Además, si se extendía una correa que llevaba en la parte posterior, la funda se convertía en una riñonera reflectante. Las empresas para las que la Madre realizaba venta por teléfono les hacían llegar muestras de sus productos multiusos, y los jefes las guardaban y las sorteaban a final de año. La Madre detestaba aquel pijama, pero tirarlo habría sido, en sus palabras, *una venganza de la que nadie se enteraría*. Así que cada tarde se ponía el dichoso pijama y echaba algunas pestes sobre los múltiples usos de su funda, que además no tenían ninguna utilidad real. Nadie quería una funda de pijama mojada, ni pasear su pijama en una riñonera como si fuera algo que uno pudiera necesitar en cualquier momento.

—Tal vez las prostitutas, si se quedan a dormir —había comentado una vez la chica.

La Madre no había sabido si reírse o no. Con la chica nunca se sabía qué era un chiste y qué una ocurrencia cuyo desprecio podría conducir al llanto. Así que solo había respondido: *Vaya, una idea muy ingeniosa, la comentaré en la oficina*, y la chica tampoco había sabido si reírse o no.

Encima del pijama, la Madre solía llevar su bata. Una bata floreada hecha de cuadrados de tela, los puños mil veces cosidos y bajos remendados. La chica recordaba a la Madre con aquella bata desde que tenía memoria, una prenda que, para la chica, expresaba algo como *yo de aquí no me muevo* y que a ella le daba vértigo mirar. De todo lo que tenía claro en la vida, que era poco, lo más obvio era que una nunca debía, bajo ningún concepto, ponerse una bata, y menos aún durante una larga temporada. Una bata cerraba las puertas del mundo y abría las de la mediocridad.

—¿Dónde has estado? —La Madre se levantó al oír la puerta, su bolso cayó al suelo. Se lo había puesto en el regazo, como una abuela que teme que le roben en su propia casa—. ¿No sabes llamar?

La chica la miró.

—¿Por qué vas así vestida?

La Madre se puso granate y la chica pensó que aquel color le favorecía tremendamente.

143

—Me visto como me da la gana. —La voz le tembló, azorada, una gota de rocío agitada por el viento—. ¡No sabía si iba a tener que salir a buscarte! Por la carretera, por los hospitales ¡o por el lago! Hoy ha desaparecido otra mujer, ¿no te has enterado?

La hija cogió aire, espiró con paciencia.

—Precisamente —dijo— vengo de la vigilia por Ángela Wisniewska y Priscilla Hernández. Era en la entrada norte del lago. Y allí no hay cobertura.

La Madre se llevó las manos a las mejillas, aterrada.

—¡Ahí ha desaparecido la tercera mujer! —gritó.

—Se llama Gloria.

La Madre se levantó y palpó a la chica, solo para asegurarse de que no había desaparecido en absoluto, de que no le faltaba ningún trozo.

—Pero ¿por qué no me has avisado? —preguntó—. ¡Habría ido contigo! ¡Habría pedido la tarde libre en el trabajo!

—He ido con *mi novio*.

La chica carraspeó, sintió el rubor ascender por el cuello. Aquella respuesta no estaba ensayada, aunque, ciertamente, se le había pasado de forma tangencial por la cabeza, como esos meteoritos que atraviesan el espacio a cincuenta mil kilómetros de la Tierra y cuya onda expansiva derriba un par de palmeras.

—¿Novio?

La cara de la Madre, estupefacta, se parecía mucho a un par de palmeras partidas por la mitad.

—Sí —confirmó la chica—, con *mi novio*.

Quizá a la tercera acabase por creérselo. No la Madre, sino ella misma. Así era como funcionaban las cosas. Una vez, en el archipiélago de los ingleses, la chica había visto una camiseta en la que se leía *Fake it till you make it*, y lo

144

había interpretado así: *Cuenta una mentira muchas veces y terminarás creyéndola.* El filólogo le había explicado que no significaba eso, pero ella ya lo había interiorizado sin remedio.

—Mi novio —repitió la chica.

La Madre la miró, desconcertada y muda. Y entonces, por fin, las vio: aceitosas, ínfimas, diseminadas por la barbilla y la parka de la chica.

—¿Eso son migas?

La chica se sacudió la ropa con las manos, avergonzada de pronto.

—Hemos comido unas patatas.

La Madre retrocedió, se sentó sin mirar si había llegado a la altura del sofá. Su trasero quedó en parte dentro y en parte fuera, pero no se movió ni un centímetro para acomodarse. Unas lágrimas frescas asomaron a sus ojos. La chica se vio a través de ellos. Una joven borrosa, un sueño raro y difícil de interpretar. Sacudió la cabeza.

—¿Hay cereales? —preguntó.

Cuando regresó de la cocina, con los carrillos a rebosar de arroz inflado, la Madre dormía en el sofá, con el abrigo todavía puesto sobre la bata y la boca roja y abierta, igual que si se hubiera desmayado.

XII

Los siguientes quince días heló de un modo inusual en el valle Milagro. Era normal que el frío atenazara el sector norte, pero el sur solía librarse de ese tipo de clima. De todos modos, esto fue lo que sucedió: ventanas bloqueadas por la escarcha, motores incapaces de arrancar, voluntarios recorriendo las carreteras con sacos de sal a la espalda, un borracho al que hubo que amputar el dedo meñique. En la calle, el viento chillaba palabras que no se entendían pero que —nadie lo ponía en duda— debían ser insultos. Una antena parabólica voló por los tejados antes de hacer añicos la luna trasera de un autobús escolar.

Se anunció que la búsqueda de Ángela, Priscilla y Gloria se paralizaría hasta que el clima recuperase la cordura. La reportera, con el moño como un nido caído y las pestañas postizas pegadas en mitad de los párpados, usaba su espacio en el telediario para mostrar imágenes de su madre y rogar por su vuelta. Se refería a ella como *mamá* —*Si alguien ha visto a mamá, Si alguien pudiera dar información sobre mamá*—, así que quienes no recordaban los nombres de las desaparecidas se limitaban a llamarlas Primera, Segunda y Mamá. La chica, sin embargo, los sabía perfectamente, y cuando alguien se refería a la madre de la reportera como Mamá corría a objetar con aplomo ¡GLORIA! *Se llama Gloria.* Pronunciar su nombre la hacía sentir de maravilla, como si acabara de recibir una salva de aplausos.

Al cuarto día, la señal de la televisión cayó.

Al quinto, las escuelas infantiles cerraron, las cosechas de almendras se perdieron.

Voluntarios de dientes castañeteantes forraron con paja las paredes del refugio de animales, donde perros, gatos y hasta conejos empezaron a hacer buenas migas y a dormir en apretados ovillos.

La chica, encerrada en casa todo el día, procuraba leer los apuntes «Introducción a la biología marina I» que el chico había fotocopiado para ella. Se sentaba sobre uno de los sillones de lectura del salón, las piernas envueltas en una gruesa manta de punto, y repetía en voz alta palabras como *anélidos, platelmintos, nematodos, equinodermos, cnidarios, poríferos.* Le resultaban familiares, como un pedazo de su cuerpo que hubiera extraviado y llevase tiempo queriendo recuperar. Su propia capacidad de concentración la sorprendía y la extenuaba: durante los primeros minutos, más que leerlas, bebía aquellas palabras. Las sentía bajar tibias por la garganta, pasar por su esófago, ocupar un sitio en su interior. Esas palabras complicadísimas tenían el aroma, el espíritu del padre. Cada vez que memorizaba una nueva, estaba segura, el padre asentía satisfecho desde su sillón de escay celestial.

Cuando ya había dedicado un par de horas a la lectura, estaba completamente rendida. Cerraba los ojos —solo un momento, para ordenar su cabeza— y caía en una

147

duermevela acuosa, nada reparadora. La acosaban sueños terribles de los que despertaba con el cuerpo retorcido y el pelo hecho un desastre. En su sueño menos favorito, la chica dirigía un operativo para dar por fin caza a la criatura homicida del Milagro, esa que había engullido a Primera, Segunda y Tercera. Era tan monstruosa que apenas podía mirarse sin que el pánico se te pegase al espinazo como melaza.

Dependiendo del humor de la chica y de lo que hubiera comido, y probablemente también del momento de su ciclo menstrual, la criatura tomaba una u otra forma. A veces era negra y bestial, de piel gelatinosa, a veces un nematodo de piel nacarada y mandíbula podrida, a veces una raya de agua dulce como aquella encontrada en el río Mekong, de más de cuatro metros de largo.

En el sueño, tras la captura del monstruo, la comunidad científica se inclinaba con fervor ante la chica. Le mandaban tarjetas de felicitación con relieve y cajas de bombones almibarados con los que no sabía qué hacer. La fascinación por ella era tal que la revista *Nature* le proponía retratarla junto a la criatura para su portada. La chica solo ponía una condición: aparecer sujetando un retrato de su padre. La revista aceptaba y ella se presentaba allí con la fotografía del padre sosteniendo su *Nautilus pompilius*. Todos, emocionados, subrayaban el parecido entre ambos. Decían cosas como *de tal palo, tal astilla*, *menuda familia de genios*. La chica nunca había sido tan feliz como durante la sesión de fotos, orgullosamente abrazada a la imagen del padre. Hasta que, una vez publicada la revista, comprobaba con pavor que en la fotografía de la portada se le veía un pezón.

148

El chico solía llegar a las cinco.

Para entonces la chica ya se había duchado, y cambiado, y comprobado un par de veces que con la ropa elegida no se le veía ningún pezón. Además, solía llevar un buen rato esperando el sonido del timbre, aunque cuando lo escuchaba tardaba un par de minutos en acudir. Abría la puerta con fingida sorpresa, como si hubiera olvidado que el chico pasaba a verla todas las tardes después de clase.

En cuanto él entraba, la besaba con una pasión desordenada y titubeante. Luego se sentaban los dos a la mesa de la cocina, cada uno en su sitio, igual que un matrimonio de viejos. Engullían los sándwiches que la Madre había dejado listos para ellos —el chico debido al hambre y la chica para acabar lo antes posible con el trance de comer, al que sin embargo se aficionaba cada vez más— y entonces daba comienzo el ritual del reencuentro, el *cómo te han ido las clases* y el *qué tal los apuntes*, el *hace frío fuera*, el *qué te apetece hacer hoy*.

Frente a la estufa del salón jugaban a las cartas, al ajedrez, a una videoconsola que sacaron de una caja polvorienta y que les resultó divertidísima durante veinte minutos. El chico ganaba en todos los juegos a no ser que le dejara ganar a ella, cosa que sucedía una de cada tres o cuatro partidas. Normalmente la chica se habría sentido agraviada, casi agredida por semejante desequilibrio. Pero, tal y como él la miraba, era imposible sentirse así. Si alguien la miraba a una de semejante forma —los ojos entornados, llenos de mansedumbre, como dos caballos miserables que por fin hubieran encontrado un prado en el que pacer—, no importaba lo mucho que hubiera perdido a las cartas o al ajedrez. Había una partida subterránea, la partida del enamoramiento, en la que la chica

149

siempre llevaba ventaja, en la que no paraba de hacer pókers y cantar las cuarenta. Por supuesto, esa era una partida de la que ninguno hablaba, aunque tampoco hacía falta. Era la primera vez que la chica iba ganando en algo.

Cuando llevaban un rato de partidas de cartas y charlas y el chico ya le había preguntado la lección, llegaba la hora de acostarse. La chica sabía que él estaba ansioso desde que entraba por la puerta, y a menudo pensaba que lo mejor sería ceder en el primer instante. Convertir ese beso de bienvenida en un encuentro sexual precipitado y feroz y quitárselo de encima antes de nada. Sin embargo, no podía evitar retrasarlo, hasta que quedaba solo media hora para que la Madre volviera del trabajo y ya no veía otro remedio. Cuando lo hacían trataba de apartar la vista de las uñas, de las orejas, de las clavículas salpicadas de lunares del chico. Era toda una suerte que cerrar los ojos durante el sexo fuera algo corriente, que no se considerase indicativo de ninguna emoción particular. Procuraba clausurar también las fosas nasales. El olor del chico, aunque en absoluto desagradable —una mezcla de desodorante masculino, champú y ropa recién lavada—, tenía la facultad de empacharla al momento.

De todos modos, aquel trámite —todos esos gemidos y temblores y aquel olor empalagoso— era un precio que se sentía perfectamente capaz de pagar. Era *peccata minuta*, pensaba, una expresión que no recordaba dónde había aprendido pero que le parecía muy apropiada para esa situación. Durante el rato que aquello duraba, la chica salía de su cuerpo y se paseaba por la habitación. Tomaba objetos, los depositaba sobre la palma de su mano

150

y trataba de recordar cómo habían llegado a su vida. La bombonera con forma de delfín que el padre le había traído de Yucatán, un pañuelo floreado sustraído en la tienda de ropa usada, una taza que decía *Aguas Claras Media Maratón* y cuyo origen no conseguía descifrar. A veces la chica reparaba en algún objeto que le recordaba un suceso penoso, y entonces debía desviar la atención rápidamente para que su rostro no se llenara de desazón. También sucedía que, a veces, un objeto evocaba un recuerdo feliz, de apariencia segura, y luego el recuerdo echaba a rodar y acababa conduciéndola hasta un callejón angosto y oscuro, lleno de barro.

Una no podía fiarse ni de los objetos, así de impredecibles eran las cosas.

Una tarde, mientras retozaba con el chico sobre la colcha de raso, posó los ojos sobre su maqueta del volcán Krakatoa.

Era una maqueta de papel maché, brillante y aparatosa.

Mientras el chico le susurraba cosas sobre su pelo castaño y sus ojos suaves, o quizá fuera al revés, ella paseaba por las laderas del volcán, saltaba por encima de sus ríos de lava, admiraba sus arbolitos calcinados. Lo que la maqueta representaba era la famosa erupción de 1883. La había hecho con el padre. La erupción había sido de trescientos cincuenta megatones, veintitrés mil veces más que la bomba de Hiroshima. Tras la explosión, el mar se había llenado de tsunamis, altos como edificios de doce plantas. Habían muerto miles de personas, pero la chica no conocía a ninguna, así que la maqueta era un objeto feliz, ideal para ser repasado mientras el chico hacía lo que fuera que estuviera haciendo encima de ella. O eso le pareció al principio.

La tarde en que habían hecho la maqueta, el padre había enfurecido de forma repentina y colosal. El motivo había sido la mala calidad de la cola sintética. Aquella cola parecía más un chicle duro que pegamento, así que no le faltaban motivos para estar decepcionado. Con la razón de su parte, el padre había decidido coger el coche y volver a la tienda donde la habían comprado.

—No te preocupes —le había dicho a la chica—, estaré de vuelta en media hora.

La chica-niña había esperado su vuelta sin levantarse de la silla. Media hora, otra media, media más. Se había atiborrado de doritos durante la espera, tantos que sentía la barriga como un saco de escombros. La Madre le había ofrecido su ayuda una y otra vez, pero ella la había rechazado con creciente indignación. A veces la Madre hablaba como si el padre no fuera a volver nunca, como si se hubiera marchado en el coche con todas sus cosas. A medianoche, la chica-niña se quedó dormida frente a la maqueta, la frente apoyada sobre el mantel y el cuerpo envuelto en una manta que la Madre, sigilosa, había dispuesto sobre sus hombros.

De madrugada, colorado como lava recién expulsada del cráter, el padre había abierto la puerta de la cocina. Olía a algo agrio y efervescente, algo a lo que olía cada vez más a menudo y que a la chica le encogía el corazón. Llevaba los pantalones mojados, la zona de las rodillas llena de fango y hierba seca. La chica se había desperezado, la boca pastosa por el sueño.

—¿Qué ha pasado? —balbuceó.

Sin mediar palabra, el padre había agarrado el bote de barniz que reposaba sobre la mesa. Ante la mirada estupefacta de la chica, lo había vaciado sobre la maqueta. Luego había empezado a espolvorear arenisca sobre el volcán. Llevaba la arenisca en los bolsillos, sin ningún envoltorio. Sencillamente la sacaba de allí y se le escurría entre los dedos, igual que en un número de magia. La chica observaba con la boca abierta cómo el engrudo caía sobre la maqueta, creando bellos ríos de magma anaranjado. La mezcla convertía la maqueta del volcán en un objeto brillante, una joya alienígena. Luego el padre había escrito el nombre de cada elemento del volcán en pequeños cartelitos, y la chica les había pegado palillos y distribuido por toda la superficie. *Cráter, magma, cono, chimenea, corteza, manto, cámara magmática.*

Ya en el colegio, la profesora había colmado la maqueta de alabanzas. Incluso le había propuesto a la chica que el padre —que ya sabía ella, como casi todos, que era un biólogo famoso que aparecía en revistas— acudiera a dar una charla para la clase. Sobre volcanes, o sobre el mar, o sobre lo que él quisiera.

La pena fue que, durante aquella clase, el padre había vuelto a enfadarse.

La culpa había sido de la profesora, que no había dejado de cuestionar sus opiniones sobre la existencia de una criatura en el lago, y hasta le pidió que no metiera cosas así en la cabeza a los niños. Algunos podían tener miedo y además, *como él sabía,* esos no eran más que cuentos antiguos. El modo de pronunciar la palabra *cuentos,* le pareció a la chica, había sido especialmente desafortunado.

El padre había agarrado la maqueta de la peana y se había marchado indignado, dando un portazo. La chicaniña había esperado que volviera a por ella, pero eso no había sucedido. Cuando llegó a casa, conmocionada por

153

lo sucedido pero firme partidaria del padre —toda la clase, sin excepción, le había pedido que lo trajera de nuevo, y si era necesario, ellos mismos encerrarían a la profesora en el armario—, él anunció que había tomado una decisión. Iba a sacar a la chica-niña de ese colegio de inútiles, aunque estuvieran a mitad de curso y aunque no encontraran plaza en ningún otro, porque mejor era no ir al colegio que pretender educarse en semejante lugar.

La chica-niña se había hecho a la idea. A lo mejor estudiar en casa estaba bien. Así no tendría que enfrentarse a los chicos de la clase, que ya empezaban a hacer listas de *las más guapas del curso* y a excluirla sistemáticamente de ellas. Sí, sin duda estudiar en casa con el padre estaría bien. Era, incluso, la mejor idea del mundo.

Sin embargo, al día siguiente el padre había olvidado todo aquello y solo quería dormir hasta tarde y que nadie encendiera la luz de su habitación.

Justo cuando estaba recordando aquello el chico se derrumbó sobre ella, cosa que significaba que lo de acostarse ya había terminado. El chico empezó a hacerle carantoñas, un recogerle el pelo tras las orejas, un pellizcarle la nariz. Se lo quitó de encima con tacto.

—Se me ha ocurrido algo —le dijo.

Él la miró expectante.

—¿Te gustaría ver el despacho de mi padre?

El chico se paseó por el despacho sin atreverse a tocar nada, igual que si hubiera entrado en una tienda de porcelana carísima. Miró cautivado todo lo que había sobre las estanterías y las baldas, desde la concha del *Nautilus pompilius* hasta un cartabón, propaganda de un jarabe, con el eslogan *Bye bye flemas!* impreso en letras fosforescentes.

La chica iba a su lado, por primera vez abstraída de la desoladora sensación de pérdida que la golpeaba en cuanto entraba en el despacho. Le gustaba mirar al chico mirando las cosas del padre. Le gustaba su pudor fascinado, su forma de ir a tocar algo y luego retirar la mano sin llegar a hacerlo, como uno haría en un museo. A veces el chico, pese al ridículo tirabuzón y el resto de los detalles, la llenaba de ternura, y entonces le cogía la mano y le daba un beso fugaz en la mejilla.

El chico se detuvo ante una fotografía enmarcada de la chica y el padre a orillas del lago Milagro, los dos sonrientes y sosteniendo unas brochetas de aspecto sabroso. El sol, reflejado en el agua, creaba líneas doradas y ocres sobre el turquesa.

—¿Pescabais?

La chica negó con la cabeza.

—Es pollo —dijo—. Las preparaba mi madre.

—¿Y ella no iba?

La chica señaló la esquina superior derecha de la fotografía. Allí flotaba una mancha borrosa, rosa y celeste.

—Ella sacó la foto —dijo—. Esto de aquí es un trozo de la manga de su bata.

—Oh —respondió el chico—, es verdad.

La Madre y el chico habían coincidido tres o cuatro veces, cuando ella regresaba del trabajo y él estaba a punto de marcharse, y todas las veces la Madre se había empeñado en preparar algo de cenar y acercarlo en coche hasta su casa. A la chica aquella intromisión le parecía total-

155

mente fuera de lugar, pero él estaba encantado con el asunto y, para colmo, la Madre también. Volvía a la casa deshecha en sonrisas.

—Me gusta este chico —decía una y otra vez—, me gusta para ti.

Quizá lo que a la chica menos le convencía del chico fuera esa estrafalaria complicidad con la Madre. Resultaba inexplicable su disposición a aguantarla, a ella y a su bata y a sus comentarios soporíferos sobre su trabajo como televendedora. Un día, el chico la había invitado a continuar con ellos la partida de Trivial en la que estaban inmersos. Para horror de la chica, la Madre se había sentado entre los dos. Había ganado un quesito verde a la primera —*¿Cómo se llaman los orgánulos encargados de la fotosíntesis? ¡Cloroplastos!*— y el chico había alabado al instante sus conocimientos. La Madre respondió con un pizpireto —o eso le pareció a la chica— *¡ah, es que yo también estudié biología!*

El chico se había quedado de piedra.

—¡Kaila no me lo ha contado!

—Es que no acabó la carrera —aclaró la chica.

La Madre había abierto entonces la boca y casi —oh, Dios mío, CASI— se le había caído un impertinente *¡bueno!, yo por lo menos la empecé.*

Como solía pasar, la posibilidad de enfurecer a la chica —qué fácil era enfurecerla— había llenado a la Madre de pánico y energía. Al momento se había levantado y comenzado a limpiar el viejo parqué, armada con una mopa que se convertía en escoba que se convertía en barra de cortina de ducha que se convertía en asta de bandera.

Después de pasear un rato por el despacho, el chico se acercó al archivador que se levantaba justo al lado del escritorio. Era metálico, alto, oxidado en la parte cercana a las ruedas. Daba la sensación de esconder cosas alucinantes.

—¿Puedo abrirlo? —preguntó.

La chica negó con la cabeza, rotunda. Aquella torre de acero había constituido una pequeña fortaleza para el padre, una caja fuerte que no precisaba estar escondida tras una falsa pared o bajo los listones del suelo porque para todos estaba claro que, en primer lugar,

allí no había nada secreto ni que debiera preocupar a nadie,

y en segundo lugar,

ese era el espacio del padre y lo que guardara dentro era asunto suyo y de nadie más.

Incluso si lo guardado hubiera sido, por ejemplo, una mano humana amputada. Tal era el poder del archivador. Y no tenía nada que ver con que no supieran dónde estaba la llave. La chica siempre lo había sabido.

Reposaba allí mismo, sobre la mesa, dentro de la concha del *Nautilus pompilius*.

—¿Tú nunca lo has abierto?

—Vámonos ya —dijo la chica, y se encaminó hacia la puerta.

El chico, ruborizado, la siguió.

Ya fuera, atravesaron silenciosos el patio hacia la casa. El césped seco crujía bajo sus pies y se levantaba en cuanto lo dejaban atrás.

—¿Sabes qué? —dijo el chico—. Le he dicho a Orlando que te he conocido.

—¿Orlando?

—Mi tutor de la universidad.

157

La chica se encogió de hombros.

—Genial —musitó.

—Y ha dicho que puedes venir como oyente a las clases, si te apetece. Que le encantaría tenerte en el aula.

La chica se detuvo, su rostro color pez por el reflejo de la luna.

—¿Sin haberme matriculado?

El chico asintió.

—Nunca lo ha hecho antes —dijo satisfecho—, pero conocía a tu padre. Me contó que le interesa mucho la criptozoología, como a él, y que aprovecharía para dar una clase sobre el tema.

Los ojos de la chica se nublaron de desconcierto.

—¿La criptoqué?

Cuando la helada terminó, la chica y el chico se habían acostado trece veces y media.

Durante la vez denominada *media*, la chica había creído ver un pájaro en apuros por la ventana de su dormitorio, enganchado en el poste de alta tensión del final de la calle, justo donde empezaba la linde del bosque. Se había levantado a la velocidad del rayo —¿qué clase de persona dejaría a un animal agonizar durante una ventisca por un poco de metesaca?—, pero, para cuando llegaron allí, el pájaro había desaparecido. El poste, plateado y bípedo, cubierto de escarcha, le había parecido a la chica una inmensa pinza de cejas.

—Guau —había dicho el chico—. ¡Es como un tótem! Un tótem a Itztlacoliuhqui.

La chica había suspirado mareada.

—¿Quién es ese?

—Esa —había corregido él— es la diosa mexica de las

158

heladas. Lo vimos el otro día en historia de pueblos antiguos. Es una optativa. Todas las palabras son así de raras. Itzt-la-co-liuh-qui.

La chica había asentido, afligida ante lo inabarcable de su desconocimiento. Había demasiadas cosas que no sabía, y el chico era un recordatorio de muchas de ellas. De todos modos, se sentía orgullosa, alcanzada por cierta paz. No le cabía duda de que ser amada, amada de verdad, era un asunto de destreza, de *savoir faire*. Si el chico la amaba tanto como parecía, no cabía duda de que estaba haciendo las cosas bien, fueran cuales fueran esas *cosas*.

XIII

La señal regresó a las televisiones de la región del Milagro mientras la chica desayunaba. Había seguido encendiendo el aparato cada día, a la espera de que volviera la imagen. Las antenas eran lo primero en fallar cuando el clima se ponía demasiado severo, y su retorno significaba que el camino inverso se había iniciado. A la chica, en realidad, le gustaba el ruido blanco y la imagen nubosa que emitía la televisión durante las ventiscas y las tormentas. Era una prolongación de su propia cabeza, del zumbido y el desbarajuste que la habitaban. Podía mirar la pantalla durante minutos, sin apenas pestañear, hasta que le parecía que ella y ese ruido eran la misma cosa.

La Madre le había dejado listo un vaso de zumo, tostadas, varios tipos de confituras. Más de una vez la chica había manifestado su devoción absoluta por una confitura en concreto —la de ciruela, por ejemplo— para afirmar al día siguiente que era incapaz de soportarla, sentirse casi ofendida por su sabor. La Madre, temerosa de que la chica pudiera dejar de comer otra vez, de que pudiera cogerle manía a la única cosa del mundo que necesitaba para sobrevivir —ingerir alimentos, beber, esas minucias—, había empezado a acumular distintos sabores de confituras, adelantándose a cualquier aversión repentina. También había dejado para la chica una nota con un optimista:

¡Feliz primer día de aprendizaje! Besos, mamá.

A la chica la nota le supo a cuernos. Aquel no era, bajo ningún concepto, su primer día de aprendizaje. Había aprendido muchas cosas antes. Todas las que le había contado el padre, por ejemplo. Y también, al contrario que ella, sabía que una no debía dedicar la vida a pasearse envuelta en una bata de más de veinte años de antigüedad, con los puños descoloridos y remendados con hilos negros y gruesos como vello púbico. No toda la sabiduría se adquiría en un aula, a veces solo había que mirar alrededor y extraer conclusiones. Estaba metiéndose una tostada con mermelada en la boca —albaricoque en los laterales, arándanos en la parte central— cuando la nieve de la pantalla se despejó y la imagen de la reportera llenó la pantalla de sopetón. Llevaba algo en las manos, una especie de revista. La señal no funcionaba del todo bien, así que la reportera se quedaba paralizada y volvía a moverse a los pocos segundos. Ahí quietísima, como una mariposa clavada con un alfiler en una exposición, lucía ocre y demacrada. Lo primero que la chica pensó fue que ese cutis, seco y con el maquillaje cuarteado, ya no aguantaba el primer plano. Lo segundo fue que en el valle Milagro estaba pasando algo importantísimo, lo más importante que hubiera sucedido jamás entre sus laderas. Algo de lo que se hablaría durante generaciones y de lo que quizá hasta se haría una película.

—¡Otra desaparecida! —gritó la reportera con los labios cortados por el frío—. ¡Alguien debe parar a ese bicho! ¡Debemos derrotarlo!

Cuando la reportera levantó la revista, a la chica se le escurrió el vaso de las manos. El suelo se llenó de diminutos cristales, ríos de pulpa, líquido naranja. La revista era un ejemplar del *Nature* en el que aparecía el padre. La reportera la agitó con furor, el rostro del padre sometido a su ímpetu. Al sostener la revista para que todos los telespectadores pudieran verla, la reportera le metió al padre los dedos en los ojos, en la boca, en la nariz. La chica tembló. Lo que sentía no podía nombrarse de ninguna forma.

—¡Lean este artículo! —gritó la reportera—. ¡Este hombre lo avisó hace tiempo!

La chica, con los dientes llenos de mermelada y pan integral, se levantó tirando la silla, salió de la cocina al jardín, corrió en calcetines hacia el despacho del padre. Piedras y ramitas y hasta alguna chapa de cerveza le herían las plantas de los pies, pero parecía que el dolor le perteneciera a otra, que fuera algo que pudiera almacenar para atravesar después. Se tropezó con la raíz impertinente de un pino, se llenó las rodillas de barro y hierba seca. Intuyó que en aquella carrera había un problema, el jardín le pareció de pronto una extensión inmensa de prado, un trayecto insuperable. Pero no era eso. Solo se dio cuenta cuando llegó a la puerta del despacho y frenó, repentinamente consciente de que al otro lado no había nadie. Ningún padre al que avisar del acontecimiento, nadie a quien gritar: *¡Papá, estás saliendo en la tele!* Cosas así le habían sucedido durante los primeros meses de ausencia

162

del padre: lo llamaba para pedirle ayuda con los deberes o consultarle una duda y, pese a la brevedad de la palabra *papá*, esta se quebraba a medio camino, reduciéndose a un lastimero *pa*.

La chica se quedó plantada allí, frente a la puerta del despacho, con los calcetines cada vez más húmedos, hasta que el frío la espabiló. Se preguntó si la Madre habría visto aquella aparición fugaz del padre en pantalla. Esperó que no fuera así. Preferiría ser ella misma quien lo comentara durante la cena, ver el rostro de la Madre llenándose de perplejidad.

La Madre nunca había llevado bien las investigaciones más *extravagantes* —así las llamaba ella— del padre. En varias ocasiones lo había intentado disuadir de publicar sus artículos sobre la posibilidad de que el lago Milagro albergara algún tipo de fauna marina propia, escurridiza y primitiva, y durante sus discusiones la chica pegaba la oreja a la puerta de su cuarto y escuchaba cómo el padre defendía con fervor su libertad de pensamiento. La chica atesoraba aquellos discursos como gemas. La Madre acababa resignándose, diciendo algo como *haz lo que quieras, pero no cuentes conmigo*. La chica no sabía a qué se refería con eso de *contar con ella*. No creía que el padre necesitara apoyarse en la Madre de ninguna forma. En todo caso, ella era una rémora. Ni siquiera como esos pequeños peces que se adhieren a los tiburones y los libran de parásitos, sino como una bola atada al pie mediante una cadena de eslabones. El problema era que la Madre necesitaba que todo a su alrededor fuera mediocre, monótono, de forma que su propia mediocridad no resultara llamativa.

163

La chica entró en la cocina dejando un reguero de pisadas grises.

En la televisión retransmitían ahora un anuncio meteorológico —los estragos de la helada estaban casi superados, aunque el transporte público de la región todavía no había recuperado la normalidad— y en la pantalla no había rastro ni de la reportera ni del padre. Se le ocurrió —y el pensamiento la golpeó con tal fuerza que casi sintió el puente de su nariz resquebrajarse— que quizá aquello no hubiera sucedido. Quizá sus sueños habían abandonado el territorio estanco de la fase REM y ahora se paseaban ante sus ojos tan campantes, indistinguibles de la realidad. Un escalofrío le sopló en la nuca. De la gran variedad de tragedias posibles —la soledad, la ausencia de belleza, la estupidez manifiesta, la irrelevancia—, la locura era sin duda la peor de todas. Además, la locura era muy vanidosa. En cuanto una dedicaba medio segundo a pensar en ella, se inflaba como un pavo y se hacía más y más grande. A menudo la chica pasaba las noches enteras entregada a la tarea de *no pensar* en la posibilidad de estar loca, y luego amanecía más chalada que nunca. Pero no era el momento de pensar en eso, y tampoco debía permitir que su propia cabeza la estafara llevándola por caminos adversos. Solo quedaban cuarenta minutos para que el chico pasara a recogerla. Llegaría en su todoterreno granate, que había heredado de una hermana que ya no vivía en el valle y al que llamaba con afecto *la gran chatarra*, y la llevaría hasta la ciudad universitaria de Aguas Altas.

Era un día, por lo tanto, crucial. Hasta podía considerarse su primer día como *universitaria*, aunque la experiencia se redujera a entrar en el espacio físico de la facultad —cosa que ciertamente podía hacer cualquiera— y no a que estuviera, en efecto, matriculada en ella. Pensándolo bien, decir que era su primer día como *intrusa* resultaba más apropiado. Por eso desechó el modelo que había escogido la noche anterior —un jersey naranja de punto que, consideraba, la hacía parecer de una inteligencia briosa y llena de sagacidad— y lo sustituyó por un enterizo negro, del mismo color que el abrigo y las botas que sacó del armario. Luego probó distintas posiciones para el flequillo —de lado, hacia delante, planchado y recogido con horquillas en los laterales, abierto en el centro y cayendo lánguido sobre los ojos aún más lánguidos— y se decidió por la última opción, que ensombrecía su rostro y la hacía sentir en cierta forma a salvo, imperceptible, como si caminara dentro de una crisálida de cabello. Al mirarse en el espejo de cuerpo entero del rellano le pareció que estaba ante un ninja, un ser que podría deslizarse furtivo entre la multitud *realmente* universitaria.

Esperó al chico ante la valla de la casa, de un azul descascarillado porque la Madre no tenía el tiempo o las ganas de hacer las pequeñas reparaciones de las que siempre se había encargado el padre. En verano, el sol pegaba de lleno en los listones de madera, lamiéndoles poco a poco el color, y luego fragmentos de pintura caían al suelo y se desperdigaban hasta poner perdida la acera.

La chica cerró los ojos, repitió las últimas palabras que había memorizado de los apuntes «Introducción a la biología marina I».

Gymnophiona,
Urodela,
Anura.
Pronunciadas una tras otra, las palabras cobraban la apariencia de un conjuro muy antiguo, unas palabras mágicas para lograr no se sabía qué. Se imaginó a sí misma en la cima de una montaña, despidiendo rayos de luz desde la coronilla, gritando: *¡Gymnophiona, Urodela, Anura!* Cuando vio aparecer a *la gran chatarra* al final de la calle había repetido las palabras tantas veces que ya no sabía dónde acababa una y empezaba la siguiente.

Al entrar en el coche, el olor del chico le saturó las fosas nasales. Él se acercó a besarla y ella contuvo la respiración dos, cinco, siete segundos. El primer beso era siempre el más entusiasta y la chica salía de él como de una gastroenteritis, agotada y con un lazo de mala gana apretándole la boca del estómago. El chico volvió a su asiento y agarró el volante, ella suspiró aliviada. Bajó un poco la ventanilla.

—¿Tienes calor?

Ella inspiró el aire gélido a través de la ranura.

—No —respondió—, es para acabar de despertarme. Quiero llegar espabilada.

El chico arrancó, satisfecho con la explicación. De todos modos, era muy improbable —la chica confiaba en ello— que él pudiera sospechar el desasosiego que a ella le producía su proximidad. Teniendo en cuenta que no se hallaba ni secuestrada ni retenida contra su voluntad, ni era la víctima de un matrimonio concertado por sus padres, nadie en su sano juicio se plantearía algo así. El chico encendió la radio.

166

—Ha desaparecido otra mujer —anunció solemne—. La de la pizzería Dominique.

Se relamió mientras cogía una curva cerrada. Salían del pueblo y se aproximaban al puerto de montaña que serpenteaba en dirección a Aguas Altas.

—Es genial esa pizzería, está cerca de Aguayela. Me lo ha dicho mi madre. Lo de la mujer, no lo de la pizzería.

—Lo he visto.

La chica paseó la mirada por el salpicadero, meditando si contarle que su padre había aparecido en la televisión y que, aunque aquello era asombroso, todavía lo era más el hecho de que ni siquiera estaba segura de que hubiera sucedido *en realidad*.

—¿Tienes tabaco? —preguntó finalmente.

—¿Yo? Si no fumo.

—Claro —musitó ella.

El chico le pasó una tarjeta identificativa con un cordel. En la tarjeta había un rostro dentro de un cuadradito, un rostro que no era el de la chica ni el de nadie en particular, un círculo rosado vacío de rasgos. La chica la agarró como un robot estropeado.

—Tienes que ponerte esto —informó él—, me lo dio ayer Orlando.

La tarjeta contenía la palabra *Oyente*, en una tipografía negra y gruesa.

—¿Es que hay muchos sordos? —preguntó la chica.

Al instante cayó en la cuenta de lo que había dicho —¡¡*Estúpida, estúpida!!*, escuchó dentro de su propia cabeza—, pero el chico dio por hecho que se trataba de un chiste. Rio a carcajadas, golpeando el volante con la palma de la mano derecha.

—Qué graciosa eres —dijo alborotándole el flequillo.

La chica puso cara de estar perfectamente al tanto.

En el parking de la ciudad universitaria, mordisqueó el forro de plástico de la tarjeta mientras el chico se esforzaba por aparcar en un hueco del mismo tamaño que *la gran chatarra*. Desde fuera la chica le daba indicaciones, casi todas equivocadas porque nunca había aprendido a conducir. Él le pidió que parase, siguió maniobrando bajo su propio criterio. De pie en medio de aquella microciudad, la chica observó el panorama: unos cuantos edificios achaparrados rodeando un gran estanque; corrillos de gente de su edad —variedad de chicas guapísimas, flacas, envueltas en ropa bonita— fumando con avidez; un parking de bicicletas prácticamente vacío; un gran tablón de anuncios con carteles ilegibles tras la helada, la tinta de unos chorreando sobre los otros. Y allá, en una esquina del estanque, una discreta aglomeración. Se puso de puntillas, husmeó sin acertar a ver gran cosa. El chico salió del coche, sudoroso y exhausto.

—¿Qué es eso? —preguntó la chica.

Señaló hacia el montoncito de gente.

—Ni idea. ¿Vamos a ver? Aquí siempre pasan cosas.

La chica, de pronto sofocada, lo siguió a través del campus. El chico saludaba a diestro y siniestro y la gente lo llamaba por su nombre. Conforme avanzaban, ella sintió que su cráneo se volvía de cristal, como si paseara con el cerebro expuesto en una de esas queseras transparentes y todo el mundo pudiera ver que no tenía ni idea de nada.

En la esquina del estanque, donde la gente se había reunido, una estudiante con trenzas había colocado una escalera plegable y ahora se subía a ella, los pasos seguros, ágiles, como si la caída fuera imposible. Otra estudiante, con el pelo de color lila, aseguró los dos extremos de la escalera con las manos. Frente a ellas había un gran cubo de plástico, de los que se usan para sacar rastrojos de jardín. Discreta, la chica se asomó al cubo, cuyo contenido la decepcionó por completo. Allí solo había mantas viejas, alguna ligeramente sucia, surcadas de pelusas como pequeñas constelaciones. La estudiante de las trenzas, megáfono en mano, se cuadró sobre la escalera muy digna. La chica envidió sus piernas, largas y asépticas como zancos, y entonces recordó quién era. La había visto en el autobús camino a Aguayela, la tarde de la vigilia. Era la misma a la que un hombre había llamado *jovencita*, la misma que había dicho aquello de que lo peor no era que las mujeres desaparecieran, sino que la gente no supiera sus verdaderos nombres. Ella misma había repetido en voz alta aquella reflexión, aunque pensada ahora le pareció una soberana estupidez.

—¿Quién es la de la escalera?

—¿Esa? Es Enma.

La chica esperó, pero el chico no añadió nada más.

—¿Solo Enma, entonces? Como Elvis o Cher.

El chico rio de nuevo, aunque de nuevo la chica no pretendía ser graciosa.

—Estaba en la vigilia —susurró él—. Ahora que lo pienso, la debió de convocar ella, ¿sabes? Siempre está convocando cosas. En el campus la conoce todo el mundo.

—Por convocar cosas.

—Sí.

La chica observó a Enma: las piernas flacas, la trenza descuidada pero aun así impecable, el megáfono empuñado con soltura. La chica nunca había tenido acceso a un megáfono. Probablemente, pensó, ni siquiera sabría sujetarlo. También pensó que, de cogerlo, se le escurriría entre las manos, caería al suelo emitiendo un montón de ruidos robóticos y no volvería a funcionar nunca más. Al lado de Enma, un par de rubias pecosas, hermanas o clones, levantaron un cartel de aspecto pegajoso, brillante, sin duda recién pintado. Las letras, unas más grandes que otras, formaban la frase:

REBECA MENDOZA
TIENE NOMBRE.

La chica arrugó los morritos, le apretó el hombro al chico.

—¿No es eso una redundancia?

Él la miró igual que a las algas que se te enredan en el pie a la orilla del mar, como a algo un poco repugnante que no tiene la culpa de serlo, y que de hecho hay que procurar cuidar y preservar. Luego se encogió de hombros.

—Bueno. Lo que quieren decir está claro.

—Ya. ¿Me quieres? —preguntó inquieta la chica.

Él le rodeó los hombros, encantado.

—Claro. ¿Y tú a mí?

—Espera. —Asombrada, señaló una cabecita cana a su derecha—. A esa también la he visto antes.

A la chica se le puso cara de puma. Era otra vez la amiga de su madre, con sus dichosos pantalones de lino y sus dichosas conchitas en el pelo. Por algún motivo despreció todo en ella y alrededor de ella, hasta el césped que se levantaba en torno a sus botines.

—¿Sí? Es profesora.

—¿Profesora?

—Sí.

—¿Aquí?

—Claro. No sé de qué. Algo de letras, creo. ¿Por qué la conoces?

La voz de Enma brotó del megáfono fresca y aterciopelada, como esos saltos de agua que emergen de entre las rocas durante el deshielo. La chica fue a responder, pero él se llevó un dedo a los labios. Le odió con cada átomo de su cuerpo.

—¡Hoy estamos aquí por Rebeca Mendoza! —gritó Enma.

Todo el mundo contuvo la respiración.

—Rebeca volvía de trabajar en la pizzería Dominique cuando se esfumó sin dejar rastro.

Hubo una pausa dramática, aún más dramática gracias al copioso *eyeliner* de Enma.

—Rebeca —continuó— es una madre entregada, una mujer que trabaja cada día en el negocio de su hija. Conocéis los bordes rellenos de queso de Dominique, ¿verdad? Fueron obra suya, no de Dominique. Aunque eso, por supuesto, nadie lo sabe. Dominique era el marido de su hija, y afortunadamente hace ya años que nadie lo ve ni por la pizzería ni por la región. Además de ser producto de su ingenio, son las manos de Rebeca las que elaboran esos bordes rellenos de queso. Rebeca Mendoza, aunque sea de manera indirecta, nos ha alimentado a todos, como tantas mujeres a lo largo de la historia.

Hubo un murmullo difuso de aprobación. Alguien dijo que tenía hambre.

—¿Qué sucedería si las desaparecidas fueran veinteañeras? —La voz de Enma aumentó unos decibelios—. ¡¡Las buscarían hasta debajo de las piedras!! Pero la verdad es que es imposible que Rebeca, Gloria, Priscilla y Ángela hayan desaparecido por voluntad propia. Ellas no harían algo así. No son personas que abandonen a los demás. Alguien se las ha llevado, las ha arrancado de sus hogares y de su mundo. Cuatro ciudadanas del valle Milagro. ¡Y nos las han robado!

Alguien gritó *¡ESO ES!* y todo el mundo esperó a que siguiera hablando, pero por lo visto eso era todo lo que tenía que decir.

—Ahora bien —prosiguió Enma—, no podemos abandonarlas. Hay que hacer algo al respecto, y debemos ser nosotras quienes lo hagamos. Y ahí es donde entráis todas.

Un estudiante pelirrojo carraspeó.

—¿Y nosotros?

Enma lo ignoró. Las cabezas de las chicas, interesadísimas, se inclinaron ligeramente hacia delante.

—Esta misma mañana, varias mujeres hemos empezado a instalar un campamento junto al lago, en la zona de Aguayela, donde desaparecieron nuestras mujeres —anunció.

La chica miró al chico, pero él no la estaba mirando.

—Es un campamento de resistencia —aclaró Enma—, un lugar desde el que llamaremos la atención del mundo sobre el valle Milagro y las desapariciones de Ángela, Priscilla, Gloria y Rebeca.

Dijo cada nombre con dicción correctísima; la chica se revolvió en su sitio.

—Todos sabemos —siguió— que nuestra región es muy rica en mitología. Eso la convierte en un lugar muy particular, muy especial. A mí me encantan nuestras leyendas. Sin embargo, a veces algunas consiguen opacar los verdaderos problemas. No es la primera vez que lo vemos. Sobre todo, cuando las respuestas no llegan. Hay quienes creen que la desaparición de estas mujeres se debe a una... criatura, un monstruo del lago Ness o algo así.

172

Un par de personas rieron a carcajadas, sus mandíbulas inmensas como cepos. La chica miró al suelo. La gravilla estaba encharcada, las piedrecitas más pequeñas flotando tristes en el agua deshelada. La voz de Enma le sonó ahora lejana, hueca, como si hablara desde dentro de un coche hundiéndose o, mejor aún, desde el interior de una taza de váter.

—¡Pero las mujeres nunca han necesitado un monstruo de fantasía para desaparecer! —chilló Enma—. Nunca han necesitado que una criatura primitiva despierte de su letargo para arrastrarlas a ninguna parte. Solo presionando conseguiremos que se investigue debidamente, y para eso es nuestro campamento. Es un campamento de salvación y de cooperación. Tenemos tiendas de campaña, y esterillas y sacos, pero necesitamos algunas mantas más, y hornillos, y también linternas y ropa térmica. Y barritas de muesli. Sabemos que vamos a pasar frío, y quizás hambre. Pero nos quedaremos allí hasta que aparezcan.

La pequeña multitud contuvo la respiración, valorando si por fin había llegado el momento de aplaudir.

—Porque van a aparecer —concluyó Enma.

La pequeña multitud dio palmas, lanzó vítores. La estudiante que sujetaba las escaleras cantó ¡*Campamento Salvamento, Campamento Salvamento!* Todos la corearon. Todos menos la chica, que, inquieta, se frotó un pie contra el otro.

—Vámonos ya —susurró—, no quiero llegar tarde el primer día.

Cuando entraron en la Facultad de Biología, los aplausos aún no habían cesado.

XIV

El edificio era viejo y solemne como el cadáver de una abuela querida. Dentro olía a polvos de talco y a cedro y a desinfectante, y también a una cosa agria y añeja que la chica identificó como sabiduría. A veces las cosas no podían tocarse pero sí tenían un olor, como el miedo, que olía a quemado, o la envidia, que olía a zumo de naranja caducado.

—Huele tal y como imaginé —musitó la chica.

Le pareció que aquella premonición acertada sobre el olor del edificio legitimaba su presencia allí, al menos más que la de todos esos alumnos que pululaban por los pasillos como lo harían por cualquier otra parte, con la mirada vaga y los pies a rastras, la goma blanca de las zapatillas chirriando contra los listones del parqué. La chica había imaginado que en la facultad la gente se conduciría con cierto decoro, que tenderían a la introspección de manera natural. Imaginaba que durante los descansos los estudiantes se sentarían en círculo a fumar y a narrar las leyendas de los pueblos originarios del valle, a hacer todas esas cosas que entendía que el padre había hecho durante su estancia en la universidad. Pero estaba claro que esos alumnos no eran el padre.

Nadie lo era, ni siquiera ella.

La chica inspiró, intentando llenarse de aquel aroma.

—Eso que huele son los lavabos —comentó el chico—. Siempre están estropeados. En verano se nota mucho más, y hay gente que prefiere no entrar y se va a mear al bosque.

La chica disimuló su desasosiego.

—Mira —el chico la agarró de la mano y ella notó las yemas de sus dedos, recubiertas por una película de sudor fina y fresca—, esto te va a gustar.

—¿Adónde vamos? —preguntó la chica.

—A la parte más antigua del edificio. Es donde viven los monstruos.

La chica se dejó conducir hasta un descansillo semicircular. Ahí cogieron un renqueante ascensor, tan renqueante que la chica tuvo que hacer ejercicios de respiración para no perder los nervios, y en el ascensor subieron hasta la primera, segunda, tercera planta, el piso más alto de la facultad. Allí todo era calor, partículas de polvo en suspensión, grietas en el parqué. Además, había vitrinas. El pasillo entero del departamento de biología estaba forrado por esos aparatosos muebles de cristal que llegaban casi hasta el techo y solo dejaban libre el espacio para las puertas de los despachos. El chico entró en el pasillo con los brazos en cruz, como si todo aquello le perteneciera.

—Luego tienes que decirme cuál es tu monstruo favorito —le pidió.

La chica asintió mientras examinaba los sarcófagos de vidrio.

Dentro había plantas artificiales, algunas tan polvorientas que parecían planas, como fotografías en blanco y negro de sí mismas. Dispuestos entre ellas estaban los monstruos. Una variedad casi alarmante de animales disecados, la mayoría en posturas que querían ser naturales pero que no lo eran en absoluto. Una pata alimentando a sus patitos, un halcón alzando el vuelo, una ardilla royendo una castaña.

A la chica le pareció que aquellas poses los hacían parecer rematadamente muertos, más muertos aún que si solo fueran una montañita de polvo y cenizas.

—Son de un antiguo bedel —comentó el chico toqueteando el cristal—, un aficionado. A veces se ponía creativo y hacía una cabra con dos cabezas, cosas así, y no le decía a nadie que no eran de verdad. Mira, aquí la tienes.

La chica miró la cabra con dos cabezas, una con cuernos y otra sin ellos, una de pelaje castaño y liso pegado al cráneo, otra de pelaje tordo y rizado. Junto a la cabra bicéfala había un animal blanco y negro. El hocico era triangular y el pelaje desaliñado, ojeroso, como si hubiera pasado la noche anterior a su muerte bebiendo vino barato en la puerta de una gasolinera. Tenía el lomo flaco cubierto de cachorros, una guirnalda de orejas y rabos firmemente enganchada a la carne.

—«La zarigüeya —leyó la chica en voz alta— tiene un periodo de gestación de solo trece días, tras los cuales los recién nacidos se adhieren a un pezón de la madre y pasan así un periodo mucho mayor, de aproximadamente cien días.»

La chica, conmovida por el arduo destino de la zarigüeya, la miró a los ojos. Eran de cristal, dos esferas descoloridas y rayadas, pero le pareció que aquel bicho le devolvía una expresión condescendiente, como si la condición de la chica —humana, viva, incluso con novio— fuera mucho peor que la suya —zarigüeya, muerta, rellena de una estopa amarillenta que le asomaba por la costura del vientre—. La chica sacudió la cabeza. Convenía dejar de pensar cosas como aquella, cosas como que una zarigüeya disecada la encontraba fuera de lugar.

El chico consultó el reloj.

—Voy al baño —dijo—, en cuanto vuelva nos vamos. Caminó hasta desaparecer entre aquella fauna ilusoria. Ella suspiró aliviada. A veces, cuando el chico se alejaba, se daba cuenta de que había estado conteniendo la respiración y daba una enorme bocanada de aire, como si acabaran de sacarla del fondo de un lago. Pensó en el lecho fracturado del Milagro, en las desaparecidas, en el borde relleno de queso de Pizzas Dominique, en un cetáceo lechoso moviéndose fantasmal entre las grutas del lago. Deslizándose, deslizándose, acercándose cada vez más.

Y entonces, sucedió.

XV

Aprendió ya de niña, aunque nunca pensara al respecto, que las mujeres más ancianas del valle, las del pelo cano y el conducir errático, siempre demasiado cerca del borde del precipicio de la carretera, podían predecir las tormentas, aun cuando el cielo estaba liso y limpio como un toldo recién pintado. Un día, cuando el padre aún vivía y a ella aún la llamaban *la niña*, se habían topado con el grupo de ancianas en una gasolinera. Mientras la madre y el padre hacían sus recados en el interior, la niña quiso quedarse fuera. *Pero no te alejes*, le había dicho la Madre. La niña había mirado a las ancianas fumar, repantigadas sobre los capós de sus camionetas, hasta que a una de ellas se le habían puesto los ojos un poco estrábicos. La anciana se había incorporado despacio, había levantado un dedo índice y escudriñado el cielo. Entonces torció el morro y anunció:

—Tormenta a las cinco, granizo a las seis. Vientos huracanados hasta el jueves.

La chica-niña había puesto los ojos en blanco. Menuda patraña, pensó. ¿De dónde iba a salir esa supuesta tormenta si en todo el horizonte no había una sola mancha? Y entró en la gasolinera. Para cuando salió, el firmamento estaba plagado de unas horrendas nubes, del mismo color que el agua sucia del canalón.

Alguna gente llamaba a esas mujeres *las ancianas de la lluvia*, y hasta les habían regalado unas pegatinas con ese apodo. Unas cuantas las llevaban pegadas en los embellecedores de sus camionetas, algunas se reían de tal definición y a otras, sencillamente, eso de *ancianas* les parecía excesivo. Nadie, ni ellas mismas, sabían *cómo* lo sabían. Resultaba exasperante, aunque también bastante útil. No era un conocimiento, según decían, de tipo intelectual. Era más bien instintivo, certero y veloz como el zarpazo de un gato. A la chica-niña siempre le había extrañado que al padre se le escapara aquello, que entre sus virtudes no estuviera la de la predicción meteorológica. Casi le parecía una injusticia, y no podía evitar mirar a aquellas mujeres con recelo.

Siendo ya una adolescente, la chica y el padre se habían cruzado de nuevo con ellas durante uno de sus paseos hacia el bosque. Las ancianas fumaban cigarrillos y se cubrían del sol con viseras de propaganda de gasoil, sentadas en sillas plegables junto a un parking. Mientras el padre y la chica pasaban a solo unos metros, una de ellas alzó la mano y dijo *habrá que destender*, y de inmediato todas plegaron sus sillas y desaparecieron. La chica pidió explicaciones al padre —*por qué ellas sí y nosotros no*, o más bien *por qué ellas sí y tú no*— y él se limitó a encogerse de hombros, sordo ante la indignación de la chica.

—No todo se puede aprender —dijo—. Tú aún no puedes saberlo, eres muy joven. Pero en esta vida hay cosas que no se saben hasta que se saben.

A la chica le pareció que el padre había pronunciado aquella última frase con cierta pena, como si él mismo supiera más de lo que debería. De todos modos, a la chica nunca le había convencido aquella sentencia tan abstracta, tanto que parecía un eslogan. ¿Cuáles eran esas cosas que *no se sabían hasta que se sabían?*, y ¿acaso no había una forma más rápida de llegar hasta ellas? Que el padre hubiera dicho aquello la decepcionaba, apreciaba en su afirmación un rastro del conformismo del que siempre había huido.

Sin embargo, en aquel momento, mientras observaba las plumas iridiscentes de un faisán disecado sin mucho tino —la cabeza ladeada hacia arriba, como si estuviera a punto de recitar un poema—, sintió que por fin lo entendía, que efectivamente había cosas que *no se sabían hasta que se sabían* y que cuando ese conocimiento por fin llegaba lo hacía de un modo absoluto, sin dejar espacio a la duda. Había advertido, de pronto, que su vida entera iba a cambiar.

Lo primero que notó fue un ligerísimo cambio en el aire, un deshacerse de las partículas aéreas. Repentinamente se desintegraron y se volvieron a unir en cristales distintos, más bellos, frágiles y huidizos, como si se apartaran para dejar hueco a algo inmenso que se aproximaba. Casi le pareció ver el aire llenándose de grietas ahí mismo, ante sus ojos: el mundo rompiéndose y reconstruyéndose en menos de lo que dura un estornudo. Entonces la puerta del despacho más cercano se abrió y de su interior salió alguien. *Un hombre.*

El *hombre* parecía tranquilo, ajeno a todas esas carambolas del aire. Un tipo bronceado con una bolsa de cuero al hombro, las gafas de carey colgando del cuello del suéter primorosamente tejido, el pelo ambarino cayendo sobre la frente. Parecía alguien que acababa de bajar de una avioneta, o quizá de un kayak. Un hombre despreocupado de su propia presencia, como si no supiera —de hecho, era probable que ni lo sospechara— que en ese momento, a unos cuantos kilómetros al este, unas ancianas de coletas canas y viseras combadas estarían levantando el índice, presas del desconcierto, y gritando:

¡Un momento!, ¿habéis sentido eso?

La chica —que desde luego *sí* lo había sentido, que se sentía ella misma en el ojo de un huracán, en ese agujero de falsa calma en el que nada vuela por los aires pero todo está a punto de hacerlo, las vacas y las hamacas de los jardines elevándose imperceptiblemente por encima del suelo— creyó que debería decir *hola, buenos días,* o algo por el estilo, pero solo pudo carraspear. Las palabras, o esa era su impresión, la habían abandonado. De todos modos, parecía lógico que primero hablase él. Dado el caos que había generado en su interior, al menos debería dignarse a presentarse. El hombre la miró allí plantada, muda entre un lastimero faisán y una cabra de dos cabezas. A sus ojos, pensó la chica, ella debía parecer solo otra de esas criaturas extrañas y desamparadas, necesitadas de una mano amiga que les remetiera el algodón por las costuras y remendara sus descosidos. El hombre parecía

181

desconcertado por su silencio, pero en absoluto intimidado. Quizá fuera de esos hombres que no se intimidaban nunca ante nada, un hombre para el que sentirse intimidado no era más que una imperdonable pérdida de tiempo. Cuando sonrió, a la chica se le ocurrió que tenía la clase de sonrisa que una podía ver cientos de veces y aun así siempre hallar algo nuevo en lo que recrearse, una sonrisa infinita, hecha de espejos enfrentados.

—¿Está perdida? —preguntó el hombre.

La chica no supo qué responder. Sentía la boca y el corazón llenos de cerezas maduras, manchándolo todo de rojo. Aquel hombre, por el motivo que fuera, le resultaba de una belleza sin parangón, hacía que a una le sobrevinieran las ganas de bailar y de llorar y, bueno, de *esa otra cosa*. Cuando él sonrió indulgente, en efecto la chica apreció nuevos detalles en su sonrisa. La curvatura más acusada de una de las comisuras, un hoyuelo bajo el labio inferior. Todo resultaba sorprendente y, a la vez, todo estaba exactamente donde debía estar.

—Bueno. —El hombre rio y miró tras ella, hacia los monstruos disecados y las molduras de madera—. Vamos a hacerlo de otra forma. Yo preguntaré, usted solo diga sí o no. ¿De acuerdo?

La chica asintió, orgullosa de poder hacerlo.

—¿Busca algún aula?

La chica negó con la cabeza, preguntándose por el estado de su flequillo. De pronto se veía desde fuera, se observaba a sí misma como si en realidad estuviera colgada de la esquina del descansillo, junto al ejemplar de zorro volador filipino *Acerodon jubatus*.

—Estoy esperando a mi novio.

La palabra *novio*, antes tan dulce, le supo ahora a yogur caducado. El chico llegó al momento, casi como si

182

hubiera sido invocado. La agarró por los hombros, las manos oliendo a jabón barato y papel higiénico.

—¡Orlando! —le dijo al hombre—, esta es Kaila, la chica de la que le he hablado.

Luego miró a la chica, aún entera de puro milagro.

—Veo que ya has conocido a mi tutor.

El tutor sonrió, le tendió la mano. Era áspera, inmensa, casi imposible de soltar.

—Oh, Kaila, Kaila Santos —dijo emanando belleza y calor—, es un honor tenerla aquí. Yo conocí a su padre. Nos dio alguna clase cuando estaba solo unos cursos por delante, en la antigua universidad. Un... auténtico fuera de serie.

Mientras hablaba, el tutor la miraba de arriba abajo. La chica se ruborizó.

—Disculpe, estaba... buscando el parecido. Hay algo, ¡seguro! Aún no sé decir qué. En fin. Si se sienta cerca, quizá al final de la semana se lo pueda decir.

El tutor echó a andar hacia las escaleras, proyectando una sombra dorada sobre el parqué.

—¡No tarden, empezamos en diez minutos!

El chico la miró expectante.

—Es genial, ¿verdad? Y está fascinado contigo. Desde que le hablé de ti. Imagino que tu padre era su ídolo.

La chica sintió todos sus órganos estremecerse y temblar. *Algo me está pasando*, se dijo, *o me estoy muriendo o me estoy volviendo inmortal.*

183

XVI

El aula era amplia, atravesada por ventanas que dejaban entrar el sol pero que no podían abrirse. Una vez, le había contado el chico, una alumna en pleno ataque de pánico había intentado arrojarse por una de ellas, y desde entonces las manivelas estaban inutilizadas. Aunque los vanos eran altos, casi del suelo al techo, la certeza de que eran imposibles de abrir le generó a la chica una galopante sensación de claustrofobia. Nunca antes habría usado esa palabra, *galopante*, para describir una emoción como aquella, pero ahora todo le resultaba así, como una manada de caballos salvajes pasándole por encima, sus huesos a merced de una violencia incivilizada. Sin embargo, se dijo, solo estaba en una clase de segundo de universidad, un lugar plagado de pósteres de algas, maquetas de animales seccionados, un corcho con recordatorios en el que alguien había pintado unos enormes genitales con gafitas de científico. La chica procuró tener muy presente dónde se encontraba *en realidad*, conectar con la realidad del espacio. Tocó la superficie rugosa de la mesa, aspiró el olor del aula. Bolígrafos de plástico, cartón mojado, suela de goma de las zapatillas, sudor ácido. Se olió a sí misma con discreción, esperando que el último de esos olores no emanara directamente de sus axilas. A su alrededor los estudiantes murmuraban y se pasaban apuntes, señalaban frases en sus cuadernos y se hacían preguntas ansiosas.

La chica había temido llamar excesivamente la atención, suponer una presencia demasiado enigmática. Pero lo cierto era que nadie parecía reparar en ella y tampoco parecía que nadie se diera cuenta de *lo que le estaba pasando*, fuera lo que fuera *lo que le estaba pasando*. Aquello, al menos, resultaba tranquilizador. Buceó en su mochila y desplegó sus bártulos sobre la mesa. Rotuladores, escuadras y cartabones, un par de compases, uno de esos bolígrafos de distintos colores. Al comprarlos había pensado que tal cantidad de accesorios validaría su asistencia a clase pese a la falta de matrícula, que podría compensar su inexperiencia con su entusiasmo. Pero quizá, se le ocurrió ahora, aquel surtido solo la hacía parecer desesperada, infantil, digna de lástima. Horrorizada, volvió a guardar casi todos los objetos, dejando sobre la mesa tan solo un folio y un bolígrafo.

Así mejor, se dijo, *tal y como haría una chica —¿una mujer, quizá?— sobria y despreocupada.*

El chico, sentado en la silla contigua, le sonrió feliz.

Cuando el tutor entró y ocupó su mesa, los murmullos cesaron de inmediato. La chica pegó la espalda al respaldo, procuró parecer esbelta pese a estar sentada, respirar de manera natural, no morderse el pelo, no chillar enloquecida. Aquel hombre era realmente bello y no parecía

185

tener prisa por comenzar la clase. Sacó papeles y revolvió entre ellos, tomó alguna que otra nota, levantó la vista para observar el aula. A la chica le pareció que sus ojos reposaban un instante más sobre una alumna en concreto, una estudiante pelirroja sentada unas filas más allá, probablemente una apreciación sin pies ni cabeza. El tutor cerró su agenda con un golpe seco, se levantó haciendo chirriar la silla.

—Hoy vamos a dar una clase especial —anunció—. Así que, por fortuna para ustedes, no habrá preguntas sobre la anterior.

Todos los asistentes suspiraron aliviados, hubo una relajación general en el aula. La voz del tutor era única, una mezcla de acentos difícil de ubicar.

—¿Felices? Bien. —El tutor se incorporó, se situó al frente de la tarima—. Creo que un día hablamos brevemente de esto, pero... en fin, pese a sus memorias prodigiosas, quizá ya no lo recuerden.

Los estudiantes se arrebujaron en sus asientos.

—¿Alguien sabe explicarme qué es la criptozoología?

Desde que el chico le había mencionado aquella palabra, había recopilado cantidad de información al respecto. Aunque el término era nuevo para la chica —y, a decir verdad, su fonética no le resultaba muy atractiva—, solo era un modo de llamar a muchos de los temas que habían interesado al padre, temas que los biólogos más tradicionales ignoraban por no reportar demasiado prestigio o por ser considerados casi un chiste, temas que no se tenían como apropiados para un científico. Pero el padre, sin duda, era *un científico*, por algo su despacho estaba repleto de pesadísimos manuales y había recibido tantas becas y hasta había sido retratado en la portada de la revista científica más importante de cuantas se publicaban en el mundo. La criptozoología, rememoró la chica para sí, se dedicaba a investigar aquellos animales cuya existencia se ponía en duda. Animales que alguien había visto en tal o cual lugar, durante una mañana brumosa o un atardecer de fuego, pero de los que nunca se había capturado un ejemplar. En los textos que había encontrado se hablaba de la criptozoología como una ciencia que implicaba trabajo de campo e imaginación, quizá las dos cosas más genuinamente propias del padre. Además, era una ciencia abierta a los relatos populares, una ciencia que sabría escuchar, por ejemplo, los testimonios sobre el lago de los pueblos originarios.

Cuando la chica volvió a conectar con la charla, el tutor hablaba precisamente de aquello.

—Como saben, existen cantidad de leyendas sobre la existencia de un animal de gran magnitud en el Milagro, quizá varios de ellos.

Los alumnos se miraron, hubo algún mohín sarcástico.

—Pueden poner todas las caras que quieran, algunas ciertamente muy logradas —continuó el tutor—, pero esas leyendas existen, sea cual sea su origen, y despreciarlas implica cierto grado de prepotencia, ¿no creen?

La chica sintió cómo se le derretían las orejas. Intentó contestar con la mente, tan concentrada que le extrañó que ningún objeto a su alrededor saliera volando o estallara en pedazos.

El tutor se apoyó sobre la mesa.

—Bien. Respóndame a otra cosa. Como la mayoría sabrán, porque son mis queridos alumnos y no una

187

pandilla de pobres descerebrados, el nombre de nuestra región no es en realidad Milagro, sino una expresión que en el lenguaje nativo tiene un significado muy interesante.

Entonces la chica vio, sorprendida como si no se tratara de su mano, que esta se alzaba para pedir el turno de palabra. Varios brazos de alumnos hicieron lo mismo, pero el tutor la señaló a ella. La chica se puso en pie para responder, generando unas risillas sofocadas. El tutor sonrió complacido. A la chica le pareció que la suya era una sonrisa distinta, una solo para ella. Sus entrañas se abrieron para atesorar el instante.

De vuelta a casa, acomodada en *la gran chatarra*, observó pasar los campos y los bosques y los vallados como una ensoñación. Los colores, tan saturados que casi crepitaban, lamían la carretera y los arcenes dejando a su paso un reguero de luz. El mundo, si una lo observaba debidamente, parecía el fruto de una intoxicación con bayas venenosas, algo peligroso y extraordinario. Se recostó en el asiento y suspiró, la cabeza apoyada en la ventanilla. Cualquiera que la mirase desde fuera, lo sabía, creería que estaba la mar de relajada. Solo una chica de regreso de su primer día en la universidad, la cabeza a rebosar de datos, deseando beber una cerveza o dos que le procurasen cierto olvido, que arrastrasen toda esa información al fondo de su cerebro.

Pero no se sentía así.

—Orlando te ha dedicado la clase, ¿no crees?

La chica contuvo la respiración.

—No digas tonterías.

—¿Tonterías? ¡Se ha saltado el temario del día! Está

claro, quería impresionarte. Quería impresionar a la hija de Emilio Santos.

La chica recordó un documental sobre serpientes que había visto con el padre de niña. La serpiente pitón adulta, rememoró, mudaba la piel un par de veces al año. En el documental entrevistaban a una pareja que tenía una serpiente como mascota —cosa que el padre había desaconsejado de inmediato— y estaban acostumbrados a ese proceso de muda. La mujer había explicado que, un par de semanas antes del evento, a la serpiente se le ponían los ojos lechosos, como si sufriera cataratas o estuviera hechizada. Se volvía agresiva e irascible porque no podía ver bien, y su piel era cada vez más apagada, más grisácea. Daba pena verla, arrastrándose ciega y triste por el terrario. Y entonces, un día cualquiera, sucedía. La serpiente se deshacía de aquel pellejo usado y emergía de la muda con la piel resplandeciente. Así se sentía la chica, como si se hubiera liberado de un traje angosto y seco que no sabía que llevaba encima y ahora pudiera ver mejor, moverse mejor, todo a su alrededor más brillante, más fantástico y a la vez más real. Pensaba en aquellas cosas mientras miraba por la ventanilla, hasta que el chico le puso la mano sobre un muslo. Era algo que solía hacer, aprovechar una recta en la carretera para recordarle su presencia allí. La chica miró la mano.

No estaba tan mal. Desde luego, las manos no eran la parte del chico que más le disgustaba.

Esa mano, pensó, *podría ser de cualquiera.*

Se encontraban a mitad de trayecto, en una zona en la que apenas había casas. La vegetación allí era demasiado tupida, y por mucho que uno arrancara hectáreas de pinos llorones de raíz para excavar y asentar cimientos, volvían a crecer y daban al traste con cualquier obra. Era

189

un terreno que pertenecía más al lago que a la gente que lo habitaba, un sector que el valle reclamaba para sí. Sobre las ramas crecían flores extrañas que nadie sabía de dónde venían. La chica miró de nuevo la mano sobre su muslo, entornó los ojos. Vista de ese modo, la mano perdía aún más identidad. Su contorno se hacía borroso, inidentificable. Una mano cualquiera sobre su muslo, a su disposición. La chica abrió un poco las piernas, dejando que la mano se deslizara entre ambas. El chico se giró al instante y ella casi pudo oír sus pensamientos. *¿Había sido aquel movimiento una casualidad, o acaso le estaba pidiendo algo?* En tal caso, sería de lo más novedoso. La chica giró la cabeza hacia la ventanilla, elevó ligeramente las caderas. Tras unos segundos de duda, la mano del chico comenzó a pulular entre sus piernas, inexperta pero decidida. La chica apretó la sien contra la ventanilla, el traqueteo de *la gran chatarra* opacando todo sonido. El paisaje que atravesaban era todavía más colorido, las hojas de los árboles y los arbustos casi fluorescentes. Sin mirar al chico, deslizó la mano derecha entre sus propias piernas, agarró la de él. Lo guio muda, con pericia. Sentía su piel mudarse una y otra vez, cada vez más fina, deslumbrante, todos los colores del mundo a su alrededor, fluyendo a través de su cuerpo. De pronto el chico redujo la marcha, dio un volantazo, hizo avanzar el coche unos metros hacia un recodo. La chica lo miró sorprendida, pero él ya estaba aparcando *la gran chatarra* al abrigo de la maleza.

Bien, se dijo ella, *lo haremos así.*

Cuando el chico fue a besarla, volvió la cara —afortunadamente, pensó después, aquel detalle pasaría por pura excitación— y se giró, apoyando las manos sobre el lateral del coche. Sintió al chico agarrarla por la cadera, entrar despacio dentro de ella. Solo que no era el chico. No era él en absoluto. Esas manos, eso que se movía en su interior, podían ser de cualquiera.

Aunque ella, por descontado, no estaba pensando en cualquiera.

XVII

La chica no durmió aquella noche, ni siquiera un minuto. Dio vueltas en la cama, extasiada por la intensidad de sus emociones. Se levantó un par de veces para abrir su caja de los recuerdos, aunque no tenía nada nuevo que guardar dentro. ¿Cómo podía ser? Que lo que sentía no dejara ningún rastro físico, que pudiera desvanecerse sin evidencias. Sacó su cuaderno de apuntes, arrancó una hoja al azar. Escribió el nombre del tutor con una caligrafía cuidadosa, llena de volutas.

ORLANDO.

La arrugó y la metió dentro de la caja.

A las siete se levantó, sin haber logrado conciliar el sueño pero a rebosar de una energía imperiosa, una que se desparramaba sobre cada cosa que hacía. Una energía que la obligaba a agarrar la cafetera de una determinada forma, como si fuera el timón de un barco, a canturrear mientras servía café recién hecho en las tazas de arcilla que el padre había traído de algún viaje. Hacía mucho tiempo —años, quizá— que la chica no canturreaba. Tampoco había preparado nunca café en la cafetera, aunque todo parecía haber salido bien. Lo interpretó como un buen presagio: su nueva vida, fuera cual fuera, se inauguraba así.

Mientras lavaba los platos de la cena, que la Madre solía dejar en el fregadero para ocuparse de ellos al día siguiente, tarareó una canción que decía: *Les he contado a todas las estrellitas lo encantador que me pareces, ¿por qué no te lo he contado a ti?*, y que no recordaba haber escuchado jamás. Vestigios de vidas anteriores parecían desperezarse y salir al exterior sin que pudiera evitarlo. En un par de ocasiones tuvo que hacer una pausa y recordarse a sí misma que debía respirar. En esa energía nueva que la ocupaba no entraba, por lo visto, meter y sacar aire de los pulmones.

Cuando la Madre despertó, intrigada por los sonidos que salían de la cocina, caminó hasta allí con las legañas aún pegadas a las córneas. Se quedó apoyada en el marco de la puerta, los ojos repentinamente redondos, hipnotizada como un animal a punto de ser atropellado.

—Café —balbuceó al ver las tazas sobre la mesa.

La chica la miró divertida, se encogió de hombros.

—¿Has fregado?

La chica le ofreció una taza de café. Estaba casi hirviendo y sabía terriblemente a posos —la chica no había limpiado la cafetera antes de hacerlo—, pero aun así la Madre lo degustó con innumerables *mmmmm* y *uuuuh*. Luego la chica preparó unos huevos revueltos que engulló en un santiamén, aún observada con fascinación por la Madre, y desapareció escaleras arriba con nuevas y briosas zancadas. Cuando bajó, minutos después, la Madre calificó su aspecto como *deslumbrante*. El color había vuelto a sus mejillas, la vida a sus ojos. Hasta se apreciaba en ellos, pensó estremeciéndose, algo muy parecido a la ilusión.

193

La Madre abrió un cajón y sacó una figura de un cisne hecha de tela de bayeta. La puso bajo el agua hasta transformarla en una bayeta sin más atributos. Cuando se endureciera, una vez seca, volvería a tomar la forma del pájaro. Esa era la clase de cosas a las que tenía acceso gracias a su trabajo, cosas que parecían estimulantes pero que, al final, solo eran pedazos de fibra mojada.

—¿Te gustan las clases de la universidad?

La chica asintió mientras se metía un último trozo de tostada en la boca.

—Mucho —dijo con la boca llena.

Luego hizo una pausa.

—Ayer hablamos de la criptozoología —añadió.

La chica miró a la Madre. Había estado ensayando cómo pronunciar la palabra ante ella y había decidido hacerlo con despreocupación, igual que pronunciaría *regadera* o *nachos con queso*. Creyó ver una sombra deslizándose furtiva sobre su cara, pero nada más.

—Es un tema interesante, ¿no crees? Al tutor Orlando se lo parece.

La Madre derramó un poco de café sobre su bata de patchwork. A lo lejos, el sonido de *la gran chatarra* anunció la llegada del chico. Madre e hija se miraron unos instantes más, frente a frente, en lo que a la chica le pareció un duelo muy largo. Entonces *la gran chatarra* frenó frente a la casa, su silueta proyectándose sobre la alacena de la cocina. La Madre desvió la vista, las manos le temblaban levemente.

—Lo importante es que te guste a ti —repuso, y la chica suspiró decepcionada. Esa era la clase de cosas que solía decir la Madre: *lo importante es que te haga feliz, lo impor-*

tante es lo que creas tú, lo importante es que no te tires por la ventana. Por lo visto, no tenía una opinión sobre nada. Cuando la chica se sentó en el interior de *la gran chatarra*, se giró para ponerse el cinturón. La Madre estaba asomada a la ventana, todo bata y pelo crespado, con una cara que nunca le había visto.

Dentro del coche, el chico estaba de un humor aún más animado que de costumbre. Tamborileaba sobre el volante al tiempo que conducía, silbaba, lanzaba la mano al muslo de la chica a cada oportunidad. Estaba claro que su alborozo se debía, entendió ella, al exabrupto de pasión de la tarde anterior. Se veía capaz de regalarle uno más, quizá hasta ese mismo día. Se sentía, en realidad, capaz de cualquier cosa. Se había hecho una trenza italiana con un fino lazo enroscado entre los mechones, había planchado su ropa antes de ponérsela. Se miró en el espejo retrovisor.

—¡Estás preciosa hoy! ¡PRECIOSA! —berreó el chico.

Era cierto. El amor que sentía llenaba su rostro de luz, como si el mundo la iluminara con un enorme foco.

El chico encendió la radio.

En el programa matinal hablaban de las mujeres desaparecidas. La chica subió el volumen al máximo, a la espera de novedades. No había ninguna, no de momento, *pero* —anunció el locutor entusiasmado— la hija de Rebeca Mendoza había compuesto una canción que quería tocar en directo para su madre, estuviera donde estuviera ahora. La canción sonó plañidera y robótica a través de las ondas, cargada de emoción y verdad, y hablaba de patines antiguos y bordes rellenos de queso. A la chica le entraron ganas de aplaudir, aunque sospechó que no era a causa de la canción.

195

En los jardines de la universidad, donde el día anterior se habían concentrado los estudiantes en torno a Enma, solo quedaba el gran cubo y un cartel clavado con una estaca a su lado. DONACIONES PARA EL CAMPAMENTO SALVAMENTO, leyó la chica. El cielo estaba despejado, la luz incidía sobre el cubo haciéndolo parecer una escultura moderna. Mientras caminaba, el chico repasaba los apuntes, todos relacionados con la criptozoología. Había subrayado hasta cinco veces la frase *La hipótesis como metodología de investigación.*

En el dintel del gran portón de madera de la facultad, alguien había colgado una sábana con los nombres de las desaparecidas escritos en tinta morada. La chica, solemne, los leyó en voz alta. Ángela, Priscilla, Gloria, Rebeca. Antes de entrar, se giró para mirar el cubo. En el lapso de tiempo que habían tardado en subir las escaleras, alguien había depositado en su borde una roñosa manta de cuadros enrollada, una manta que dudaba mucho que nadie quisiera echarse por encima. La gente, se dijo, siempre quería formar parte de las cosas importantes —la desaparición de las mujeres era, sin duda, algo importante— y eso les llevaba a hacerlo muy rápido, de manera mediocre. Le pareció que había empezado a pensar de otro modo, como pensaría alguien observado por un dios exigente y encantador.

—¿Crees que conseguirán algo? —preguntó sin mirar al chico.

—¿Quiénes?

—Las del campamento. ¿Conseguirán que se investiguen más las desapariciones?

196

El chico se encogió de hombros. No creía, en realidad, que no se estuviera investigando. Seguramente había hombres decentes vestidos con uniforme haciendo pesquisas secretas aquí y allá, pero solo lo anunciarían cuando tuvieran algo relevante que decir.

—Y ese momento puede no llegar nunca —añadió— si el motivo de las desapariciones implica... —el chico consultó su cuaderno— *la hipótesis como metodología de investigación*. ¿Entiendes? Si algo inesperado forma parte del pastel.

El chico se golpeó la frente, presa de una iluminación.

—¡Podríamos pasar por el campamento! ¿No te apetece? Podemos llevarles mantas y algo de comer y ver cómo se han organizado, no sé. Es algo histórico, seguro que en el futuro se hablará de esto.

La chica se encogió de hombros. Le gustaría ir al lago, reconoció, pero no tanto al campamento. La arenga de Enma se había dedicado a despreciar, aunque fuera de manera indirecta, todo por lo que el padre había trabajado. Y no es que ella pensara que las desapariciones no pudieran deberse a algo que no fuera la criatura, no se trataba de eso. Era cierto que la criatura nunca había asomado la cabeza por allí para posar ante una afortunada cámara o al menos dejar una huella que pudiera ser fotografiada, pero hacía décadas, quizá siglos, que se hablaba de ella en el lago. Era todo demasiado casual. Así que descartar su papel en las desapariciones era poco menos que descabellado. En realidad, quienes menos cuerdos estaban eran quienes se negaban a la posibilidad de lo inesperado.

—Una extravagancia —dijo citando al padre—, no tiene por qué ser más que eso, pero muchas extravagan-

197

cias juntas son algo que merece la pena atreverse a mirar a la cara.

El chico se paró de pronto, en mitad del pasillo. A los lados, las distintas aulas se abrían para acoger a los estudiantes. Zoología, botánica, biogenética, una ignorada optativa de nombre El árbol de la vida.

—Hoy es nuestro aniversario —dijo—. Un mes y medio.

La chica lo miró extrañada. A veces le parecía que el chico le hablaba en un idioma desconocido, uno que se iba inventando sobre la marcha y en el que casi todas las palabras sonaban un poco ridículas. Guardó silencio, incapaz de dar con una respuesta apropiada.

—Me sabe mal decirlo —susurró él—, pero si todas esas mujeres no hubieran desaparecido, tú y yo no estaríamos juntos.

Luego la besó en la mejilla, y el beso dejó un rastro de baba tibia que la chica se limpió sin piedad.

En el aula, la chica corrió a ocupar un sitio en segunda fila. Era la única silla libre delante, y tras sentarse miró a ambos lados esperando gestos hostiles. De nuevo, nadie le prestaba atención. Por lo visto podía situarse allí, casi frente al tutor, sin que nadie lo juzgara como algo peculiar. Sonrió al chico con cierta lástima, dejando claro que *oh, qué pena, iba a tener que sentarse allí sin él.* El chico, resignado, ocupó un sitio filas atrás. Si había algo tranquilizador en él era su mirada sobre la chica, siempre exenta de cualquier sospecha.

El tutor entró en el aula puntual, justo cuando el reloj de agujas dispuesto sobre la puerta marcaba las nueve. Los murmullos se apagaron, los traseros se acomodaron en sus asientos. La chica se había propuesto no mirar hacia su libreta, abierta con disciplina por una página en blanco. Mantendría la vista al frente, la respiración contenida. Le pareció que aquel era un momento importantísimo, decisivo, el primer chapuzón de un batiscafo en aguas desconocidas. Cuando el tutor se sentó a su mesa y se percató de su presencia, ella vio cómo, sin lugar a dudas, el rostro de él se contraía en una sutil mueca de placer. Sonrió encantada. Nunca había que desechar los mensajes de la intuición, y su intuición le decía —le gritaba, más bien— que aquello que sentía no podía limitarse solo a ella, que era demasiado vasto como para no ser compartido. El tutor tenía que notar aquella energía nueva saliendo de su pecho e invadiendo el aire en torno a él, tenía incluso que ser parte de ella. Y justo cuando meditaba todas esas cosas, el tutor pronunció su nombre. Lo hizo con deleite, como quien lame de un plato los restos de un manjar.

—Kaila. Qué bien verte de nuevo.

Todas las cabezas se giraron hacia ella. Aquel hombre la había tuteado, la había incluido en su círculo de familiaridad. Procuró respirar ordenadamente, recogerse el pelo tras las orejas como si nada asombroso estuviera sucediendo. Como si las palabras del tutor no acabaran de tirar de ella hacia un lugar nuevo, a cielo abierto, tan cuajado de estrellas que era imposible no cegarse.

La clase del día trataba sobre el Pleistoceno.

Felinos de grandes colmillos, rinocerontes lanudos, cazadores recolectores que tallaban pacientemente piedras y las convertían en armas letales.

199

La chica garabateó en su libreta hasta que los nudillos se le inflaron como rubíes. Quería que aquel hombre la viera garabatear. Quería que advirtiera cómo sus palabras se posaban sobre sus neuronas, cómo las esponjaban y las sacaban a bailar. Sentía que había recuperado algo y que al mismo tiempo se encontraba ante la novedad más absoluta. El tutor les habló de la *domesticación del fuego*, un proceso que los antepasados humanos debieron atravesar antes de controlar esa herramienta fantástica que habían descubierto. El fuego era un verdadero don, pero también era peligroso si uno no andaba con cuidado. La chica asintió convencida.

Cuando la clase concluyó, una hora y media más tarde, había escrito veinticinco páginas. Algunas, además de texto, tenían pequeños dibujos en los márgenes. Aunque la mayor parte correspondían a la fauna y flora del Pleistoceno que el tutor había descrito, la chica comprobó aterrada que también había pequeños corazones de los que salían volutas y hasta alguna mariposa. Guardó la libreta en la mochila, azorada igual que si hubiera declarado su amor en público. Desde el momento en que había visto a aquel hombre la asaltaban sensaciones así: tenía la impresión de que sus pensamientos salían de su cabeza y se ponían a la vista de todos, de que podía delatarse en cualquier momento. Enamorarse —no cabía duda, eso era lo que le pasaba— tenía mucho de euforia pero también mucho de estado de alarma, como un oso que hubiera encontrado un gran panal de miel y ahora solo temiera que alguien se lo quitara, un oso que no podía permitirse echar ni una leve cabezada. Mientras meditaba sobre esa clase de cosas —alarma, amor, panales— el tutor se aproximó despacio. Pensó que debía dirigirse hacia otra parte y que ella simplemente estaba en su ruta, pero, por alguna razón, él se paró a su lado.

—Kaila, si no te importa, quédate un momento.

La chica levantó la cabeza.

Este, se dijo, era el momento más importante de su vida.

El resto de los estudiantes abandonaron el aula entre palmadas en la espalda y risotadas, dejando caer *hasta luegos* y *mañana más*. El chico, sin embargo, se quedó remoloneando en la puerta. Ella deseó que se desvaneciera sin que quedase de él más rastro que un calcetín o una oreja, algo pequeño que pudiera meter en su caja de los recuerdos.

—Tú, ven también —le dijo el tutor al chico.

La chica resopló, disgustada. El chico se acercó y la agarró por la cintura, su mano como un tentáculo de agua hirviendo.

—He tenido una idea. Y quiero saber si es tan potente como yo creo.

La chica, sin haberla oído aún, decidió que seguro que sí.

—Como ya sabéis, una vez al año se organiza desde la universidad un viaje, una experiencia de trabajo de campo.

La chica y el chico asintieron, aunque ella no tenía la menor idea de aquello.

—Durante este viaje —siguió el tutor— los estudiantes recolectan muestras de plantas, de agua, estudian el comportamiento de los animales en su hábitat, monitorizan sus poblaciones... Todo depende del destino. Cada año hay un objetivo, y el viaje entero gira en torno a él. El año pasado fueron los cambios en las migraciones aviares debidos al desarrollo de las urbes. Un poco aburrido, en fin, pero no todos los viajes funcionan igual.

La chica imaginó bandadas de estorninos retorciéndose en el aire y envolviéndola junto al tutor en una nube negra y densa. No se le antojó nada aburrido.

—Este año, para colmo, apenas hay dinero. El departamento es cada vez más exiguo. ¡Y está en manos de tacaños! Al menos, de momento. Pero se me ha ocurrido un viaje que podría ser fantástico. Es un poco atrevido, pero a ver qué os parece a vosotros.

La chica asintió. Había algo sumamente placentero en decirle que sí a aquel hombre. Sintió que podría pasar años asintiendo a cada cosa que él dijera, que eso la libraría de una pesada carga.

—Bien... Dadas las circunstancias, no me entendáis mal, trágicas pero... ciertamente interesantes, creo que este año nuestro destino podría estar muy cerca, a apenas un par de horas. ¿Veis por dónde voy?

A la chica le dio un vuelco el corazón.

—Podemos ir a Aguayela, ¿no creéis? ¡Al corazón del misterio! No siempre nuestra región nos ofrece tanto.

El chico dio una palmada.

—¡Es increíble! Precisamente esta mañana estábamos hablando de visitar el lago, ¿verdad, Kaila?

La chica notó que sus manos empezaban a sudar. Las metió en los bolsillos. El tutor daba vueltas por la tarima, la tiza saltaba en la palma de su mano.

—Podríamos visitar el campamento de vuestras compañeras, como... una especie de comitiva universitaria, un gesto de apoyo, ¿verdad? Sería bonito. En tiempos oscuros hacen falta gestos como ese, ¡gestos que levanten la moral! Y luego realizaríamos nuestra propia investigación. Grupos de cinco o seis personas, no más. El objetivo sería argumentar, a favor o en contra, claro, las posibilidades de que una criatura habite las aguas del lago Milagro, como tantas veces se ha afirmado. Al margen de que tenga o no algo que ver con las desapariciones. Ya sé, ya sé, los científicos no somos detectives. Pero somos exploradores, ¿no es cierto? O deberíamos serlo.

Todo en el campo de visión de la chica se había vuelto borroso. Todo salvo los ojos del tutor, nítidos y brillantes como dos geodas miradas con microscopio.

—Por supuesto, Kaila, podrías unirte al viaje aunque no estés matriculada. Nos haría mucha ilusión contar contigo. E imagino que el tema te resultará especialmente inspirador.

La chica asintió desbordada. Aquel hombre acababa de cogerla en volandas y posarla a las puertas de su destino.

—¡Bien! —celebró el profesor—. Entonces, zanjado está. Nuestro viaje será a Aguayela. ¡A la caza de la criatura!

Las manos de la chica sudaban a mares, sintió el líquido traspasar la tela de los vaqueros.

Ya fuera de clase, se las acercó a la cara. Olían de esa forma tan peculiar, como su sudor nocturno, exactamente igual que las aguas del Milagro.

XVIII

Iba a clase por las mañanas y hacía el amor de manera furiosa a la hora de comer, ella y el chico escondidos en el interior de *la gran chatarra*, en los vestuarios del gimnasio universitario, hasta en los baños de la cafetería. La chica se había hecho experta en imaginar al tutor mientras lo hacían, tanto que en una ocasión, al volver del trance, dio un respingo al percatarse de que era el chico quien estaba con ella, oculto entre los matojos del campo de fútbol, y casi le preguntó qué hacía ahí. Durante las clases, el tutor les informaba de los avances en la organización del viaje. Aunque inicialmente iban a hospedarse en el único hotel de Aguayela, el presupuesto de la facultad era tan escaso que había obligado a desechar esa idea. Finalmente, y gracias —según él mismo afirmó— a su perseverancia e ingenio, había conseguido que les prestasen los bungalows del antiguo camping. Aunque no contaban con servicios —había agua corriente pero no electricidad, por ejemplo—, unas cuantas bombillas solares autónomas les servirían para iluminarse durante la noche. Las duchas, eso sí, tendrían que ser heladas. Aunque seguro, dijo el tutor con retintín, que había a quienes no les importaba ducharse juntos. El chico le guiñó un ojo a la chica tras el comentario, y ella miró hacia su mesa con la cara como uno de esos perros llenos de pliegues.

Por las tardes, después de clase, se dedicaba a estudiar. Había comenzado a hacerlo en el despacho del padre, cosa que intuía que a la Madre le resultaba inquietante, como si entre esas cuatro paredes ella corriera algún peligro. Mientras repasaba sus apuntes, la Madre solía aparecer con distintas viandas. Almendras garrapiñadas, zumo de frutas, pequeños sándwiches de queso y berros. A veces se limitaba a llevar uno de los nuevos artículos que le habían endosado para su venta —*Este reloj de pulsera se transforma en un boli, ¿te lo puedes creer?*—, o fingía que tenía que limpiar las ventanas sin demora. La chica, compasiva, la dejaba quedarse un rato, hasta le leía la lección del día en voz alta para memorizarla mejor. La Madre la escuchaba atenta, sedienta de cualquier palabra que saliera de los labios de la chica. Esa era una de las imprevistas consecuencias del enamoramiento: el amor por el tutor parecía relajar el odio de la chica hacia los demás, hacerlo más laxo. El mundo entero se había vuelto más prometedor, más liviano. A decir verdad, a veces ni siquiera recordaba qué le había hecho despreciar a la Madre en un principio, hasta sentía que podría llegar a perdonar aquella ofensa indefinible.

Un día, en una clase especialmente inspirada, el tutor les había hablado de la *panspermia*. En el animado territorio de las teorías sobre el origen de la vida, que eran muchas y a menudo se contradecían, esa era la favorita de la chica. Según afirmaba, la vida había llegado al planeta a partir de semillas provenientes de otros lugares del universo, probablemente en el interior de meteoritos que habían impactado sobre la corteza terrestre. La chica se quedaba embobada imaginando esas semillas primigenias viajando en rocas antiquísimas y en llamas, una misma semilla acogiendo el ADN primitivo del tutor y el suyo mismo. No tenía sentido alguno, pero así era la vida ahora, una fabulación peregrina y encantadora.

Una mañana, poco antes de ir a la universidad, la chica se quedó mirando el archivador metálico del padre. Sabía que, durante sus últimas semanas de vida, había estado investigando sobre la criatura. O, al menos, sobre la posibilidad de una *criatura*. Por eso iba tanto al lago, a veces ausentándose durante semanas. También sabía que los frutos de toda esa investigación debían estar allí, cuidadosamente guardados en el archivador. Aunque nunca se había planteado abrirlo —sería como traicionarlo a años luz de distancia, sin posibilidad de defenderse—, se acercó a la concha del *Nautilus pompilius*, en cuyo interior reposaba dormida la llave del archivador. Acarició su superficie con la mano, como solía hacer el padre cuando se sentaba a pensar en su sillón de cuero. Y entonces, de alguna forma misteriosa, lo intuyó. Sintió una ausencia con forma de llave en el interior de la concha.

Se asomó al *nautilus*, a su hueca espiral nacarada.

Estaba vacío.

Allí no había nada, ninguna llave, ningún resquicio.

Aterrada, miró a su alrededor. ¿Era posible que ella misma hubiera sacado la llave de allí, que la hubiera guardado en otro lugar, quizá para ponerla a salvo? Aquella opción era poco probable. No olvidaría algo así. Aunque era cierto que, a veces, su cerebro no registraba las cosas tal y como habían sucedido, sino de formas más originales y sorprendentes. Corrió hasta su habitación, los pies descalzos retumbando sobre el parqué. Abrió su caja de los recuerdos. Lo último que había metido, si su memoria no la engañaba, era un clip que el tutor le había dado para llevarse unos apuntes. Al entregárselo, sus manos se habían rozado un instante, y luego ese trozo de piel le había ardido durante horas.

Allí estaba el clip, efectivamente. La chica lo había desplegado y vuelto a plegar con forma de corazón antes de guardarlo, como si así pudiera invocar el romance. Pero no había rastro de la llave. Entonces oyó a la Madre abrir la ducha, meterse bajo el agua. La chica se asomó sigilosa a su cuarto, donde la bata de patchwork reposaba sobre la cama. Aunque de niña pasaba horas en aquel cuarto, hacía años que evitaba entrar. Olía a popurrí, a suavizante, a nórdico de plumón sintético. De puntillas husmeó en las baldas, entre las escasas pertenencias de la Madre. Figuritas traídas de antiguos viajes, polvorientos libros de poesía, manualidades que la chica había hecho de niña. Se asomó bajo la cama, donde solo había una caja de zapatos, probablemente con un par de pantuflas tan espantosas como la bata. Allí no encontraría lo que buscaba. Desesperada, la chica regresó al despacho del padre. Meneó el *Nautilus pompilius*, lo puso cabeza abajo, lo agitó hasta casi quebrarlo. La llave había desaparecido. El padre debía estar tan furioso como perplejo, allá en su sillón celestial, observado con pesar por el resto de los padres. Pero ella no había tenido la culpa, quiso gritar, ni siquiera sabía que la llave había desaparecido, ni siquiera había pensado nunca en abrir ese archivador. Aunque, bien mirado, ¿cómo había descubierto entonces que la llave no estaba donde debía estar? La chica comenzó a marearse, casi a desfallecer, como esos pequeños mamíferos que se hacían los muertos ante los grandes problemas. En clase tomó menos apuntes que nunca. Le costaba concentrarse, pensar en nada que no fuera la falta de la llave. Ni siquiera la belleza del tutor, tan absorbente, conseguía despistarla de aquel desgraciado enigma. Valoró distintas posibilidades. Quizá un día, limpiando el despacho, la llave se había caído de la concha y la Madre la había barrido sin percatarse. Ahora estaría en un inmenso campo de montículos de basura o adonde fueran a parar sus desechos; en todo caso, un lugar indigno para la llave. Quizá ella misma había dejado la puerta abierta y una urraca, o algún otro pájaro con afán por los objetos brillantes, se la había llevado en el pico a su nido lleno de guano. Se retorció los dedos, nerviosa. Cada opción era más desalentadora que la anterior. El chico le hizo llegar una nota en la que solo decía *qué te ocurre*, y ella la arrugó y se la guardó debajo del trasero.Cuando sonó el timbre, en lugar de remolonear con la esperanza de que el tutor le dedicara unas palabras, salió al pasillo y dio vueltas como una peonza. El chico salió tras ella. Parecía empeñado en conocer el motivo de su desazón. El chico era así: las angustias de la chica le preocupaban más que las suyas, o acaso él no sentía angustia en absoluto.

—¿Es por el viaje, estás nerviosa?

El chico era un pobre idiota.

—Ha desaparecido la llave del archivador que viste, el del despacho de mi padre.

—Vaya. —El chico parecía aliviado, cosa de lo más irritante—. ¿Has mirado bien?

La chica puso los ojos en blanco.

—¿Dónde estaba la última vez que la viste?

—¡En la concha del *nautilus*, donde siempre! —La chica se mordisqueó una uña—. Es su único sitio.

—Quizá —sugirió el chico con la boca pequeña— tu padre llevara las llaves cuando..., ya sabes. ¿No es posible? Puede que se hundieran con él.

La chica negó con la cabeza, desolada.

—No se habría llevado las llaves del archivador al lago. ¿Qué iba a hacer con ellas allí? El archivador está en el despacho.

—¡Ah, el despacho de Emilio Santos!

Allí, justo detrás de ella, estaba el tutor. La barba un poco más crecida que el día anterior, una legaña minúscula en la esquina de un ojo.

—Siempre soñamos con entrar en su despacho —el tutor miró hacia el techo de casetones, como si allí proyectaran una escena del pasado—, ¡se hablaba mucho de ese lugar! Debe ser como una cámara de maravillas decimonónica, ¿no? Un día las comentamos en clase.

La chica contuvo la respiración. Aquello resultaba tan idóneo, tan apropiado, que tenía que esforzarse para no ponerse a dar palmas y chillar. Se esforzó en no titubear, en hablar tan alto y claro como resultara posible.

—Si quiere ver el despacho —ofreció— yo podría enseñárselo.

El chico tragó saliva.

—Yo... yo ya lo he visto —dijo sin gran convencimiento—. Está muy bien.

—Vaya, Kaila. ¿De veras harías eso por mí?

El tutor parecía conmovido. La miró con intensidad y ella sintió su mirada como algo escarlata y obsceno, como si estuvieran, en realidad, haciendo mucho más que mirarse.

—Claro —aseguró—. No hay ningún problema. Podría venir esta misma tarde.

Notó sus mejillas llenarse de color mientras hablaba, sus sienes empezar a latir con un ritmo primitivo y sincopado.

—Yo hoy no puedo ir —dijo el chico—, tengo que ayudar a mi padre en el jardín.

La chica dio un respingo. Había olvidado que el chico seguía a su lado. Ni siquiera, en realidad, recordaba que existiese.

XIX

En el despacho del padre, la chica limpió estanterías y vitrinas, se agachó para abrillantar el suelo, frotó con ahínco los rodapiés. No se trataba, por supuesto, de preparar el espacio para la visita del tutor, como si este fuera un rey al que hubiera que servirle el mundo en bandeja de plata. Se trataba más bien de recorrer cada esquina del despacho en busca de la dichosa llave. Y ya que se entregaba a tal misión, claro, aprovechar para dejarlo impoluto.

—Ojo a esto, papá —dijo mientras sacaba el polvo de entre los listones de madera con una varilla—, se podría hacer uno de nuestros pícnics en el suelo.

Paró un instante, sorprendida por su propia voz. Hacía mucho, años y años, que no hablaba con el padre en voz alta. Lo había hecho durante los primeros meses de duelo, sola en el valle de las sombras de su ausencia. Le hablaba mientras preparaba el desayuno, mientras intentaba concentrarse en los deberes que acabaría desterrando a un rincón de la mesa. Le hablaba de su incapacidad para resolver tal o cual ecuación, de cómo la lluvia se colaba de nuevo por la contraventana rota del salón, de las cada vez más insoportables exigencias de la Madre.

Y lo más asombroso era que el padre le respondía. Un diálogo interno, constante y a menudo agotador, le devolvía su voz: el padre le indicaba qué decisiones tomar, la sobresaltaba con comentarios sobre su rendimiento en tal o cual tarea. En los peores momentos de la chica —desvelada en plena madrugada, temerosa de conciliar el sueño por si la asaltaban las pesadillas— hasta la culpaba de su muerte, como si hubiera sido ella quien le hubiera hecho caer del embarcadero y, por motivos aún no esclarecidos, ser incapaz de salir del agua. El diálogo había cesado con el paso de los meses, y el mutismo había llegado más pacífico aunque también más lúgubre, como un cementerio entre semana. Volver a hablar con el padre de esa forma no era más que la confirmación de algo que la chica había empezado a sentir, aunque no lo hubiera dicho en voz alta: de un modo misterioso parecía que el padre estaba más vivo que el día anterior, como si el proceso se hubiera dado la vuelta y él se acercara, poco a poco, hacia una especie de resurrección. Sabía que aquello no era posible, pero la certeza, tan insulsa y limitada, tenía poco que hacer frente a la intuición.

Al acabar la limpieza, observó satisfecha su hazaña. En su cuarto, temblando de expectación, eligió el mejor vestido posible. Era uno sin estrenar, comprado en el archipiélago de los ingleses. Lo había adquirido para *una ocasión especial*, en sus propias palabras, pero ninguna antes se había revelado como tal. Al probárselo, le venía tan grande que pudo quitárselo sin bajar la cremallera. Su cuerpo era el de otra, ahora estaba más claro que nunca. O quizá, mejor aún, su cuerpo anterior era el de otra, y ahora por fin tenía el que le correspondía, el que *necesitaba* para esa

212

nueva etapa de su vida. Acabó poniéndose una blusa que el chico siempre alababa, segura de que incluso hombres tan distintos como él y el tutor compartirían criterios en su apreciación de las mujeres. La belleza, para ellos, no tenía nada de misterioso. Luego agarró un frasco de perfume y se lo echó entero encima, en zonas donde nunca antes se le hubiera ocurrido.

Era cierto, pese al perfume y todo lo demás, que el tutor llevaba un anillo. La chica se había fijado durante la primera clase. Una tira dorada y funesta en el dedo anular que anunciaba algún tipo de compromiso con otra persona. La chica odiaba aquella tira. Pero sería mejor no pensar en ella, igual que era mejor no pensar en tantas cosas. De hecho, si a una le dieran a elegir, lo mejor sería no pensar en absolutamente nada, tener la cabeza y el corazón huecos como un tocón podrido. Pero ese, desde luego, no era su caso.

El timbre sonó como una flecha, directo a su corazón. Al asomarse a la ventana vio al tutor, casi no podía creerlo, esperando ante la verja. Le pareció que encajaba a la perfección en aquel paisaje, igual que los árboles de ramas torcidas que siempre habían estado allí. Como si fuera un elemento más de su infancia, algo que un poder cruel le había arrebatado y que ahora por fin le era devuelto. Bajó las escaleras veloz, anticipando un futuro entero.

El tutor, comprobó decepcionada al salir al patio, llevaba la misma ropa con la que había impartido clase por la mañana. Eso implicaba que no había ido a cambiarse para la ocasión, lo que podía implicar otra serie de cosas. Al aproximarse le dio la impresión, sin embargo, de que él echaba un vistazo fugaz a su escote, un barrido por todo su cuerpo. No sabía cómo debía saludarlo. Adelantó la mano derecha, que debía resultar firme pero femenina, en absoluto intimidatoria, pero el tutor se inclinó hacia ella y, agarrándola por la cintura, le dio un beso en la mejilla. Sintió sus rodillas volverse de aire y una nueva versión de su vida, exenta de cualquier tragedia, desfiló ante sus ojos.

—Muchas gracias por esto. —El tutor le agarró una mano y la guardó entre las suyas un instante, una mariposa atrapada al vuelo.

—No hay de qué —consiguió pronunciar la chica.

El tutor tenía la capacidad de subir y bajar su tensión al mismo tiempo, su cuerpo dándose de bruces contra sí mismo. Mareada y con el pulso desbocado, lo guio hasta el estudio del padre. Procuró centrarse en el fresco del césped que le subía por las pantorrillas, estableció como total prioridad no desmayarse. En la puerta, mientras ella introducía la llave, el tutor reparó en los rayajos blanquecinos del marco de la madera. Los tocó con curiosidad.

—¿Y estas marcas?

La chica las miró, su cuerpo se estremeció al ver las manos del tutor sobre ellas.

—Son yo —repuso.

—¿En serio?

El tutor no dejó de tocarlas. Casi lo hizo con más delicadeza, paseando las yemas sobre unas y otras.

—Mi padre solía medirme aquí. Comparaba mi estatura con la longitud de algún animal.

La chica se agachó, señaló una marca.

—Aquí, por ejemplo, soy un gato montés adulto. Aquí, un cervatillo recién nacido.

El tutor la miró en silencio.

—Y ahora, ¿qué dirías que eres?

La chica se ruborizó. Los dos sabían perfectamente qué era y qué quería. La puerta de la cabaña sonó como un quejido al abrirse, casi como el inicio de un llanto, pero ella decidió no darle importancia. El tutor entró en el despacho y puso los brazos en jarras, abarcándolo todo con la mirada.

—Así que este es el lugar —dijo.

Luego la miró a ella.

—Me siento un privilegiado.

Lo cierto era que el despacho del padre sí se parecía a una de esas cámaras de maravillas decimonónicas, casi un pequeño museo. Y, gracias a ella, el tutor podía visitarlo. Hacerle feliz la hacía feliz, más aún que hacerse feliz a sí misma. El tutor recorrió el espacio con amplias zancadas, haciéndolo suyo. Examinó a conciencia un móvil colgado del techo: hilos de pescar pendiendo de las vigas de madera y pequeños minerales danzando alrededor, con una gran pieza central pintada en colores bermellón y ocre.

—El círculo exterior son todo cuarzos —explicó la chica—. Esto de en medio, una piedra del lago. La pinté yo. Hacíamos muchos móviles. Cada vez que construíamos uno nuevo, mi padre descolgaba el anterior y lo guardaba. Están por aquí, en alguna caja. Una vez hicimos uno con calaveras de pájaro.

La chica contrajo el gesto. Tal vez estaba contando demasiado: las marcas en la madera, las piedras pintadas, las calaveritas picudas. Quizá no era así —una niña inclinada sobre un montón de guijarros y cráneos de halcón, armada con un pincel y una témpera— como quería que el tutor la viera. Pero él sonrió, acarició la piedra central como había acariciado las huellas de la puerta.

215

—Me gusta —murmuró—. Si algún día encuentras esa caja, podría comprarte alguno.

La chica arqueó las cejas, sorprendida. No esperaba algo así. No deseaba transacciones económicas. Solo emocionales, románticas, transacciones de suspiros y promesas de amor. Cualquier otra resultaría demasiado pedestre, llena de vulgaridad.

—Prefiero regalárselo.

El tutor no respondió. En tres grandes pasos había alcanzado una estantería que llegaba hasta el techo. Al contrario que el chico, él no parecía intimidado por el despacho. Tal vez porque era, igual que el padre, un científico, y allí se sentía como en casa, rodeado de objetos que le eran familiares y podía entender. Quizá para él pulular por allí fuera como para la chica abrir su caja de los recuerdos, sumirse en un lenguaje en el que nada le era ajeno. El tutor señaló un fósil circular.

—Veamos, mi alumna aplicada —dijo—, háblame de esto que hay aquí.

La chica se sintió revivir, no tanto por el *aplicada* como por el *mi*. Suya, del todo suya, eso era lo que quería ser.

—Es una concha de amonites. Dentro vivían cefalópodos. Este tipo de conchas podían ser enormes, como una rueda de camión. Ya no existen. *De todas las cosas que han existido en el mundo* —recordó las palabras que el padre le había dicho ante aquella misma concha—, *casi ninguna existe ya.*

La carcajada del tutor la sobresaltó.

—Muy cierto —rio—. Por eso hay que intentar existir de la mejor manera posible, ¿no crees?

La chica asintió, muy segura de aquello. El tutor se acercó entonces a la mesa del padre, donde él había pasado tantas, tantísimas horas, sumergido en sus libros.

Era una mesa enorme, de madera de cedro, con tres cajones y una pata calzada con posavasos de cartón. El tutor hojeó el libro sobre la mesa, abierto por la historia del gallo ponedor.

—Un libro muy especial —dijo pasando las páginas—, lo tengo en mi biblioteca. Podrías venir algún día. Tengo... una colección de libros descatalogados. Muchos encajarían de maravilla en este lugar.

El tutor aspiró el aroma del libro, justo como la chica solía hacer cada vez que lo consultaba. Le pareció que aquella costumbre —eso interpretó que era— hablaba de lo mucho que ambos debían tener en común. Se preguntó si también se dejaría para el final las patatas fritas en los platos combinados, o si tendría pesadillas recurrentes en las que intentaba quitarse la vida una y otra vez sin lograrlo, como si la muerte fuera un descanso inalcanzable. El tutor le tendió el libro cerrado y ella volvió a posarlo sobre la mesa, ahora abierto por otra página. Luego, se dijo, lo devolvería a su posición habitual, a la historia del gallo ponedor. O quizá no. Era posible que al padre todos aquellos pudores suyos, esa necesidad de que todo siguiera exactamente *en el mismo sitio*, le resultara fuera de lugar, una rémora infantil. También era posible que el padre no la estuviera observando en absoluto, que no fuera testigo de cada uno de sus movimientos. Aquella posibilidad —la desaparición absoluta del padre, su ausencia figurada y también abstracta— la había torturado hasta la extenuación. Ahora, por lo que fuera, le pareció menos pavorosa.

El tutor acercó el rostro a la concha del *Nautilus pompilius*, el nácar brillante despidiendo reflejos rosados.

—Es la que lleva en la portada de *Nature* —aclaró la chica.

—Lo sé.

El tutor señaló el ejemplar de la revista protagonizado por el padre, enmarcado en la pared tras el sillón.

—Lo leí en su momento —añadió—. Todos lo hicimos. Un reportaje excepcional. Insólito, diría yo.

La chica sonrió satisfecha. Se sintió la protagonista de la clase de novela que le encantaría leer, si no estuviera demasiado ocupada *viviendo* y tuviera tiempo para leer novelas.

—Era su pieza favorita —dijo la chica—. Cuando la miro, siento algo muy... real. Único, me refiero. Algo que no se siente mirando ninguna otra cosa.

Se ruborizó mientras hablaba.

—Estoy diciendo tonterías.

—En absoluto.

Lo cierto era que el tutor la estaba mirando a ella, a la chica, con pinta de sentir algo que no se sentía mirando ninguna otra cosa. La chica sintió ganas de contarle todo sobre ella, de confiarle toda su personalidad, todos sus temores y anhelos.

—Mi padre solía dejar aquí dentro la llave de ese archivador. Ahí guardaba sus cuadernos. Pero... —bajó el tono, asustada por su propia confesión— se ha perdido de alguna forma.

—¡Vaya! Eso sí que es curioso.

El tutor se inclinó, un mechón le cayó sobre la frente con gracia angelical. Miró dentro del *nautilus*, los ojos almendrados achicándose hasta convertirse en dos líneas.

—Bien. Veamos si podemos hacerla salir.

La chica no entendió la propuesta, pero el tutor se arremangó como si fuera a acometer una reforma doméstica. Acercó los labios a la apertura de la concha.

—¡Llave! ¡LLAVE!

El tutor llamó a la llave con ahínco un par de veces más, cerró un ojo, acercó el otro a la abertura del *nautilus*. La chica se desternillaba de risa, doblada por la mitad. Aquello era una genialidad, lo más gracioso que había presenciado nunca.

—No parece una llave obediente —concluyó.

Entonces el tutor, despacio como si se tratara de una operación que precisara de gran delicadeza, introdujo un dedo en el interior de la espiral. Mientras lo hacía miraba a la chica muy serio, sin parpadear. Ella intuyó que él quería transmitirle algo, algo relacionado con dedos y cavidades. También le pareció que el tutor se sonrojaba, aunque quizá solo fuera su propio rubor tiñendo de rojo todo el despacho. El tutor sacó el dedo del fósil.

—Nada.

Luego se acercó al archivador, examinó el bombín. Le dio un par de toquecitos.

—En realidad, esto puede abrirse con un clip cualquiera.

La chica dejó de respirar un instante.

—Observa.

El tutor sacó un clip de su bolsillo trasero, lo estiró hasta convertirlo en una alargada horquilla. La chica abrió la boca para decir algo, pero se sentía como si tuviera uno de esos fósiles alojado bajo la glotis. El tutor introdujo la punta del clip en el bombín, trasteó, lo movió hacia los lados. A ella le pareció que sabía lo que hacía, que quizá en otra vida había sido algún tipo de delincuente. Y entonces sonó un ruido. Uno que la chica había oído en numerosas ocasiones, aunque hiciera años que no. El primer cajón del archivador se deslizó suavemente hacia fuera. Los dos se asomaron a su interior.

Quizá, por el tiempo que había estado cerrado, la chica esperaba que su contenido estuviera deteriorado, cubierto de polvo, hasta comido por ratones aunque nunca hubiera visto un ratón por allí. Sin embargo, todo estaba tal cual el padre lo había dejado: los cuadernos de anillas fechados unos sobre otros, el atadijo de bolígrafos negros, las cajitas transparentes con fragmentos minerales y la libreta que estaba usando en el momento de su muerte, grande y forrada en cuero, la única cuyo lomo el padre había decorado con volutas y motivos vegetales.

—Esto es lo último que escribió —dijo la chica con voz trémula—, mientras investigaba en el lago Milagro.

El tutor miró la libreta con reverencia.

—¿Puedo tocarla?

La chica asintió. Le gustaban la clase de hombres —acababa de decidirlo— que, siendo impetuosos y apasionados, pedían permiso para realizar ciertas acciones, que reconocían las cosas importantes y se acercaban a ellas con el debido pudor.

Cuidadosamente, como si pasara un pez de colores de una bolsa de plástico a una pecera, el tutor sacó la libreta del cajón abierto. Echó un vistazo al interior.

—¿Puedo tomarla prestada?

La chica se puso de color amarillo.

—Solo unos días. Por si hay algo que pueda servirnos en nuestro pequeño viaje. Quizá podamos hacer un ejercicio en nombre de tu padre. Una especie de homenaje. ¿Eso te gustaría?

La chica se vio asentir desde la otra esquina de la habitación, de nuevo colgada del techo, una testigo de su propia y azarosa existencia. El tutor, feliz, metió la libreta en su maletín, entre un montón de documentos desordenados y media manzana envuelta en papel albal.

220

Su voz se llenó de trascendencia.

—Me siento muy honrado, debes saberlo.

La chica entendió que, de alguna forma, su vida empezaba en ese instante.

—Me gusta que esté aquí —consiguió pronunciar. El tutor no dejó de mirarla. Se acercó a ella, solo unos centímetros, lo suficiente como para que la chica notara el aire volverse denso y caliente. Ahora, estaba claro, ese hombre iba a besarla. No podía ser de otro modo.

Bajó los párpados, esperando. Notó los brazos del tutor cerrándose en torno a ella y se sintió sedienta, con una sed inmemorial. La americana del tutor olía ligeramente a tabaco, aunque nunca le había visto fumar. Había una innumerable cantidad de cosas que no le había visto hacer. Le entraron unas súbitas ganas de dormirse, igual que si llevara años probando distintas camas en una tienda y por fin hubiera encontrado la apropiada para ella. Allí apoyada no le dolía nada, no le pesaba nada. Era como volver a casa. Entonces las manos del tutor alzaron su mentón, sus labios se aplastaron contra los de ella. La chica notó la lengua del tutor dentro de su boca, horadándola, repasando sus dientes como si los contara. No besaba como había imaginado, pero tanto daba. Lo importante nunca era el beso, sino lo que había tras el beso, la trama de fondo. Cuando se separó de ella, el tutor tenía los ojos brillantes, dos estrellas en la súbita oscuridad de la cabaña. El sol se había escondido y un grillo había empezado a cantar insistente y lastimero.

—Debo irme —dijo el tutor.

—Está casado, ¿verdad? —respondió la chica.

El tutor sonrió, apenado o con algo muy parecido a la pena. Y le dio un beso fugaz en la frente.

XX

Cuando la chica era una niña y el padre aún era un padre normal y no un padre ahogado a unos metros de un embarcadero, la Madre solía prepararles termos para sus excursiones. Un termo con una sopa espesa y especiada, un termo con café, un termo floreado y relleno de zumo de frutas. A la chica le maravillaba la visión de aquellos termos, pequeños tótems coloridos sobre la mesa de la cocina. Su presencia significaba que el padre había decidido llevarla con él adonde fuera que se dirigiera, que iba a pasar el día recogiendo minerales y esquejes, clasificándolos, introduciéndolos en pequeñas bolsitas de plástico. Los termos eran el primer anuncio de la aventura.

La mañana del viaje —el gran viaje al lago Milagro, el viaje en el que todo se dirimiría—, los mismos termos adornaban la encimera.

La chica dejó la inmensa mochila en el suelo, sus hombros ya agotados por el peso de un equipaje de lo más ecléctico. Probetas, cajitas de plástico transparentes, manuales de biología, lencería con la etiqueta aún colgando, barritas de muesli para evitar las bajadas de tensión, chicles de clorofila para un aliento irresistible. Nada debía dejarse al azar. Oyó a la Madre entrar en la cocina, *¡menudo equipaje!*, la miró intentando levantar la mochila mientras fingía ser una especie de forzudo de circo. Con su bata y aquel pelo crespo que tanto tardaba en peinarse, la verdad es que la Madre parecía parte de algún espectáculo. La chica recopiló los termos feliz, silbó mientras los introducía en el bolsillo exterior de la mochila. Musitó un *gracias* que creyó que solo oiría ella, pero la Madre parecía capaz de escuchar cada pequeño suspiro que salía de su boca. Se dejó abrazar por ella sin entusiasmo, el olor a polvos de talco de la bata lanzándola de un bofetón a su infancia. La Madre se separó, los ojos saltones y anhelantes como una rana muerta de hambre.

—¿Estás contenta?

Aquella pregunta era la predilecta de la Madre, una injerencia que a la chica la sacaba de quicio. Ese día, sin embargo, solo movió la cabeza afirmativamente. Desde luego que estaba contenta, estaba en éxtasis, llevada por criaturas aladas hacia su destino. Catorce días junto al tutor serían suficientes —debían serlo— para provocar algún tipo de reacción irremediable en él, para ganarse un afecto que acabara de forma más intrépida que aquel beso del despacho. Las dos últimas semanas había buscado sus ojos en clase, encontrándolos solo de vez en cuando. Lo sentía mirarla y luego desviar la vista, admirarla clandestinamente. El chico, intrigado por su ensimismamiento, le había preguntado unas cuantas veces si sucedía algo. Ella lo había negado todas. Al final, él se había acostumbrado. Era de esa clase, de los que se acostumbran. Cada noche desde el beso, la chica había soñado con el tutor. El tutor

223

guiándola en un pequeño bote por las aguas negras y desabridas de Aguayela; ella haciendo descubrimientos que asombraban a todos, convirtiéndose en la heroína de la expedición; él entrando en su bungalow con excusas cada vez menos elaboradas, acariciándole la frente mientras ella fingía dormir. Todos sus fracasos pasados —el corredor, el maldito filólogo, aquel otro compañero de la escuela que había rechazado con hastío sus insistentes declaraciones de amor— cobraban ahora la forma de un camino, como si todos esos chicos solo fueran baldosas sobre las que dirigirse hasta allí: a punto de embarcarse en una peripecia en la que iba a resolver el misterio de las desapariciones, y, además, a granjearse el amor que siempre había merecido. Ningún otro destino entraba en sus planes. Estaba enamorada de verdad, esta vez sí, del único hombre posible.

—¿Enamorada?

La Madre se sobresaltó, la cucharilla del café cayó al suelo en aguda cacofonía. La chica se preguntó cuánto rato llevaba hablando en voz alta. No era la primera vez que aquello ocurría. La presencia de la Madre era a menudo invisible, facilísima de olvidar. Continuó revisando su mochila, siguiendo la lista que la Madre le había redactado, como si ninguna confesión espontánea hubiera tenido lugar.

—Has dicho que estás enamorada.

La Madre sonreía como una idiota. Los dientes se le habían vuelto amarillentos y el espacio entre las palas, le pareció, había crecido unos milímetros. La chica se encogió de hombros, dudosa, y se metió un trozo de mandarina en la boca.

—Me alegro mucho, mucho, muchísimo. —La Madre le besuqueó la cabeza con fruición, dando un par de palmadas de pingüino de zoo—. Ese chico es encantador,

224

¡encantador! Y, además, te ha ayudado a entrar en la universidad. No me extraña nada que te hayas enamorado. Si yo tuviera tu edad, también me enamoraría de él.

El jugo de la mandarina salió despedido de la boca de la chica. La ingenuidad de la Madre era casi un chiste, una debilidad que inspiraba compasión.

—Por favor —se limpió el jugo de la barbilla, meneó la cabeza—, ¡no es de él de quien estoy enamorada!

La Madre la miró estupefacta.

—¿No? Entonces, ¿de quién?

La chica se dio la vuelta, volviendo a la mochila.

—De mi tutor.

Esperó una reacción inmediata, pero la Madre se había quedado callada.

—Es profesor de biología, y de biología celular aplicada, y...

—Sé quién es tu tutor.

La Madre estaba gris como el suelo de un parking.

—¿Cómo lo sabes? —inquirió la chica—, ¿lo conoces?

La Madre daba vueltas por la cocina, la mirada un poco perdida y los pasitos cortos, desubicados, hacia todas partes a la vez.

—Orlando, sí. Tu padre le dio alguna clase, vino un par de veces a cenar aquí.

La chica guardó silencio. Eso, en realidad, no significaba nada. Una persona negativa y desencantada con la vida podría pensar, erróneamente, que el hecho de que el tutor no le hubiera comentado durante su visita que ya había estado en esa casa podía tener algún tipo de trasfondo —en concreto, uno no muy halagüeño—, pero ella no estaba hecha para la desconfianza. Desconfiar del tutor sería como despellejar un vínculo que apenas estaba empezando a gestarse. Arqueó las cejas para que la Madre entendiera todo eso con solo un gesto.

—¿Y?

—Es... mayor para ti.

La chica resopló, dejó escapar una risilla de ratón.

—Y no me gusta.

La chica sintió cómo se llenaba de furia. Volvió a la mochila, remetiendo el contenido para dejar espacio a sus guantes y su bufanda.

—No puede no gustarte, no lo conoces. Él me trata bien, me trata como a una adulta. ¡Como lo que soy! Y le interesa la criptozoología, como a papá, y el mundo. Le interesan las mujeres. Las desaparecidas, quiero decir.

La Madre inspiró, cruzándose la bata sobre el pecho.

—Bueno. Yo no creo que a ese hombre le interesen los temas que interesaban a tu padre.

—¡Sí le interesan! —La chica cerró la mochila con furia—. ¡Es a ti a quien no le interesan!

Se incorporó antes de seguir hablando, cara a cara con la Madre.

—A ti no te interesa nada que no sea mediocre, ¿verdad? Nada que no sea exactamente como tú.

La Madre se llevó las manos al corazón, como si acabaran de dispararle. La voz le salió distinta, apenas un hilillo.

—¿Cómo puedes decir eso?

La chica se cargó la mochila, se tambaleó bajo su peso.

—Tú no respetabas el trabajo de papá, ni sus investigaciones. Siempre quisiste que dejara su carrera para que pudiera ser tan irrelevante como tú —la chica notaba las palabras salir de su boca como fanta de naranja, burbujeantes e inevitables, dulces y amargas a la vez— y que se pasara el día aquí contigo en vez de en el lago.

226

La Madre, el rostro contraído en un gesto de dolor —el disparo debía seguir ahí, desangrándola por dentro de alguna forma—, abrió la boca como un pez y volvió a cerrarla, quizá con la intención de decir algo o quizá solo para tomar aire.

—¿Sabes qué?

La chica abrió la puerta, un pie ya fuera de la casa.

—Si hubieras participado en sus asuntos, si te hubieras interesado lo más mínimo por él, si lo hubieras acompañado al Milagro cuando debías, ahora sería mi padre, y no ese chico, quien me estaría llevando al lago.

Los ojos de la Madre se desbordaron. Las lágrimas cayeron sobre su boca apretada, sobre las solapas de su vieja bata. La verdad era que aquella bata no era más que un Kleenex gigante, una prenda diseñada para el llanto y la claudicación.

—Y yo me enamoro de quien quiero, de quien se lo merece. Mi tutor se lo merece.

La Madre la miró perpleja a través de la cortina de lágrimas, la chica cerró la puerta. No quería que respondiera nada, aunque probablemente tardaría horas en hacerlo y sería algo mustio, insuficiente y abstracto, palabras que a la chica le resbalarían por la piel hasta acudir prestas a cualquier desagüe.

Cuando se giró, el chico estaba allí, en el porche de la entrada.

No había oído llegar a *la gran chatarra*, enfrascada en la conversación con la Madre y en lograr un sonoro portazo de despedida. Lo observó impresionada. Tenía el aspecto de alguien que había sobrevivido a un accidente en el que, sin embargo, había perecido toda su familia. Ahora ya no merecía la pena vivir pero allí estaba él, aún de una pieza aunque solo en apariencia, solo en el exterior, un indecente batiburrillo de órganos sangrantes por dentro.

—¿Te has enamorado de Orlando?

El chico era el único que llamaba al tutor por su nombre de pila. *Orlando esto, Orlando lo otro*. A la chica le dio cierta envidia aquella familiaridad, pero era más que probable que en unos días el tutor y ella hicieran mucho más que tutearse, hasta que se pusieran algún mote cariñoso y clandestino. Decidió no mentir, y su propia decisión le sorprendió. Mentir era una capacidad que desde luego tenía y que la había sacado de algún que otro lío, pero en ese caso le pareció una falta de respeto, quizá no tanto hacia el chico como hacia el tutor. Quien amaba no debía avergonzarse de hacerlo, quien amaba estaba perdonado de faltas como aquella. El Amor otorgaba eso, una visión elevada sobre las cosas banales del mundo, una capacidad para distinguirlas.

—Así es —confirmó—. Estoy enamorada.

El accidente al que el chico había sobrevivido se convirtió ahora en uno realmente traumático, quizá un incendio o un choque múltiple en la autopista, con vueltas de campana y hasta alguna explosión.

—No era mi intención que sucediera, pero ha sucedido —continuó la chica, cada vez más a gusto con sus palabras.

El chico no dijo nada. Solo miraba al infinito, a través de ella, como los ciegos cuando tienen los ojos abiertos.

—Pero quiero que sepas que me importas mucho y que me gustaría que fuéramos amigos, incluso mejores amigos. Me daría mucha pena que no fuera así.

Pronunció una palabra tras otra como si todas estuvieran impregnadas de verdad, pero en el fondo de su corazón no brilló ninguna emoción, ni un mísero resplandor. Tan solo la repentina duda de si el chico, en tales circunstancias, iba a dejarla plantada y no llevarla hasta Aguayela. Él se miraba los pies, los hombros caídos en señal de derrota.

—Te llevaré al camping —dijo—. Pero luego me iré.

Antes de subir a *la gran chatarra*, la chica se giró un instante hacia la casa. Era la primera vez que la Madre no estaba ahí, en la ventana, ni delante ni tras la cortina, la primera vez que sus ojos no la observaban de ninguna forma.

El chico conducía, se percató ella, de una forma totalmente distinta. Ningún tamborileo en el volante, ningún silbido, ninguno de esos suspiros suyos que ella solía interpretar como expresiones de deseo, como si el deseo no le cupiera en el cuerpo y tuviera que sacarlo un poco fuera. Ser deseada de esa forma, era cierto, generaba cierta paz mental. Guardaría esa paz como un tesoro y la evocaría cuando mejor le viniera. El chico no puso la radio, como era su costumbre, y cuando ella fue a hacerlo, él musitó un breve, casi agónico, *ahora no, por favor*. El chico, parecía, había perdido interés por el asunto de las desaparecidas, hasta por el respeto a las normas de tráfico. En el tiempo que tardaron en llegar hasta Aguayela, más de hora y media, se saltó un par de stops y adelantó media docena de veces en zonas donde estaba prohibido hacerlo. La chica no se atrevió a corregirle. Sería mejor dejar que su ira no encontrase pared alguna en la que rebotar, que sencillamente saliera de él y se diluyera en el aire. Percibió en ella un cambio emocionante.

Recordó entonces que hace años, justo después de

que el padre muriera y ella se limitara a dejarse transportar en coche por la Madre aquí y allá, había perdido la costumbre de ponerse el cinturón de seguridad. Solo lo hacía una vez la Madre se daba cuenta y, entre ruegos y plañidos, la obligaba a hacerlo. En aquella época tampoco la inquietaban las curvas demasiado cerradas o los obstáculos en la carretera, ni respingaba ante la cercanía de un bordillo.

Durante el trayecto a Aguayela, sin embargo, cada temeraria maniobra del chico la llenó de pavor, la hizo cerrar los ojos, a punto estuvo de gritar.

Se podría decir que la muerte había perdido todo atractivo para la chica, que su propia desaparición ya no le resultaba un destino aceptable, casi tentador. Se alegró de que el motor de *la gran chatarra* se ocupase de llenar el espacio con su ronroneo roto, de que el chico no pudiera escuchar cómo se le tensaban los músculos cada vez que aceleraba más de la cuenta.

Atravesaron kilómetros de bosque, los pinos llorones cubiertos de resina y alguna que otra pluma pegada, nidos de arañas bajo las copas, impetuosas raíces rompiendo el suelo. Cuando llegaron al camino que conducía al antiguo camping de Aguayela, cercano a la zona en la que habían desaparecido las cuatro desdichadas, el chico frenó en seco, tanto que la cabeza de ella se desplazó hacia delante para después golpearse con el respaldo. Se frotó el cogote con cara de haber estado a punto de sufrir una tragedia, pero él se limitó a alargar el brazo sin mirarla y abrir la puerta del copiloto. Nada salió de sus labios, ningún poema, ninguna inspirada frase de despedida. La chica se bajó de *la gran chatarra*, agarró como pudo su mochila del asiento trasero, se la cargó a la espalda con dificultad. Antes de que acabara de ajustar las correas, el chico arrancó. *La gran chatarra* ejecutó un giro vertiginoso, casi un derrape, una maniobra suicida en la quietud vegetal. El bosque se la tragó igual que un desagüe.

XXI

En Aguayela, el antiguo camping bullía de actividad. Estudiantes a los que había visto en clase pero con los que nunca había hablado se encargaban de barrer las entradas de los bungalows, repartían bombillas autónomas y botellines de agua, trasladaban maletas. El camping le pareció a la chica de aspecto huraño, sus bungalows indignados ante la intromisión. Las puertas chirriaban al abrirse y luego se cerraban de golpe, con un gruñido de madera. La chica nunca había estado allí antes —el camping llevaba cerrado más de una década—, pero sabía que existía y siempre lo había imaginado más encantador, con cabañitas de madera mirando hacia el lago y pequeños embarcaderos con tumbonas, con sombrillas de estampado étnico y largas mesas para barbacoas. En realidad, en Aguayela hacía demasiado frío como para disfrutar de las tumbonas, no digamos para necesitar sombrillas, y el único embarcadero construido estaba asaeteado de tablas rotas, tramposas como zorros, que podían tragarse la pierna de un niño en un santiamén. El padre le había enseñado un par de cosas al respecto. *Si alguna vez un listón de madera se rompe a tus pies, no intentes sacar la pierna, eso solo hará que se atrape más y más. Debes esperar a que alguien te ayude. A menos, claro, que haya animales salvajes cerca.* Entonces tendrás que sacar la pierna sin gritar, se comporten como se comporten las astillas, y correr hasta un lugar seguro sin dejar rastros de sangre. Las lecciones del padre tomaban a veces el cariz de un cuento de terror, pero la chica las había almacenado todas, segura de que algún día le resultarían útiles.

En lugar de mirar al Milagro, los bungalows estaban dispuestos en un círculo achatado, el más grande orientado hacia el lago y el resto mirando hacia el este, como si el camping se hubiera construido para acoger a los miembros de una secta. Al fondo se alzaba la montaña, renegrida y de cumbres rotas, proyectando su sombra sobre los tejados. Un escalofrío áspero le trepó a la chica por el espinazo. El resto de los estudiantes, ajenos a todo tenebrismo, reían y se daban palmadas en la espalda mientras adecentaban el espacio. Ninguno saludó a la chica, aunque un par la miraron con caras que no supo interpretar. Uno de ellos, alto y con una nuez prominente como un huevo, llevaba una camiseta con una ilustración a todo color del kraken, ese cefalópodo monstruoso sobre el que el padre había hablado alguna vez a la chica. En el dibujo, el kraken sostenía en sus tentáculos a una mujer aterrada, vestida con un ínfimo bikini de leopardo.

La chica se agachó, fingiendo que se ataba los cordones de las zapatillas.

Se preguntó dónde andaría el tutor.

Sin duda habría llegado el primero, probablemente al alba. Los hombres como él eran madrugadores, seguro, y ni siquiera les olía el aliento a cerrado por la mañana. Se despertaban listos para la acción, para domar el caballo salvaje que era el mundo. Quizá estuviera ya en el dichoso Campamento Salvamento —¿por qué demonios tenían que visitarlo?—, repartiendo mantas o algo por el estilo. Cualquier actividad propia de un hombre generoso, de un líder nato. Algo con patas finísimas zumbó en el oído de la chica, que sacudió la mano golpeándose sin querer en la sien. Luego oyó un sonido distinto. Era un motor sinuoso, aterciopelado, el antónimo de *la gran chatarra*. Se giró y vio un coche plateado, reluciente salvo por las salpicaduras de barro en los bajos. Contuvo la respiración. La puerta del copiloto se abrió despacio, como una nube retirándose para hacer visible una constelación. El tutor bajó ufano, mascando chicle. Mascar chicle, al contrario que al resto de los seres humanos, le favorecía muchísimo. Su mandíbula se hacía aún más prominente; su gesto, más decidido. El tutor abrió el maletero y sacó un petate verde caqui. Sin duda, estimó la chica, ese petate era el complemento más apropiado posible para la ocasión. Del lado del conductor salió entonces una mujer. Los pulmones de la chica se llenaron de un aire denso, imposible de sacar. La mujer era alta, el pelo rizado y tizón, una nariz ganchuda que a la chica enseguida le hizo pensar en huchas rotas y quirófanos. El tutor se acercó a la mujer con su petate a la espalda y, ante los ojos despavoridos de la chica, le dio un beso en los labios. No un beso largo, apasionado, desde luego no un beso en el que la lengua tuviera ningún papel, pero un beso al fin y al cabo. La chica se sintió morir, una muerte repentina e irremediable, como un desprendimiento rocoso. El profesor pasó a su lado sin verla —ella, conmocionada, seguía agachada y con los dedos enredados en los cordones— y caminó hacia el interior del camping. Miró desolada a la mujer. Esa mujer que era, sin

234

duda, la esposa del hombre que amaba. Suspiró ante la gravedad de su descubrimiento: el vientre de la mujer estaba hinchado, protuberante como un balón de playa. En otras palabras —*Esta es la maldita situación*, se dijo la chica—, el tutor estaba esperando un hijo. Una criatura que se gestaba en el interior del cuerpo de esa mujer y que en algún momento habría de salir al exterior y eventualmente llamarlo *papá*. Carne de su carne, sangre de su sangre, todo eso. La esposa volvió a entrar en el coche, se acomodó en el asiento, maniobró en retroceso. El vehículo se alejó despacio, altanero, como haciéndole un corte de mangas.

La chica intentó pensar con claridad, deshacer el ovillo de angustia alojado en su garganta.

En realidad, pensó, todo aquello tenía mucho sentido. No solo lo tenía, sino que de alguna forma lo explicaba todo. Era evidente que el tutor sentía algo por ella, algo imperioso y visceral, de ahí aquel beso y aquella cara de lástima en el despacho y todo lo demás, todas las miradas de soslayo y esa energía como un gran lazo carmesí del que sin duda cada uno de ellos sujetaba —figuradamente, claro— un extremo. Pero un hombre como él, si quería mantener su integridad, no podía —sencillamente, *no podía*— engañar ni abandonar a una mujer en semejante estado, embarazada y con aquella nariz. La chica tendría que ser paciente.

En el camping, el tutor había dejado su maleta en el porche del bungalow principal. La chica se las apañó para

235

conseguir el de su derecha. Solo les separaban unos cuantos metros, una valla de madera antigua y porosa cubierta de hiedra reseca. Esa valla no representaba ningún obstáculo para el amor. La puerta del bungalow estaba combada, el bombín algo desencajado. En el interior, parte de la construcción había sido conquistada por el pasto: el borde del urinario ennegrecido por el moho, el techo bajo plagado de humedades. A la chica le pareció romántico. Estar allí, en ese mundo exento de comodidades, entregada a la aventura de resolver un misterio —quizá un crimen; varios de ellos, en realidad—, comandada por un hombre como el tutor. *La vida siempre debería ser así*, se dijo mientras el olor a moho se le instalaba en la nariz. Luego abrió el bolsillo exterior de su mochila, sacó cuatro fotografías. El chico las había impreso en papel cuché satinado, al estilo de las revistas antiguas. Era cierto que el chico realizaba cada favor que se le pedía de forma muy entregada, como si cada pequeño acto de servicio fuera una oportunidad para deslumbrar. Intentó pensar en él con nostalgia, pero no lo consiguió. De todos modos, solo hacía veinte minutos que no lo veía.

Extendió las fotografías sobre el pequeño escritorio, una junto a la otra.

Ángela, Priscilla, Gloria, Rebeca. Desaparecidas en el lago, reclamadas por las aguas y el limo. Devoradas por algo tenebroso y aciago, algo antiguo como el mal. Así vistas, todas juntas, parecían una reunión de antiguas alumnas o un panel de sospechosas en una rueda de reconocimiento. Se preguntó cuál podría ser el crimen de cada una, aunque parecían demasiado cansadas para delinquir.

La cama del bungalow, pegada a una pared revestida de madera apergaminada, era estrecha y alargada, el colchón tenía algún que otro boquete, las esquinas de la funda estaban dadas de sí. No había sábanas, así que la chica salió al porche y le preguntó por ellas al primero al que vio pasar, un estudiante moreno con una coleta baja y dientes separados. Él la miró y soltó una tremenda carcajada, luego siguió caminando hacia la salida del camping. La chica se rascó el cuello. Era posible que el tutor hubiera comentado algo sobre la necesidad de llevar cada uno su ropa de cama y que ella hubiera estado demasiado concentrada en el hoyuelo de su mentón como para interiorizarlo. Mejor aún. Dormiría sin sábanas, el colchón áspero raspándole sin piedad la epidermis. Todo sacrificio parecía sumar puntos a una cuenta que no sabía de dónde había sacado.

—¡Hola, vecina!

La chica miró hacia su izquierda, hacia el gran bungalow. El tutor, con su petate y su bronceado perpetuo, proyectaba una suerte de autoridad benigna, la clase de autoridad ante la que cualquiera desearía plegarse. Ella sonrió, en éxtasis respecto a su propia existencia, como rellena de almíbar.

—¿Dónde está nuestro amigo?

La chica tardó un poco en reaccionar. Resultaba, explicó confusa, que el chico finalmente no había podido venir. Se trataba de un asunto personal. Muy personal pero nada grave, nada por lo que uno debiera preocuparse ni llamarlo. Nada que ver con la expedición en sí. El tutor arqueó las cejas pero no habló, como *entendiendo*, pensó la chica, lo que había sucedido en realidad. Aunque no lo celebró, algo debía sentir. Cierto alivio secreto, como poco. La miró un instante y bajó las escaleras del bungalow.

237

En la salida del camping se había arremolinado un enjambre de estudiantes, sus cabezas tocadas por coloridos gorros de lana, orejeras, algún que otro pompón. Bolsas de basura rellenas de mantas y bocadillos reposaban como perros dormidos. La chica siguió al tutor hasta allí, intentando no caer en la tentación de posar cada pie sobre las huellas de él. Los estudiantes lo miraron expectantes.

—¡Chicos, cada uno una bolsa! —ordenó el tutor—. ¡Señoritas, no se dejen liar!

La chica, aturdida, dejó la bolsa que acababa de coger.

XXII

La ruta más natural hasta el Campamento Salvamento implicaba caminar por una carretera y finalmente por las pasarelas de madera, lisas y barnizadas y en apariencia seguras —aunque muy cerca de donde Ángela y las demás habían desaparecido—, avanzando en paralelo al lago y luego caminando unos centenares de metros hasta el claro en el que Enma y las mujeres se habían instalado. También, aunque era una ruta más larga y exigente, podía llegarse campo a través, cruzando parte del bosque que rodeaba Aguayela. El tutor había considerado como más apropiada esta segunda opción. Así, durante las dos semanas que iban a pasar juntos, no solo iban a explorar, recoger muestras y argumentar hipótesis, sino que vivirían, en sus palabras, *una experiencia de trescientos sesenta grados*. La chica se preguntó si en esos trescientos sesenta grados habría espacio para sus propios anhelos, y se respondió que sí. La chica, en conjunto tan negativa respecto a sí misma y hacia la vida, no dejaba de responderse *sí* a todo.

Campo a través, por la ruta escogida, había que tener en cuenta *el precipicio*. Una fisura en la tierra, estrecha en la mayoría de su extensión y probablemente causada por la antigua actividad minera, que se abría en algunos tramos para enseñar las tripas de la montaña y tragarse corzos, topos y lo que fuera que pasara por allí. La chica sabía que las mujeres del campamento, a través de la voz de Enma, habían exigido que todas las fallas en torno al lago fueran examinadas por expertos espeleólogos, cosa que aún no había sucedido. Esa inspección, aseveraban, debía ser una prioridad absoluta. Las mujeres podían haber caído en una de esas grietas, haber sido víctimas de un repentino corrimiento de tierra. Había que ser cuidadosa, estar ojo avizor, porque ese tipo de hendiduras abundaban al margen del precipicio, y a veces estaban ocultas por la vegetación. La mayoría de las cosas peligrosas, en realidad, solían estar ocultas por otras en apariencia mullidas.

Mientras caminaban hacia el campamento, el tutor bromeó sobre la posibilidad de unir a todos los estudiantes con una de esas cuerdas en torno a la cadera, como se hacía con los niños más pequeños de camino a la guardería. Caminaba tan asombrosamente rápido que la chica debía esforzarse para seguir en el centro de la comitiva, el flequillo sudado y pegado a la frente como un cromo. El tutor movía las manos mientras hablaba, con su voz retumbando por todo el valle. Era un hombre expansivo, lleno de gestualidad. La alumna pelirroja pasó junto a la chica, apresurada y oliendo a jazmín. En un instante se situó en la cabecera, cerca del tutor. La chica maldijo sus propias piernas, cortas y maltratadas por la falta de alimento. A su lado, otro estudiante caminaba sin resuello.

—¡Mirad! —gritó el tutor señalando hacia las copas de los árboles—. Todo lo que nos rodean son coníferas. ¿Alguien sabría decirme por qué?

—¡En los bosques fríos —dijo trabajosamente el estudiante sin resuello— predominan las coníferas, que se adaptan a las bajas temperaturas y a la nieve! ¡Pinos, abetos, cedros, cipreses!

Un puñado de golosinas cayó de pronto del cielo. La chica levantó la cabeza perpleja. Varios estudiantes se miraron con los rostros funestos.

—Siempre igual —musitó una.

—Yo no pienso agacharme —dijo otro.

Unos pasos atrás, el alumno que había respondido inspeccionaba el suelo pedregoso recopilando los dulces.

—¡Bien! —La voz del tutor se escuchaba ahora con eco, como si se aproximaran a un túnel—. ¡Un ejemplo de bosque frío! ¡Vamos, hay caramelos para todos!

La voz de la chica le brotó de la garganta como un parásito deseando abandonar su cuerpo.

—¡La taiga! —berreó—, ¡la taiga!

Al momento se avergonzó, escuchó una risa queda a su lado. Un caramelo le rebotó en el cogote y cayó al suelo. Se agachó, manchándose las rodillas de polvo y tierra seca, y recogió el caramelo. Lo destinaría, pensó mientras retomaba la marcha, a su cajita de latón. Según el envoltorio, era un caramelo blando, sabor a papaya. ¿Qué quería decir la papaya? Probablemente tendría algún significado en alguna cultura, aunque fuera en una muy lejana. Seguro que algo relacionado con el amor. Si hubiera sido de maracuyá, la interpretación resultaría mucho más sencilla. El maracuyá era la fruta de la pasión, eso lo sabía cualquiera. Pero las cosas no tenían por qué ser sencillas, las cosas verdaderamente importantes debían ser alcanzadas mediante la confianza y el sacrificio, debían implicar cierto acto de fe. La chica se guardó el caramelo en el bolsillo trasero, siguió caminando con renovada energía. A su lado, el estudiante sin resuello mascaba su premio con la boca abierta.

Alcanzaron el precipicio al cabo de un par de horas. A la chica le dolían las rodillas y los gemelos y algunas partes de su cuerpo en las que nunca había reparado, como ese hueco justo debajo de los tobillos. Aunque no era enemiga del dolor físico —ese dolor podía ser un gran aliado, ayudarla a una a no salirse de su propio cuerpo—, ahora hubiera preferido sentirse ágil, elástica, preparada para el romance. Desde la punta de la cabecera llegaron murmullos y algún que otro chillido histérico. La chica se adelantó, las rodillas protestando a cada paso pero el corazón jubiloso por la proximidad del tutor.

Allí estaba el precipicio. La chica se asomó con cuidado y una piedrecita minúscula cayó al vacío sin que se la viera desaparecer. Aquella grieta era realmente profunda, un esófago sin fondo. Tendrían que rodearla y eso les haría perder alguna hora más, pero al menos ya estaba en la cabecera y, si el tutor no corría demasiado —nadie debería correr cerca de esa grieta—, no tendría por qué abandonarla hasta que llegaran al campamento. Podrían ir charlando sobre temas interesantes para los dos, como la era precámbrica o las mejores posturas sexuales.

—¿Tenemos que subirnos ahí? —La estudiante pelirroja habló junto a la chica, su voz temblorosa como una hoja mustia.

—¿Ahí dónde?

La pelirroja señaló un montón de tiras enganchadas a la pared rocosa. Así dispuesto parecía algo que un excursionista hubiera olvidado tendido, algo usado y viejo que no le hubiera merecido la pena llevarse.

—¿Qué es eso?

La pelirroja la miró con ojos despavoridos.

—Es un arnés —murmuró—. Para pasar al otro lado.

La chica volvió a mirar las tiras. Eran, en efecto, un arnés. En su parte superior se enganchaba de un cable que parecía de acero o algo similar. Siguió el cable con la mirada. Cruzaba la grieta en su lado más extenso, a nadie sabía cuántos metros de altitud, pasando por encima de aquella mandíbula desencajada y oscura.

—Tiene que haber otra ruta —dijo la chica— bordeando el precipicio, al inicio de la ladera de la montaña.

Celebró interiormente haber dicho *ladera* y no *falda* de la montaña, como su padre le había enseñado. La pelirroja se dirigió al tutor al borde del desmayo.

—No pretenderás que nos subamos en esa cosa, ¿verdad?

El tutor la miró serio. Quizá, estimó la chica, ofendido por aquel tuteo, sin duda fruto de los nervios.

—Cada uno puede hacer lo que considere oportuno. Hay una ruta alternativa, un desvío de una hora aproximadamente.

La chica suspiró aliviada. El tutor guardó su libreta, se inclinó ligeramente para dirigirse a la pelirroja. Hablaba con voz serena, grave, como hablaría un tigre sobre una roca soleada si los tigres sobre rocas soleadas hablasen.

—No he venido aquí a forzar los límites de nadie, no es ese mi papel. Cada uno debe examinar los suyos y hacer lo que crea conveniente con ellos, ¿no cree?

La pelirroja tragó saliva. El resto de los estudiantes la contemplaban silentes, tanto que se oía la brisa crepitar entre los cedros.

—De acuerdo —dijo finalmente la pelirroja—. Me llevo un par de bolsas.

Luego miró interrogante a la chica.

—¿Vienes?

La chica oteó el precipicio, aterrador como una parálisis nocturna, el cable de acero instalado por quién sabe qué clase de persona, con qué clase de conocimientos. Quizá, con muy mala fortuna, un ciego en estado de ebriedad. Era imposible saberlo. Sintió la mirada del tutor sobre su rostro. No podía —no debía— rebajar sus expectativas sobre ella. Negó con la cabeza y avanzó hasta el arnés.

—La tirolina será más rápida —sentenció.

La pelirroja se encogió de hombros, se dio media vuelta y se dirigió despacio hacia la ruta alternativa. Dos estudiantes se le unieron, también cargados con bolsas. Cuando la chica se giró, el tutor la miraba complacido.

—¡Seré el primero! —anunció—. Tú puedes seguirme después, Kaila.

La chica sintió su corazón iluminarse con un montón de luces de neón, molinillos de viento dando vueltas, autos de choque derrapando con entusiasmo, toda su cavidad torácica convertida en una feria.

El tutor se ajustó el arnés sin ayuda, como si llevara haciéndolo toda la vida. Se lanzó al vacío sin despedirse de nadie. La chica, conteniendo la respiración, lo vio deslizarse sobre el gran socavón, superarlo, llegar hasta el otro lado, posar los pies en el suelo como si solo estuviera bajándose de un banco. El arnés volvió hasta el otro lado poco a poco, mediante un sistema de polea que la chica solo pudo imaginar.

—¿Te ayudo?

El estudiante con la camiseta del kraken la observaba ansioso, frotándose las manos con apetito. La chica asintió. Nunca se había colocado un arnés, así que en este cometido cualquiera sería más atinado que ella. El Kraken le rodeó la cadera con las manos, largas y lampiñas y de uñas infantilmente mordidas, midió el ancho de sus muslos haciendo un círculo con los dedos. Luego, entre los murmullos del resto de los estudiantes, le ajustó el arnés hasta provocar sus quejas.

—¿Tiene que ir así de apretado?

El Kraken dio un último estirón.

—Cuanto más, mejor.

La chica no miró hacia el abismo. Hacia los abismos una debía lanzarse como si fuera a saltar un charco, sin concederles mayor trascendencia. Aunque, por supuesto, el vacío del abismo latía. Su presencia se notaba en todo el cuerpo sin necesidad de mirarlo. La chica tomó aire. *Solo debo concentrarme en no morir*, se dijo. Llegaría al otro lado con los ojos cerrados, agarrada a la parte superior del arnés, y posaría los pies en el suelo con decisión. No había de qué preocuparse. Entonces, sin mediar palabra, el Kraken la empujó al vacío.

La chica chilló aterrada, el viento le arañó las mejillas. Se mordió el labio, prohibiéndose gritar. El apetito de aquella grieta se sentiría sin duda interpelado por el miedo. El mundo entero funcionaba así: cuanto más vulnerable parecía una, más dispuesto estaba a echarle las zarpas al pecho; cuanto más se acercaba una a las lágrimas, más frenética era su sed. El aire parecía más frío conforme tomaba velocidad, como si atravesara un túnel de hielo. De pronto, su cuerpo se topó con algo cálido. Los brazos del tutor la agarraron y la nariz se le pegó a su cazadora de ante, al olor a piel curtida y tabaco natural. Había llegado al otro lado. Le pareció que el tutor la recibía como a un paquete pedido hace mucho tiempo, casi con apasionado vigor, como solo se recibía lo realmente anhelado. Alzó el rostro hacia él, pero él no la miraba.

—¡Siguiente! —gritó el tutor, y lanzó el arnés hacia el otro lado del precipicio.

El Campamento Salvamento estaba señalizado por flechas moradas pintadas en el suelo. Una solo tenía que seguirlas hasta llegar a un pequeño claro, y enseguida se apreciaban los carteles clavados en la tierra, los tocones de madera dispuestos en círculo, una gran escultura que la chica no supo interpretar desde la distancia. En los carteles se leían peticiones asequibles —¡EXAMINAD LAS GRIETAS! ¡POLICÍA DE VERDAD PARA EL VALLE!— y aspiraciones imposibles —¡¡DRENAD EL LAGO!! ¡¡NI UNA MUJER MENOS, NI UNA DESAPARECIDA MÁS!!—. La chica entendió que aquellas admiraciones extra trataban de compensar la complejidad de las tareas requeridas.

En el pequeño claro, cuatro mujeres esperaban a no se sabía qué, cabizbajas, sentadas en torno a una fogata triste. La chica reconoció a la hija de Ángela, a la hija de Priscilla, a la reportera. Las tres permanecían en silencio, concentradas en generar su propio calor. Las caras se les habían vuelto del mismo color, blancas e inflamadas como si las sumergidas en el lago fueran ellas. Otra mujer, más activa y con un moño alto y dorado, preparaba una gran ensalada. Debía ser, pensó la chica, la cuarta hija, la hija de Rebeca Mendoza. Aunque no compartía el aspecto terminal de las otras, el logo de Pizzas Dominique impreso en su cazadora era una pista definitiva. La hija de Rebeca levantó la cabeza, observó a los recién llegados.

—¡Dios mío! —La cara se le iluminó fugazmente—. ¿Sois los espeleólogos?

El tutor la miró un instante desconcertado, luego agarró la bolsa portada por el alumno más cercano.

—¡Somos de la universidad! —exclamó—. ¡Traemos bocadillos!

Ninguna de las mujeres reaccionó como era de esperar. La hija de Rebeca sonrió someramente, se incorporó.

—Soy Eli —dijo tapando el gran bol de ensalada—. El campamento está aquí detrás.

Eli los guio a través del claro, el tutor a la cabeza y la chica inmediatamente detrás. Observó la escultura mientras la superaban. Estaba hecha de latas de refresco y botellas de agua retorcidas. Le pareció que representaba a una mujer, o quizá a un edificio en llamas.

—Es Diana Cazadora —explicó la hija de Rebeca—. En la mitología clásica es la diosa de los bosques y de la seguridad en los caminos. La ha hecho Enma.

—¿Enma está aquí? —preguntó el tutor con un timbre curioso en la voz.

A la chica se le arquearon las cejas hasta el nacimiento del pelo.

Al fondo del claro, un muro de árboles protegía el campamento. Eli se deslizó a través de la pared frondosa, entre los troncos húmedos. Una ramita se le enganchó en la cazadora.

—Nos instalamos aquí para protegernos del viento —explicó—. Fue todo idea de Enma.

La chica empezó a gestar un pensamiento de desprecio hacia Enma —seguramente era difícil hacer tantas cosas y hacerlas bien, aspirar a mucho era aplicarse en poco, etc.—, pero lo que vio la dejó deslumbrada. Al otro lado del muro de coníferas, el Campamento Salvamento se desplegaba espléndido.

Hileras de tiendas de campaña, grandes cubos con fogatas, guirnaldas de bombillas a pilas, troncos de árboles decorados con festones. Las hojas caídas se agrupaban en montoncitos a los lados del campamento, como si alguien las hubiera barrido. Una veintena de mujeres pululaban por allí, todas ocupadas en tareas distintas. La chica reconoció a un par de esas ancianas que se jactaban de predecir el clima del valle; su mirada se topó con la de una de ellas. La anciana, tocada con una visera pese al aire helado, sufrió una especie de escalofrío y retiró la vista de la chica de inmediato. Una enorme pancarta hecha a base de sábanas anudadas se desplegaba en el centro del campamento, con unas cuantas mujeres agachadas pintando encima. El aire olía a pintura acrílica y a guiso casero, a incienso barato y a perro mojado. Los estudiantes silbaron admirados.

—¡Es increíble! —La pelirroja habló a espaldas de la chica, que se giró sorprendida.

La pelirroja se encogió de hombros.

—No era un desvío tan largo.

Los estudiantes se diseminaron por el campamento como hormigas, haciendo aspavientos y celebrando cada detalle en el que reparaban. Las mujeres recibían los bocadillos sonrientes, como si llevaran años sin comer. Había exclamaciones de sorpresa y gratitud, el campamento de pronto cuajado de emoción.

—¿Venís de la universidad? ¡Mi hija estudia en la universidad!

—¡Qué jovencitos tan amables, así deberían ser todos! Entonces el tutor tocó con suavidad el brazo izquierdo de la chica. Ella se dio la vuelta arrebolada. Por fin estaba pasando. Solo era, tal y como ella había augurado, cuestión de tiempo.

Pero no era el tutor.

Era esa amiga de la Madre, la de las conchas en el pelo. Se había cortado el cabello y prescindido de aquella decoración insana, y de alguna manera, decidió la chica, había perdido todo su encanto, aunque nunca había pensado que lo tuviera.

—¡Kaila! ¿Te acuerdas de mí? Soy Sofía.

La chica arrugó el ceño. Vio cómo el tutor se paseaba por el campamento, oteando las tiendas de campaña, saludando a cada mujer con la que se topaba, señalando las bolsas de bocadillos. Un estudiante caminaba tras él, cámara en mano, y le hacía fotos con las mujeres acampadas.

—¿Has venido con la clase? —insistió Sofía.

La chica comprobó que nadie la escuchaba.

—Sí. Estoy estudiando biología —dijo creciendo unos centímetros.

La tal Sofía, de presencia tan insoportable, pareció genuinamente feliz por ella. Lo sintió como una ofensa.

—¿Cómo está tu madre?

A la chica le golpeó la imagen de la Madre. No había pensado en ella desde su llegada a Aguayela. La Madre con su bata de patchwork, prohibiéndole asistir a aquel

249

lugar con aquel hombre, prohibiéndole el acceso al amor y a la redención. Hizo un gesto de desdén.

—De mi madre no quiero ni hablar. Tampoco es que haya mucho que decir.

Echó a andar, buscando al tutor. Le gustaba cuando las frases apropiadas acudían a sus labios así, sin necesidad de prolegómenos. Con el rabillo del ojo pudo ver el rostro de aquella mujer descomponiéndose, como si le acabaran de dar una noticia terrible.

En el centro del campamento, Enma, el pelo recogido en una trenza azabache y las piernas aún más largas que la última vez que la vio, hablaba con el tutor. A la chica le pareció que lo hacía de mala gana, indemne al encantamiento de aquel hombre. Tanto mejor. Quizá, con un poco de suerte, el encanto del tutor fuera invisible para el resto, concebido solo para sus ojos. En una ocasión el padre le había hablado de un tipo de mariposas que eran capaces de ver *rojos más rojos que el rojo*. Era posible que ese fuera su caso. Solo ella podía ver ese rojo, solo ella podía deleitarse con él. Ella y, en fin, la esposa del tutor. Se arrimó a él justo para escuchar un *sácate las fotos que quieras* de boca de Enma. El tutor se giró ofendido, sin ofrecer una respuesta, y la chica lo siguió hasta la entrada del campamento. Mientras caminaba tras él recordó al padre diciendo *por eso en jardines y parques se usa el rojo como señuelo, y así pronto se llenan de mariposas histéricas*.

El tutor se subió a un tocón y empezó a dar órdenes. Había llegado el momento de terminar el reparto de bocadillos. Además, podían plegar las bolsas o dejarlas por allí, en caso de que las pudieran necesitar para algo esas mujeres a las que con tanta determinación y sacrificio habían acudido a auxiliar. Los estudiantes respondieron con resoplidos, pero se apresuraron a obedecer. La chica los vio vaciar las bolsas, plegarlas en pequeñas bolas de color negro y azul cian, y a los pocos minutos congregarse en torno al tutor.

Las mujeres del campamento se despidieron de ellos con vítores, alguna ya con la boca llena, Enma muda y con los brazos cruzados. Al repasarlas, la chica fue incapaz de encontrar a la tal Sofía. Cuando ya habían caminado un tramo de regreso al camping —esta vez, obedeciendo a la lógica, por la ruta de la carretera—, un coche alto adelantó al grupo. Era un vehículo de ruedas enormes, con un profundo dibujo colmado de barro. El motor hacía un ruido aún más ingrato que el de *la gran chatarra*, como si ninguna de sus piezas estuviera en el sitio correcto. En la luna trasera llevaba una de esas ridículas pegatinas de las ancianas de la lluvia.

La chica lo observó alejarse, con la carrocería a punto de desmontarse en pedazos.

Dentro, Sofía conducía a escandalosa velocidad.

251

XXIII

El día amaneció fresco pero soleado, jirones de niebla arañaban los cristales del bungalow de la chica. En una ventana rota había dispuesto varias tiras de cinta aislante —así era ella ahora, Dios mío, una mujer llena de recursos—, y dos toallas estiradas como gatos habían servido para evitar que el aire se colara bajo la puerta. Su sueño había sido inquieto, pendiente de cualquier sonido que anunciara la cercanía del tutor. Eso era ahora la vida, una alarma constante, una acuciante espera.

Escudriñó los rostros en papel satinado de Ángela, Priscilla, Gloria y Rebeca, pegados en la pared junto a la cama. Eran rostros que ya conocía como si fueran de familiares, rostros que podía evocar con mayor facilidad que el de la Madre. Cerraba los ojos y veía las ojeras como babosas púrpuras de Ángela, la cara ratonil de Priscilla, el maquillaje cuarteado de Gloria, el cabello cortado a navaja de Rebeca. De un modo extraño, amaba a aquellas mujeres. Las amaba como la gente ama a los mesías, de un modo temeroso y entusiasta. Al fin y al cabo, ellas la habían conducido hasta la concentración en el lago, y por ende hasta el chico, y por ende hasta la universidad y el tutor. Era gracias a su ausencia que la del padre se hacía más liviana: su nombre se pronunciaba en el telediario, la gente del valle soñaba de nuevo con esa criatura insólita vagando errante por el fondo del lago. A veces le parecía que el sacrificio de las desaparecidas había sido intencional, una obra en su favor. Aquellas mujeres habían dejado de existir para que ella pudiera hacerlo por fin. Se le ocurrió que, una vez de vuelta, se tatuaría sus nombres, uno debajo del otro y con una caligrafía llena de volutas, en el tobillo o en otro sitio más favorecedor. Se pasó el hilo dental hasta hacerse sangre y salió al camping, la cara aún húmeda golpeada por el frío, lista para el desayuno.

Para su sorpresa, era la última en aparecer.

Divididos en grupos en distintas mesas, el resto de los estudiantes remataban tazas de café de puchero y engullían cruasanes correosos, del color de la natilla abandonada. Todos parecían muy ocupados, impermeables a su presencia. La chica vaciló. Dio vueltas sobre sí misma, vueltas alrededor de las mesas y, finalmente, una vuelta alrededor del camping. No había rastro del tutor. El tutor, por el motivo que fuera, había decidido comenzar el trabajo por su cuenta y debía de estar ya en el lago. Se acercó hasta una de las mesas, cinco chicos entre los que abundaban conatos de perilla y cicatrices de acné. La miraron como a uno de esos especímenes mal disecados, como a algo curioso pero decepcionante. Su propia voz le sonó desesperada y fútil.

253

—¿Dónde está Orlando?

Uno de los estudiantes rio, negó con la cabeza como si no pudiera creer una pregunta que, por otra parte y dado que todos habían ido hasta allí con el tutor, no tenía nada de estrafalario. El estudiante se recostó contra el respaldo de su silla plegable.

—Se ha ido.

Los ojos de la chica se inundaron de desconcierto.

—Se va siempre. Los primeros días. Para dejarnos a nuestro aire. De eso se trata, ¿no?

La chica consiguió retener las lágrimas justo bajo la córnea, donde solo la hacían parecer congestionada, víctima de un resfriado repentino, y no muerta de amor. Miró alrededor, hacia los árboles negros y torcidos. Lo mejor que podía hacer, se dijo, era unirse a ese grupo y trabajar todo lo posible hasta la vuelta del tutor, concentrarse en tener algo que pudiera mostrarle una vez se reunieran, algo que hablara de ella, que la retratara como una jovencita diligente y sagaz.

—Me pongo con vosotros —anunció.

Los chicos la miraron impertérritos. Uno, rubio como si el pelo se le hubiera quemado con un lanzallamas, separó una silla plegable de la mesa.

—Si no hay otra opción...

La chica decidió tomárselo como un entusiasta ¡claro!

Había, según le contaron los chicos, mucho que hacer.

Lo primero era elaborar una lista de tareas que les sirviera como introducción al trabajo, cosa que ya tenían en marcha. El trabajo de campo, claro, tendría que ser muy limitado. La chica asintió como si fuera una obviedad, aunque no se lo parecía en absoluto. Leyó en voz alta la lista que le pasaron, garabateada con letra descuidada, sin un ápice de solemnidad. Ella debería ocuparse de alguna de esas tareas, algunas fascinantes y otras incomprensibles a sus ojos, llenas de palabras que no había leído jamás.

Según la lista había que:

examinar los registros históricos y las noticias locales, buscar patrones dentro del folklore de la zona que hablaran de la existencia de la criatura, dilucidar si existían testimonios directos, indirectos, orales o escritos, analizar la credibilidad de las fuentes.

Esto último, auguró Lanzallamas, era algo que la chica podría hacer, algo a lo que su escasa experiencia podría hacer frente. También había que *enumerar todas las características del lago Milagro*: si contaba con cañones submarinos o grutas, si existían aguas termales, qué sedimentos poblaban el suelo.

¿Podía estar la zona bentónica del lago abierta por una o más dolinas?

¿Cómo de profundo podía llegar a ser teniendo en cuenta la orografía y la actividad sísmica?

La chica suspiró, intentando recordar qué era exactamente una dolina.

—Un verdadero grupo de científicos —afirmó el estudiante a su derecha ajustándose las gafas— tomaría muestras del agua del Milagro a distintas profundidades. Luego clasificaría las muestras en función de la temperatura, el pH y la calidad de los nutrientes. Así sabrían si el lago puede estar habitado por un organismo grande.

—Si yo fuera un gran organismo que habitara el lago —dijo Lanzallamas—, lo primero que haría sería reproducirme.

La chica se ruborizó sin querer.

—Lo que digo —continuó Lanzallamas— es que si un gran depredador habitara el lago desde que hay registros sobre ese depredador, en leyendas y cosas así, nunca podría ser el mismo gran depredador. Tendría que haber una familia, ¿no? Generaciones de grandes depredadores copulando entre ellas, y así hasta el infinito.

—Sí, sí —respondió el de su derecha incorporándose—. *¡Y así como en el principio, mundo sin fin!*

Todos —quién sabía por qué— estallaron en carcajadas. La chica esbozó una discreta sonrisa. Estaba claro que aquellos chicos se conocían desde hacía tiempo, que contaban con un lenguaje propio que la excluía. Su vínculo era impenetrable y ella, sencillamente, no debería estar allí acompañándolos. Pero no tenía otro remedio, al menos no uno sutil. Por otra parte, empezaba a resultar obvio que para realizar aquel trabajo, de campo o de lo que fuera, no bastaba con tener la mente abierta y afirmarlo. Había que saber cosas, hacerse preguntas sobre esas cosas, hacerse preguntas sobre esas preguntas. Sintió una leve náusea, seguida por la imperiosa necesidad de decir algo, de recordarles su existencia.

—... ¿Y si en lugar de una gran criatura fueran muchas pequeñas? ¿No? Como las pirañas.

El chico a su derecha bostezó enseñando una boca llena de restos de cruasán.

—Lo más importante es el ADN ambiental. Cualquier científico de verdad sabe que sin eso no se tiene nada. Habría que coger muestras y rastrearlas en busca de una secuencia de ADN desconocida. Apunta eso.

Lanzallamas corrió a añadir sus palabras a la lista. A la chica comenzaba a perturbarle eso de *científico de verdad*. Si aquellos universitarios que estudiaban biología y decían cosas como *secuencia de ADN desconocida* no se consideraban a sí mismos científicos, ¿qué era ella?

256

Solo una chica con un cazamariposas y un sudor acuoso que la asaltaba a la menor inquietud.

—También habría que situar sonares, cámaras subacuáticas, hidrófonos para analizar patrones de sonido inusuales —apuntó Lanzallamas.

—¡Oh! —La chica estaba deslumbrada—. ¿En serio tenéis todas esas cosas?

El de los restos de cruasán soltó una gran carcajada; pequeñas migas mojadas cayeron sobre el rostro y el escote de la chica.

—¡Claro que no! —rio—. Solo tenemos que incluirlo en el trabajo.

Lanzallamas le puso una mano en el brazo a la chica, como si fuera la víctima de algún accidente doméstico aparatoso pero no demasiado grave.

—Oye. Esto es solo un trabajo de clase.

—Exacto —añadió Cruasán.

Luego miró a su alrededor y bostezó. Las migas seguían en el mismo lugar.

—Solo estamos aquí porque no hay presupuesto para mandarnos a un lugar más interesante.

XXIV

Los días siguientes, los días en ausencia del tutor, se abrieron ante la chica como un vía crucis: algo que tendría que atravesar con sufrimiento y de lo que saldría purificada. Instaló su espacio de trabajo en la mesa de madera conglomerada del bungalow, la bombilla solar iluminando vagamente la estancia. Desde la ventana se observaban figuras entre la niebla, estudiantes caminando en distintas direcciones. Con un ojo vigilaba las figuras —el tutor tendría que aparecer en algún momento entre ellas—, con el otro se dedicaba a su tarea. Los chicos de su grupo, que se habían puesto a sí mismos el nombre tremendamente poco atractivo de *Grupo C*, le habían encomendado la tarea de la documentación. Habían asegurado que a ella se le daría fenomenal porque, según había comentado, le gustaba leer, y, para colmo de la suerte, las chicas solían tener más atención para el detalle, fijarse más en las cosas pequeñas, mientras que a ellos se les daba mejor orientarse, hacer fuegos y encontrar manantiales. La chica, que ni tenía orientación ni había logrado nunca prender su propia hoguera pese a los intentos del padre, no puso objeciones.

Su labor consistía en rastrear los pesados manuales y publicaciones académicas que le habían confiado —casi dos docenas y todos sacados de la biblioteca— en busca de menciones a grandes depredadores subacuáticos y de ataques a personas por parte de esos depredadores. También debería recopilar las leyendas de los pueblos originarios sobre la criatura, las canciones populares que la mencionaran, y anotar cualquier alusión a los críptidos —esos animales cuya existencia no se había demostrado, al menos *aún no*, y de los que se encargaba la criptozoología— en la historia del valle Milagro.

La chica se entregó a la encomienda febrilmente, impulsada por el combustible del amor. No era tarea fácil, su deseo no le daba tregua. En el intersticio de cada párrafo imaginaba al tutor pegado a su cuerpo y se mareaba, tenía que volver al punto de partida, no recordaba la primera palabra. El amor era el olvido de todo lo demás, pero, pese a simplificar la vida, la hacía agotadora.

A las doce, cuando se tomaba un breve descanso de su trabajo, el sol desvelaba el interior del bungalow y sus engaños nocturnos: iluminaba una grieta aquí, una tela de araña allá, un cadáver de ratón bajo el mueble de la cocina. La chica no abandonaba el bungalow. Sentía que, si lo hacía, sus secretos también serían desvelados, todo el mundo podría ver sus propios cadáveres de ratón, su amor por el tutor colgando de su cuello y de sus orejas. Durante su descanso se preparaba un espantoso café, soluble y frío, y luego seguía dejándose la vista ante los manuales. La metodología de aquel trabajo, su espíritu, no

259

era tan llevadera como había pensado en un principio. No se trataba de redactar un alegato en favor de la capacidad de pensar más allá de lo ya conocido por todos, cosa que ella habría hecho a la perfección y que, según el Grupo C, podría añadir en la parte final de las argumentaciones o quizá en un anexo. Se trataba de argumentar con datos, de comparar fuentes. La chica sentía que para hacer aquel trabajo le faltaban fórmulas, frases hechas, el acceso a criterios desconocidos. El ahínco, se decía, era todo lo que tenía a su favor, todo con lo que contaba para averiguar qué les había ocurrido a las desaparecidas y también para impresionar al tutor, tareas ambas que al principio había sabido distinguir y luego ya no. En opinión del Grupo C, las mujeres se habían fugado juntas pero de forma escalonada, de manera que no se las pudiera relacionar directamente, tal vez para montar una secta en algún lugar y empezar a vivir a todo tren. Eran unas pícaras, esas mujeres. A menos, claro, que un psicópata las hubiera asaltado en el camino para agredirlas sexualmente, enterrarlas en la tierra húmeda y huir con su ropa interior. Eso, había comentado el Grupo C, sería una verdadera lástima.

La chica apuntaba cada dato de los manuales que se le antojaba relevante, siempre acompañado por la página y el título del libro en el que aparecía. En una ocasión, en una revistilla departamental, más reciente y encuadernada en un ingrato amarillo flúor, se topó con una cita sobre el padre. *El biólogo especializado Emilio Santos*, decía el texto, *fue entrevistado por* Nature *a tenor de sus investigaciones sobre el lago Milagro, en un artículo que hoy se consideraría tendencioso y falto de rigor científico. Un incomprensible desliz por parte de la prestigiosa publicación. La* chica no se molestó en buscar al autor de semejante afrenta. Abrió la ventana y tiró la revista a la maleza. La imaginó envejecer y agrietarse bajo el sol y la lluvia, reducirse a un polvillo en el que nadie repararía.

Por las noches, agotada de leer la diminuta letra de los manuales, se tumbaba en la cama y se tapaba con un viejo saco de dormir que le habían prestado y que olía a alguien que no era ella. Escuchaba a los estudiantes tocar la guitarra y cantar, sus voces elevándose por los riscos y enredándose en las ramas. Todos parecían llevarse de maravilla, como si eso fuera lo más natural. A veces entendía las letras de las canciones, a veces no. A veces le parecía que trataban sobre ella. La tercera noche, junto a su ventana, creyó escuchar dos voces hablando.

¿Crees que a Orlando le interesa de verdad lo de esas mujeres?

¡Bueno! A Orlando le interesa cualquier cosa durante un rato.

La chica se asomó a la ventana indignada, pero allí solo había oscuridad.

El cuarto día, justo antes de conciliar el sueño, se sintió embargada por una soledad distinta a las que había conocido hasta entonces, una soledad que a ratos parecía una pesadilla alucinatoria y a ratos era casi placentera, pacífica, cercana a la desaparición. Se preguntó si, tal y como había afirmado el Grupo C, las mujeres podían haber huido voluntariamente en busca de ese tipo de soledad. Pero ¿por qué no una carta, por qué no una despedida, un *tranquilos, estaré bien*? Recordó haberse escapado de

261

casa hacía años, meses después de la muerte del padre, y haber dejado un pequeño sobre para la Madre en la mesa de la cocina. El folio plegado en el interior del sobre estaba en blanco —en aquella época la chica no encontraba palabras para nada—, pero al menos era algo, una mínima cortesía. La Madre la había encontrado horas después en la carretera que unía Aguas Claras con Aguas Calientes, caminando llorosa por el arcén.

En lugar de regañarla, le había comprado un helado de tres sabores.

El quinto día se le ocurrió que, si el tutor no aparecía al día siguiente, se volvería totalmente loca y se tiraría al lago. Miró por la ventana, hacia los pinos llorones y las aguas negras y heladas. Era en esas aguas donde pescaba de niña junto al padre, donde él había intentado enseñarle a hacer fogatas, donde le había contado cuentos sobre animales extraordinarios mientras la Madre preparaba la cena. También era en esas aguas donde, junto a un embarcadero pequeño y de tablas mohosas, habían encontrado al padre. Esas aguas lo contenían todo, la vida y la muerte y todo lo que había en medio. A la chica no le gustaba pensar en la parte de la muerte, pero a menudo lo hacía. La imagen del padre hundiéndose en ese lago la perseguía, aunque ella no lo había presenciado y, siendo sensata, dudaba de que hubiera sido tal y como lo imaginaba. El padre con los ojos abiertos de par en par, susurrando su nombre hasta que la boca se le llenaba de agua. Sin embargo, una no siempre conseguía ser sensata. Incluso era posible no lograrlo casi nunca.

La chica trabajó toda la jornada rastreando y transcribiendo citas, tantas que a las ocho no podía mover la mano derecha. Muchas frases se repetían en unos y otros manuales, pero, ante la duda, la chica las volvía a escribir. Palabras y palabras, eso era todo lo que tenía. Al anochecer, su anhelo del tutor se extendió hasta ocupar todo el valle como una gran sábana de raso. Su anhelo, pensó, ya no conocía límites. Se preguntó si, desde sus casas, la Madre y el chico podrían ver ese anhelo, si sería algo físico que cualquiera podría apreciar desde la distancia. Y, aunque intentó evitarlo, también se preguntó si el ir allí no había sido más que otro de sus errores, si aquella historia de amor que creía estar viviendo podía ser una ficción, un cuento que se había contado a sí misma para poder vivir. Incluso, de madrugada, ofuscada por la lectura y el ansia, se preguntó si Ángela y las demás habían desaparecido de verdad, si no sería todo un delirio suyo. Cuando una estaba sola durante tantas horas casi podía ver a la locura, una mancha borrosa de color añil, colándose primero por las ventanas y luego por los canales auditivos hasta alojarse en el cerebro.

El sexto día, la chica se arrodilló y le pidió al cielo una señal.

Ese era el estado en el que se encontraba.

Pasada la hora de la cena, hambrienta de algo que no era comida y envuelta en gruesas capas de abrigo, decidió dar un paseo por los alrededores del camping. Era la primera vez en casi una semana que salía al exterior. La sorprendió el olor, fresco y vegetal, tan distinto al del bungalow. El rótulo con las palabras CAMPING DE AGUAYELA, en su día un rutilante anuncio de neón, descansaba resquebrajado junto a un montón de leña. El mundo entero estaba mojado, frío y áspero como la luna. De los bungalows ajenos salían risas y, al menos eso le pareció a la chica, algún que otro gemido. En la noche cerrada del valle todos los sonidos se intensificaban, se hacían luminosos y audaces. Paseó por una zona alejada de las pasarelas, desesperada de soledad pero temerosa de lo que pudiera rondar por allí. Canturreó, sus pies helándose a través de la goma de las botas de montaña.

Mitl-a-Goro, Mitl-a-Goro, siempre en nuestro corazón, Mitl-a-Goro, Mitl-a-Goro, no nos comas, por favor.

No vio nada que llamara su atención. En realidad, y debido a las nubes que opacaban la luna, prácticamente no se veía los pies. Suspiró decepcionada con su existencia, con su forma de aprovechar lo que esta le ofrecía. Cualquiera —hasta el padre— consideraría ese paseo solitario y a deshora como algo peligroso y estúpido. Emprendió la marcha hacia el camping iluminándose con un encendedor que el chico le había regalado. Era un mechero recargable en el que él había mandado grabar sus iniciales, *K. S.* En su momento la chica lo había recibido como cualquier baratija, pero al mirarlo ahora le pareció un regalo de lo más sofisticado, un regalo que hablaba bien de quien lo ofrecía. Se le ocurrió que, si todo marchaba como era preciso, un día ella misma podría regalarle al tutor un mechero grabado, quizá con sus iniciales o hasta con las de ambos, y puede que incluso con un corazón oculto en la parte de atrás, algo clandestino y sagrado, solo para sus ojos. Imaginar el mechero la reconfortó, sintió su lumbre calentándole el pecho. Justo entonces, los velos de nubes se apartaron de la luna. El cielo se despejó un instante. Sobre el lecho vegetal, justo a sus pies, algo brilló como leche fresca. La chica se agachó, cogió aquella cosa mojada del suelo mojado. La sostuvo entre sus dedos mojados.

No podía creerlo.

Ese hallazgo, ese encuentro fortuito, no era cualquier cosa. Era algo orgánico, algo que había pertenecido a un animal. Un diente predador largo, afilado, curvo en la punta. Una daga de nácar concebida para desgarrar, para extinguir la vida. Un colmillo.

La chica lo miró extasiada.

Ahí estaba su señal.

XXV

Cuando el tutor apareció, durante la noche del séptimo día, la chica no se había tirado al lago. Seguía en el bungalow, empantanada entre manuales, exhausta como si ella misma los hubiera escrito durante las noches anteriores. Sus citas favoritas eran las extraídas de la tradición oral de los pueblos originarios del valle, recopiladas, según el pie de página, por *A. M., T. D.* et al. La chica no sabía a quiénes pertenecían esas iniciales, pero estaba claro que habían hecho una gran labor. Las leyendas recopiladas decían cosas asombrosas y sobrecogedoras; cosas como:

– *La criatura se mueve siempre con los ojos abiertos, no hay en ella párpados, lo ve todo, lo que se hace y lo que solo se piensa.*
– *La criatura aparece cada treinta lunas, se alimenta y se refugia de nuevo, sumergida en el limo. El limo es su madre y su hogar.*
– *La criatura habita debajo del lago, en un lecho de huesos y dientes.*
– *Quienes se topan con la criatura y no son devorados*

266

enferman, pierden la cabeza, se devoran a sí mismos. La criatura es piadosa con esos a los que da muerte.

Cada vez que leía esa última frase, el cerebro se le llenaba de hiel.

Algunas leyendas describían el aspecto de la criatura, pero todo resultaba demasiado abstracto como para imaginársela de forma concisa. *Los ojos como soles muertos, aletas de cuenca tritón.* La chica había buscado otra referencia a eso de la *cuenca tritón*, pero no la había encontrado. Quizá fuera una cueva de las numerosas que rodeaban el lago, su búsqueda sería una buena tarea para añadirla al trabajo de campo. Según su propia numeración, había apuntado trescientas noventa y ocho citas de los manuales en aquellos cuadernos. Estaban transcritas con pasión, cada trazo de tinta hendiendo vehemente el papel. El tutor estaría orgulloso; más que orgulloso, pasmado; quizá hasta en éxtasis. La chica pasó el dedo índice por las páginas y la mano le palpitó de dolor.

Entonces, en la quietud del valle, oyó el quejido de un motor. Aguzó el oído. Allí estaba: el cerrarse de un maletero, la voz del tutor intercambiando fórmulas de cortesía con algún alumno, *qué bien verle, no armen demasiado escándalo, nos vemos en el desayuno.*

La chica, sin embargo, no podía esperar al desayuno.

Tenía que ser ahora, con el resto de los habitantes del camping ya recogidos, con la herida de plata de la luna como único testigo.

Asomada a la ventana, vio cómo el tutor se dirigía a la caseta de los baños. A la luz del farol colgado en la entrada, su rostro le pareció tan bellamente esculpido que le entraron ganas de llorar. Corrió al espejo, presa de la preocupación. No tenía buen aspecto, nada en absoluto. No tras tantas noches de trabajo. Por suerte, había herramientas para disimular el cansancio, como las había para disimular casi todo. La chica se lavó el pelo con agua helada, se lo cepilló con ahínco, lo secó con una toalla, lo trenzó con toda la maña posible. Abrió su atiborrado neceser y su contenido se desparramó sobre el saco de dormir. Base de maquillaje, corrector, colorete, *eyeliner*, rímel, barra de labios, un botecito de algo llamado *rubor natural sintético*. Con callada dedicación, la chica pintó sobre su cara una más bella, más sosegada. Al terminar, se contempló en el espejo, satisfecha. Las manos le temblaban ligeramente y se sentía cerca de la enajenación. Con la belleza, se dijo, tendría que ser suficiente. Con la belleza y con eso que había encontrado en las orillas del lago y que luego había guardado, envuelto en papel de estraza, en el hueco entre el rodapié despegado y la pared.

La chica miró el colmillo al trasluz, lo acarició con reverencia. Era más que posible que ese colmillo hubiera desgarrado la carne de Ángela, de Priscilla, de Gloria, de Rebeca. Que se hubiera hundido en sus cuellos hasta hacerlas desfallecer, hasta silenciar sus gargantas para siempre.

Aquel objeto era algo primitivo, inmemorial.

Se lo guardó en el bolsillo y salió al exterior, lista para encontrarse con su destino.

En el bungalow del tutor, las escaleras crujieron como un esqueleto roto. Ululaban los búhos, susurraban melodiosos los árboles. Cuando la chica tocó la puerta, el bosque entero contuvo el aliento. Apretó el colmillo entre los dedos, como un amuleto. Nadie respondió a su llamada. El tutor, maldita sea, debía seguir en los baños. Aunque todo el mundo se había retirado ya, estaría fuera de lugar ir a buscarlo allí. Y quizá ojos ajenos espiaran, luciérnagas atentas tras las ventanitas de los bungalows. La chica miró hacia los lados, inquieta. Era cuestión de tiempo que alguien la viera ahí, plantada ante la puerta del tutor, antes de que tuviera oportunidad de hablar con él. Estudiantes burlones la iluminarían con sus linternas y la llamarían cosas terribles, porque nadie más que ella conocía la verdad de su relación. Llamarla *relación*, aunque fuera solo en su cabeza, la llenó de ímpetu y arrojo.

La chica se apartó entonces de la entrada y recorrió el lateral del bungalow. Palpó los marcos de las ventanas, en parte podridos y desconchados, desgastados por la lluvia y el sol. Una ventana estaba algo levantada, lo justo para introducir los dedos. Con poca maña pero mucho empeño, consiguió elevarla. Esperaría allí dentro al tutor, como una amante de pleno derecho. A veces la confianza entre dos personas solo dependía de que una de ellas se la tomara. Posó las manos sobre el alféizar y se impulsó con los pies, su cuerpo como un péndulo colgando de la ventana. Las ramitas del suelo se partieron dócilmente, otorgándole su beneplácito.

La chica encendió la linterna y la apuntó hacia el suelo, discreta, buscando donde sentarse. La cama, desde luego, era un lugar demasiado elocuente. Una cosa era colarse en una habitación y esperar clandestinamente el regreso del amado, algo de lo más literario, y otra cometer semejante vulgaridad, convertirse a una misma en una película de bajísimo presupuesto o en una de esas novelas de gasolinera. La silla del escritorio, igual que esa en la que ella llevaba trabajando tantos días, sería lo más apropiado. Se acomodó, llena de expectación. Dejó la linterna sobre la mesa. Un montón de papeles formaban pequeños edificios blancos, como torreones llenos de información. No cabía duda de que el tutor, pese a su ausencia de varias jornadas, había llegado hasta allí con la intención de trabajar en algo. La chica dio un respingo e iluminó algo sobre la mesa.

Allí estaba el cuaderno del padre, abierto por la mitad. Aquel hallazgo era turbador, quizá por ver por primera vez un objeto del padre tan fuera de lugar, tan alejado de su hogar y de su despacho. Pero no era algo descabellado, se dijo convencida. Al fin y al cabo, el tutor había querido consultarlo, lógicamente interesado en las últimas notas del padre, y ella se lo había dejado. Lo normal era que lo leyera, no que lo condenara a un triste cajón. En el despacho, además, el tutor hasta había hablado de realizar un homenaje al padre durante aquel viaje. Era cierto que no lo habían vuelto a comentar —de hecho, no habían vuelto a hablar de prácticamente nada—, pero no era imposible que el tutor hubiera estado preparándolo por su cuenta. La chica pasó el haz de luz por el cuaderno, por la pila de folios junto a este. Se acercó vacilante. En el primero de los folios, diseñado como si fuera la portada de un futuro libro, alguien —el tutor, casi sin lugar a dudas—

270

había mecanografiado *Psicosis colectiva y mitomanía monstruosa, un estudio sobre las creencias populares en el valle Milagro.*

La chica releyó la frase, consternada, esperando que en realidad dijera otra cosa. Pero seguían siendo las mismas palabras, una detrás de otra como un montón de trenes chocando entre sí. Pasó los folios, buscando una explicación.

Incluso entre mis alumnos, y pese a su formación científica, un porcentaje alarmante dan pábulo a las historias sobre la criatura, y hasta valoran como posible la participación de este ser mítico en las recientes desapariciones de mujeres en el entorno del lago.

La chica revolvió los folios, las manos animadas por un ritmo maníaco. La mitad de las hojas se desparramaron por el frío suelo. Se agachó, iluminando frases sueltas con la luz blanca de la linterna.

Hasta en una docena de ocasiones, estudiantes con sobresalientes en las asignaturas de zoología han venido a mí con colmillos hallados en las inmediaciones del Milagro, claramente pertenecientes a víboras anilladas, argumentando que pertenecían a la susodicha criatura.

La chica sintió el diente palpitar en su bolsillo. Aquel hallazgo, entonces, no era el tesoro que ella había creído encontrar. No solo no era eso: en todo caso, era una muestra de su falta de conocimiento, un testimonio de su estupidez. Golpeó el suelo, furiosa, y la linterna rebotó contra el conglomerado. Agarró una de las hojas al azar.

En tiempos de desolación, las ficciones son un recurso tan humano como cualquier otro.

Y otra.

La supervivencia del mito en lugares aislados como el valle Milagro es marcadamente superior a la dada en las

271

urbes, pese a que la educación superior reglada llegó a la región hace décadas.

Y otra.

La veracidad de estas historias cuenta en este caso con un legitimador inesperado. Un biólogo, casi una celebridad local, que tiró por la borda su carrera al interesarse —obsesionarse sería más certero— por la existencia de esta y otras criaturas míticas, y que hasta llegó a ser publicado en Nature *en lo que fue, como afirmé en un artículo hace años, «un incomprensible desliz por parte de la prestigiosa publicación».*

La chica gritó de dolor, como golpeada por algo compacto y letal. Agarró la libreta del padre y abrió la puerta del bungalow. La noche helada se le coló dentro. En las ventanas del camping titilaban cabecitas vagamente iluminadas, incluida la del tutor. Asomado desde el bungalow de la estudiante pelirroja, vio cómo la chica bajaba los escalones del suyo. La chica echó a correr campo a través, se tropezó con gruesas raíces, la cara y los ojos se le llenaron de barro. Aterrada, huyó hacia la espesura del bosque, hacia el fin de todo lo conocido.

XXVI

Los listones del embarcadero eran blandos, pan de molde mil veces mojado. Olían como huelen las cosas podridas, a pena y a agua estancada. La chica corrió sobre el pequeño muelle, cada listón encogiéndose bajo sus pisadas. Cuando uno cedió quiso gritar, pero no le cabían más gritos en la boca. Sintió que en el fondo llevaba años gritando, como una de esas gatas recién paridas a las que se les ha quedado un trozo de placenta dentro y caminan desesperadas, arrimándose a cualquiera que pueda ayudarlas. También ella tenía algo atascado en su interior, algo infeccioso y cuajado de bacterias, viajando a toda velocidad por su torrente sanguíneo. La pierna se le hundió hasta la rodilla. Notó la madera penetrar en la carne, intentar llegar dolorosa hasta el músculo. Berreó golpeando el suelo con las manos, que también le dolían. No había nada en su cuerpo ajeno al dolor. La humedad del lago le llegó a las plantas de los pies, sus aguas negras le lamieron las uñas. Las ranas croaban desquiciadas, tan alto que el Milagro parecía tener su propio sonido. Aquel lago gritaba algo que todos oían pero que nadie había sabido interpretar aún, como sucedía con ella. Entonces oyó unos pasos a su espalda. Eran cercanos, y probablemente no los había oído antes debido a sus propios gritos. Quizá fuera el tutor, que llegaba para hundirla aún más en ese lago, para borrarla definitivamente del mapa. Entre lo que le había hecho y matarla, se dijo, apenas había diferencia. Imaginó al padre, atónito en su sillón celestial, avergonzado ante la mirada del resto de los padres, todos circunspectos y sin mediar palabra. Su única hija había puesto su legado en manos de un hombre que solo quería su ruina, un hombre que despreciaba todo lo que él era. Recordó vagamente que la Madre había mencionado algo al respecto, algo sobre la imposibilidad de fiarse de ese tipo. Pero en el momento no lo había interiorizado debidamente y ahora el recuerdo se quedó flotando en la superficie, brillante pero errático, un montón de plancton sobre el agua espesa. Dolorida y derrotada, con la pierna hundida en la plataforma de madera negra, la chica se giró como pudo hacia los pasos. Tras ella, el estudiante de la camiseta del kraken se iluminaba los pies con una linterna de luz azul.

Lo reconoció porque llevaba la misma ropa que el primer día, aunque era de lo más improbable que hubiera podido lavarla en el camping.

Era uno de esos chicos altos, de hombros anchos y caderas exiguas, caras de niños abandonadas en cuerpos de adultos. La camiseta era de las que se cargan con la luz solar, y ahora el gran calamar brillaba en la oscuridad del embarcadero.

—¿Qué haces ahí?

A la chica le entraron ganas de llorar, pero resultó que ya estaba llorando.

—¡No hago nada! Se ha roto un listón, estoy atrapada.

El chico miró hacia los lados.

—¿Puedes ayudarme, por favor?

Él le apuntó con la linterna a la cara, los ojos se le cegaron de azul.

—Estaba haciendo mi ronda de vigilancia. Y te he visto.

La chica no supo qué contestar. Le asaltó la lección del padre sobre ese tipo de accidentes, una lección que era casi un mal augurio.

Si alguna vez un listón de madera se rompe a tus pies, no intentes sacar la pierna, eso solo hará que se atrape más y más. Debes esperar a que alguien te ayude.

A veces, sin embargo, la ayuda que una recibía no era tal. La ayuda podía convertirse en algo muy muy peligroso. Miró los ojillos del chico, afilados como pequeños ojales, insólitamente separados entre ellos. Quizá esos ojos fueran lo último que iba a ver.

—Bueno. Te saco ya —decidió él.

Tiró de ella hacia arriba sin pudor, como si fuera una sartén atrapada al fondo de un cajón. La chica chilló histérica, pero él no parecía impresionado. Cojeando y sin agradecer la asistencia —era difícil agradecer algo hecho con tan poca compasión—, la chica se acercó al pequeño bote amarrado al embarcadero. Era un bote de recreo, la clase de barquita que uno empleaba para recoger pequeños peces de la orilla y luego liberarlos. En un lateral, en letras muy deterioradas, se intuía la frase *Camping de Aguayela, ¡diversión para toda la familia!* La palabra *familia* era especialmente ilegible, casi del todo desaparecida. El cabo, cubierto de un vello verde y húmedo, se desgajó al desatarlo del casco. El Kraken la miró incrédulo.

—¿Vas a irte en eso?

—Solo hasta el siguiente embarcadero —repuso la chica—. Ahí hay un camino que sube hasta la carretera.

Tiró el resto del cabo sobre el muelle, pero este rodó y volvió a caer al agua.

—Sé remar —añadió—, mi padre me enseñó.

—Cualquiera sabe remar en ese bote.

La chica contuvo las ganas de llenarse los bolsillos de piedras y lanzarse al agua.

—¡Un momento! Tengo una idea.

El Kraken corrió en dirección al camping. Quizá, se dijo ella, se le había ocurrido otra opción de transporte. Uno que no implicara dejar a una chica sola, herida y llorosa navegando las aguas del lago y las de su propia desolación. A lo mejor en ese momento el Kraken estaba robando las llaves del coche de la mesilla del tutor, con un ingenioso invento de alambre, y dentro de un par de horas ella ya estaría en casa, caliente y a salvo, en su cuarto de papel pintado y sábanas con sus iniciales bordadas, rechazando la comida preparada por la Madre. Le sobrevino la nostalgia punzante del hogar, la visión de la bata colgada en la puerta de entrada como un floreado fantasma. Sacudió la cabeza, molesta consigo misma. El Kraken volvió con algo en la mano.

—¡Ten!

Miró el objeto. Era una bengala de emergencia, roja y alargada.

—Si te topas con la criatura, lánzala hacia arriba.

La chica cogió la bengala.

—¿Para qué? No hay otro bote con el que venir a rescatarme.

—Ah, no. ¡Pero sabríamos que la criatura existe! Estaré atento al cielo, ¿de acuerdo?

La chica asintió, se subió al bote. El casco estaba helado y el tacto de los remos era el de una lengua fría. A nadie le importaba si ella vivía o moría. Quizá a la Madre, solo a ella. Se empujó en el embarcadero con las manos, las aguas

276

negras ondearon mudas. El Kraken la despidió con la mano y ella empezó a remar. Sabía que el siguiente embarcadero estaba a apenas unos cientos de metros, en una zona orillada de juncos y barro y cadáveres de sapos. Remar le costaba más de lo esperado, sus hombros lamentándose a cada movimiento. Las lágrimas apenas le dejaban ver. Hacía frío fuera, pero sobre todo dentro de ella. Notaba el corazón como un lugar desolado, un área de servicio en un desierto nocturno. Con cada costosa palada de remo, con cada metro que se alejaba del camping, sentía al padre morir de nuevo, hundirse en el lago a plomo. Morir era un proceso que nunca terminaba, que volvía a comenzar una vez tras otra, sin descanso, dejando a los fallecidos extenuados y sin una pizca de bienestar en su interior. Y todo era por su culpa. La culpa era una carga demasiado pesada, ya imposible de levantar. Un yunque sobre su cabeza aplastando poco a poco cada vértebra, haciéndolas trizas. Se sentía demasiado agotada, un agotamiento que invitaba a la resignación, a dejarse ir. Quizá, se dijo, ese fuera el final. El final, aunque triste por su inmutabilidad, también podía suponer un solaz, el único descanso posible.

La chica dejó los remos atravesados en el casco y cerró los ojos, sometida a lo que el destino quisiera regalarle.

Las aguas se arremolinaron sedientas en torno al bote.

No pensaba luchar, nada de eso. El mundo tenía planes desconocidos para ella, planes que llevaban tiempo revelándose como nada halagüeños, y no merecía la pena seguir resistiéndose a ellos. Toda su existencia, o al menos toda la que era capaz de evocar, no era más que una sucesión de errores terribles, de vanas ilusiones.

Metió una mano en el agua, decidida a poner punto y final.

La corriente la arrastraba hacia la derecha, o quizá hacia la izquierda. Estaba demasiado oscuro para ver nada, la misma oscuridad dentro y fuera de su cabeza, su cráneo solo una membrana porosa. Hizo un ruido gatuno, *psss psss*, como si así pudiera atraer a la criatura, como si fuera algo doméstico y presto a obedecer. Se preguntó si la vería llegar, si se parecería a uno de esos dinosaurios de cuellos largos y curvos, una criatura mastodóntica y brutal, o si acaso sería la clase de bicho que se desplazaba por el agua con apenas un par de movimientos, el cuerpo grácil y el vientre acariciando las algas del fondo. También podría ser una especie de gran serpiente marina, larga como una manguera de bomberos. Tendría la piel cubierta de escamas moteadas y la mandíbula lista para engullir a chicas como ella, chicas que se adentraban solas en el lago, que iban a la caza de algo que no sabían qué era y que fracasaban estrepitosamente, chicas para las que ya no había esperanza.

El padre había tenido muchas teorías sobre la clase de criatura que habitaba las aguas del Milagro. Durante sus últimos meses pasaba horas describiéndosela a la chica, con todo detalle, la mirada perdida como si la viera allí mismo, surgiendo centelleante ante sus ojos. Tras escucharle, la chica se acostaba con la cabeza llena de dobles filas de dientes, y garras y branquias largas como carreteras comarcales.

También cabía la posibilidad, como el padre había valorado alguna vez con el rostro desencajado, de que la criatura fuera algo más que una bestia primitiva. Quizá fuera inteligente, ingeniosa y sagaz. Podía tener algo de sirena, saber conducir a sus presas hasta ella. La chica imaginó a Ángela, a Priscilla, a Gloria y a Rebeca adentrándose en sus fauces sonrientes, hasta entusiasmadas, atusándose el pelo como quien llega tarde a una fiesta en su honor. Otra opción era que la criatura tuviera una mente ínfima y deshidratada, que se pareciera más a uno de esos lagartos que apagan su metabolismo y pasan semanas enteras adormecidos contra el limo, apenas conscientes incluso cuando están despiertos. La chica sabía que los caimanes tenían el cerebro del tamaño de una uña, no una uña cualquiera, sino una muy pequeña, la uña de una niña de tres años o incluso de una muñeca grande. Un cerebro tan pequeño no podía albergar una maldad elaborada, si acaso una superficial, una maldad de un segundo, como un espasmo. Un segundo, sin embargo, era más que suficiente. En un segundo una yugular podía partirse, un mundo entero resquebrajarse, una mujer desaparecer.

Cuando el bote chocó contra algo duro, la chica sacó la mano del agua. Agarró la bengala y la encendió; el aire se llenó de humo blanco. Solo quería ver a la criatura, mirarla un instante a los ojos antes de desaparecer por fin. Observó lo que se alzaba frente a ella, oscuro y apenas inteligible. Estaba inmóvil, dormido como un islote marino, oculto en el humo de la bengala. La chica se incorporó, adelantó la mano. Tocó la superficie del animal. Los dedos se le hundieron en una suave capa de moho. El animal era de madera, una madera blanduzca pero solvente, menos podrida que la anterior.

Había llegado al embarcadero.

XXVII

El hombre que la recogió en coche la sermoneó sobre los peligros de andar por allí a esas horas. ¿Es que acaso la chica no sabía lo que estaba sucediendo? Mujeres hechas y derechas, seguro que con más experiencia que ella, caían víctimas de un psicópata, de un acosador nocturno. Es más, varias habían desaparecido de día, así que este acosador no era nocturno, era de otro tipo, uno al que le importaban poco los relojes y los horarios preestablecidos para el mal.

—La noche es peligrosa —dijo el hombre—, pero ¿qué me dices del día? Nadie puede esconderse a plena luz.

Miró a la chica y negó con la cabeza, como si no acabara de creerse lo que veía.

—Tienes mucha suerte —apostilló—. De haberte topado conmigo. Otro podría llevarte donde quisiera y aprovecharse de ti.

La chica se arrebujó en el asiento, guardó silencio. Se sorprendió odiando con fervor a las desaparecidas, a las que hacía solo unas horas sentía deber tanto. Las odiaba quizá por haberse marchado tan anchas, hasta de mutuo acuerdo, por haberle hecho creer que eso iba a devolverle la vida al padre, a insuflarle una nueva existencia. O quizá las odiaba por haberse dejado matar, por haber montado todo aquel revuelo. Lo menos que una podía hacer era marcharse de puntillas y sin hacer ruido, sin molestar a todo el mundo. Sin sembrar esperanzas en cabezas como la suya.

—Hoy ha desaparecido otra, ¿lo sabías?

La chica lo miró escéptica.

—¿Hoy?

—¡Ah! No tenías ni idea, ¿eh? La gente joven no estáis informados. No os comprometéis.

La chica inspiró tan profundamente como pudo.

—¿Quién ha desaparecido?

—No recuerdo el nombre. Algo con ele. ¿O quizá con eme? Esta memoria —el hombre se dio un par de golpecitos en la sien— ya no funciona igual. Parece que han denunciado la desaparición hoy, pero la pobre mujer llevaba días sin dar señales de vida. ¿Sabes ese centro de desintoxicación cerca de Aguayela, en el bosque?

La chica asintió, aunque no tenía la menor idea.

—Pobre gente. Van por ahí como zombis, todos con la misma ropa, plantando flores en los arcenes. Es algo triste de ver. Me los he cruzado alguna vez. Pues la mujer que ha desaparecido estaba en el centro, visitando a su hija. Daban un paseo y de repente ella se esfumó. La hija aprovechó para marcharse, no dijo ni mu.

El hombre meneó la cabeza, escandalizado.

—¡Menuda arpía! No es modo de tratar a una madre, ¿no te parece? Yo adoro a mi madre, sí, señor. Les puse su nombre a mis dos hijas.

La chica miraba por la ventanilla, hacia la noche profunda y agreste.

—¿Les puso el mismo nombre a sus dos hijas?

Él se encogió de hombros.

—Son de distintos matrimonios.

—Ah.

La chica guardó silencio hasta que el hombre la dejó en casa. No llevaba equipaje salvo el cuaderno del padre y el casco de la bengala, aún en su mano a saber por qué. El resto de sus pertenencias se habían quedado en el dichoso camping. Ni siquiera tenía llaves. La luz de la cocina, como de costumbre, estaba encendida, pero eso no significaba que la Madre estuviera allí: solía dejarla prendida para avisar de la presencia humana en la casa, como si la presencia humana pudiera prevenir la entrada del mal, como si el mal no pudiera colarse por cualquier rendija, por el conducto de la ventilación. La chica se recogió el pelo como pudo, se pellizcó las mejillas, intentó disimular su terrible estado. No quería que la Madre la reprendiera con la mirada, ver su fracaso reflejado en sus ojos. Subió las escaleras del porche aún pensando en el mal, en su condición más gaseosa que sólida, invisible y dúctil. En el interior de la casa, un perro ladró feliz. La chica levantó la cabeza. La Madre y ella no tenían ningún perro, ni siquiera un pez de colores. El perro ladró de nuevo, confirmando su presencia. Tenía el ladrido grave de un perro grande, con el cuello tan ancho como la cabeza. Además, en el porche había flores, grandes macizos florales en cada peldaño de las escaleras. Camelias, prímulas y otras flores de invierno, cuidadosamente organizadas por colores. Flores que nunca habían estado allí. La chica comprobó el número de la casa. No había duda de que era la suya, aunque no lo pareciera. El buzón seguía siendo el mismo, un sonriente delfín pintado de lila que el padre y ella habían construido hacía muchos años, tantos que la mayoría del pigmento se había perdido y ahora parecía un delfín lleno de moraduras, un delfín al que alguien hubiera dado una buena tunda. La chica fue a llamar al timbre, pero la puerta se abrió justo cuando apoyaba la mano encima.

Allí estaba la madre, pero, Dios mío, tampoco parecía la madre.

No lo parecía en absoluto.

Si la chica hubiera visto pasar a esa mujer en, por ejemplo, un autobús público, habría pensado que era una hermana perdida de la Madre, una tía a la que nunca había conocido, joven y con pinta de hacer un montón de actividades, cosas como coserse su propia ropa, pintar macetas o bajar hasta el suelo en *spagat*.

—¡Kaila!

La nueva madre la abrazó sonriente, se retiró para mirarla.

—¿Cómo has venido? ¿No volvías dentro de seis días? ¿Has cenado?

La chica balbuceó. Había decidido volver antes, explicó, por nada en particular. El viaje había sido un poco, cómo decirlo, aburrido. Eso era. Frustrante. Los estudiantes no parecían muy interesados en descubrir nada referente a las desaparecidas, solo estaban allí pasando el rato. No entendía para qué se matriculaban en una carrera si luego se tomaban tan poco en serio su propia disciplina. Eludió cualquier mención al tutor. La madre asintió, comprensiva. Qué pena que no hubiera sido un viaje satisfactorio, pero a veces las cosas no salían como una esperaba y no merecía la pena torturarse por ello. La cabeza de la chica daba vueltas como un carrusel borracho. ¿Qué demonios llevaba puesto la madre? Intentó descifrar aquella prenda mirándola más de cerca.

—¿Te gusta? —La madre se giró, su nueva bata ondeando como una bandera—. Es un kimono. Me lo compré el otro día, en un mercadillo. ¡Mira por detrás!

La madre mostró una espalda cuajada de flores. No parecía ella envuelta en esas telas, sin duda se trataba de un error de vestuario. Su pelo voló mientras se giraba, desplazándose grácil en torno a los hombros. Parecía más sano y abundante, como si cada cabello se hubiera engrosado y llenado de brillo.

—¿Dónde está tu equipaje?

La madre la empujó dentro de la cocina, que olía distinto, a azúcar y a ron, a perfume y a champú. Se agachó junto al horno.

—Estoy cocinando un pollo. Con glaseado y ciruelas. He sacado la receta de un libro. Pero va a sobrar, ahora te separo un poco. ¿Te parece?

La chica se derrumbó en una silla, escuchó el tintineo del tenedor contra la bandeja de metal.

—Aquí tienes. Bien calentito.

La madre le puso un plato delante, lo llenó de pollo desmigado. Sintió el estómago rugir, vacío como un pozo ciego.

—Pruébalo, anda. Dime qué te parece.

La chica se llevó un pedazo de pollo a la boca.

Estaba delicioso, dulce y jugoso como fruta madura.

—¿Bien?

La chica, consternada, asintió con la cabeza.

—¡Estupendo! Tengo que irme ya. ¡Ah! ¡Se me olvidaba!

La madre corrió fuera de la cocina. Vista desde atrás, tampoco parecía ella. No parecía la madre en la zona de detrás de las rodillas, ni en su forma de moverse. Se había vuelto liviana y fresca, emanaba una energía totalmente nueva. La chica se sentía humillada. Toda la vida de nuevo cuño que quería para ella, la vida que llevaba tanto tiempo esperando, parecía haber rebotado en su pecho y haber atravesado a la madre como una flecha. Era incapaz de entenderlo. Era casi una maldición, algo místico y pagano y tremendamente injusto. La madre volvió a entrar en la cocina, ahora con un perro en brazos. No era el perro grande que la chica había imaginado, sino un cachorro de color beige y ojos redondos y estúpidos.

—¡Es Telmo!

La chica la miró impávida.

—Si no te gusta Telmo, puedes cambiárselo. Puedes ponerle el nombre que quieras.

El perro, ya en el suelo, meneó la cola y se cayó de lado.

—¡Qué divertido! —La madre le dio unos toquecitos en el lomo, volvió a incorporarlo—. Le pasa todo el rato. Se parece a aquel perro de los vecinos que te gustaba tanto de pequeña, ¿te acuerdas? Siempre querías cruzar la valla para cuidarlo.

La chica guardó silencio. Aquel perro, lo intuía, no era sencillamente un perro. Era otra cosa, algo que la madre le daba esperando algo a cambio. Miró al perro con desprecio, él la miró con desmesurado afecto. El animal se pegó a sus tobillos, adulador. Ella desvió la mirada y él lanzó un ladrido gutural, desde el centro de su corazón. La chica suspiró. Estaba viviendo la vida de otra persona, eso era, un sueño dentro de un sueño

285

que no era suyo. La madre le puso al perro en el regazo. El cogote le olía a vainilla, como si el color de su pelaje se debiera no a la pigmentación sino a estar hecho de crema.

—Pensamos..., pensé que te iría bien.

—¿Bien para qué?

La madre puso cara de enfrentarse a un examen dificilísimo.

—¡Bueno! Ya sabes. ¿A quién no le viene bien un perro como este?

Le acarició el lomo al animal, que pataleó feliz encima de la chica. Luego se limpió las manos con un trapo.

—En fin, nena, tengo que irme.

—¿Irte? —La chica levantó la cabeza desconcertada—. ¿Irte adónde?

Dejó en el suelo al perro, que caminó patoso hasta la madre y se tiró a sus pies. Ella le guiñó un ojo —la chica nunca, jamás, le había visto hacer tal cosa—, luego se desató el kimono. Debajo llevaba un jersey que la chica no había visto antes. Otra prenda nueva, sacada de quién sabe dónde. En el pecho tenía lunas y estrellas y alguna nube cuajada de espirales, todas bordadas con hilo dorado sobre un fondo marino.

—¡A un club de lectura!

La madre miró a la chica con un orgullo desconocido.

—Me he leído el libro en cuatro días, para poder apuntarme.

La madre corrió hasta su bolso —este, a Dios gracias, seguía siendo la vieja bolsa de cuadros que solía cargar a todas partes— y sacó un libro de tapa blanda. De entre sus páginas emergían decenas de pósits de colores fosforescentes, como si lo hubiera atacado una vistosa enfermedad.

—Es de la biblioteca.

La chica miró el título.

—*La mujer eunuco* —dijo en voz alta.

—Es un poco raro —la voz de la madre se alejó rumbo a las escaleras—, pero Sofía y sus amigas solo leen este tipo de cosas. ¿Te acuerdas de Sofía? La vimos una vez, en el supermercado.

La chica resopló y abrió el libro, apartó al perro con el pie derecho. Aquel cachorro estaba desesperado de amor. Resultaba lamentable y le recordaba a alguien, aunque sería mejor no pensar en quién. El libro estaba subrayado con lápiz, trufado de flechas y notas de la madre en los márgenes.

¡Esto me pasa a mí!

¿Cómo vamos a bebernos nuestra sangre menstrual?

¡Qué risa!

La chica dejó el libro sobre la mesa, conmocionada. La madre volvió a la cocina envuelta en un abrigo de ante color perla, con pelo sintético en las mangas y el cuello. Aquel abrigo le sonaba vagamente, de álbumes de fotografías antiguas.

—Telmo cena a las once como muy tarde —informó la madre—. No habré vuelto. Hay latas de comida húmeda en la despensa.

El perro ladró al escuchar las palabras *comida húmeda*, dio vueltas sobre sí mismo hasta tropezarse con sus propias patas.

—¿A las once? ¿No madrugas mañana?

La chica sabía, como sabía cualquiera, que estar despierto a las once no implicaba la incapacidad de madrugar al día siguiente. Lo que no sabía era que la madre fuera consciente de aquello.

—Estoy de vacaciones.

La chica, angustiada a más no poder, se llevó la mano al plexo solar. La última vez que la Madre se había tomado vacaciones había sido justo tras la muerte del padre. Durante las siguientes semanas hubo que hacer papeles, rellenar formularios, elegir adornos florales y otras cosas más lúgubres. La Madre había insistido en que la chica la ayudase en todas esas tareas, pero ella se había resistido como un pez recién tirado sobre la borda. Enterrar al padre le parecía, sencillamente, una aberración. Se negó siquiera a hablar de semejantes gestiones, huyendo a su cuarto cada vez que la Madre le encomendaba alguna misión, como escribir algo para leer en el velatorio o escoger sus fotos favoritas del padre para hacer una guirnalda conmemorativa. Que la Madre pretendiera reconocer ante todo el mundo la muerte del padre, *verificarla*, le parecía la peor forma de traición posible. Cuando alguien se dirigía a ella y decía algo como *mis condolencias*, la chica-niña lo miraba con los ojos desnortados, como si no entendiera de qué le estaban hablando. El día que la Madre le había pedido ayuda para clasificar la ropa del padre y donarla a un hospicio, la chica-niña había sacado todo el contenido del armario del padre, lo había metido en cajas y lo había guardado bajo su propia cama. La Madre había suspirado al verlo, pero no había dicho nada. En aquella época la Madre suspiraba muchísimo, tenía los ojos siempre inflamados y enrojecidos. Probablemente, pensaba la chica-niña, de tanto suspirar.

—¡Sí, vacaciones! —La madre se puso una larga bufanda de punto, la enroscó con cuidado alrededor de su cuello—. Fue idea de Sofía. Pasó un día por aquí y charlamos un rato. Me presentó a sus amigas, las del club de lectura. Hacen cantidad de cosas juntas. Y decidimos que lo mejor sería que me cogiera unas vacaciones.

La chica sintió la desconfianza colmando su interior. *Lo mejor*, había dicho la madre. ¿Lo mejor para qué?

—¡Bueno! No quiero llegar tarde, yo llevo la cena. Cada vez la lleva una, ¿sabes?

La madre sacó una botella de vino tinto de la nevera, la metió en una bolsa de papel junto al pollo, delicadamente introducido en un tupperware.

—¡Descansa!

En solo un segundo, la madre ya no estaba allí.

La chica miró en derredor, hacia esa casa que ya no parecía la suya. Tiró el pollo al suelo y dejó que el perro lamiera el parqué hasta no dejar rastro. Cuando quiso entrar a dormir con ella, situó una silla bloqueando la puerta de su cuarto. Sabía que dejarle entrar sería como ceder. No sabía en qué, pero tampoco tenía la menor intención de averiguarlo. El perro gimoteó hasta quedarse dormido; la chica lo oyó roncar y soñar que cazaba algo grande y peludo.

Cuando volvió a ver a la madre, estaba justo delante de ella, agachada junto a la cama. Quizá era parte de una alucinación, pensó.

La cara le brillaba como la redonda luna, el aliento le olía ligeramente a vino. Telmo estaba a su lado, lloriqueando de nuevo, la cabeza recostada en su rodilla.

—Kaila —susurró la madre—, me voy a ir de viaje.

La chica la miró a través del vaporoso manto de los sueños.

—¿De viaje?

La madre asintió, los ojos luciendo en la oscuridad.

—Mañana te explico todo.

289

La chica despertó tarde.

Notó aquel sudor acuoso suyo empapando la cama, las sábanas convertidas en papel mojado, transparentando la fibra del colchón. No recordaba haberse quedado dormida. Probablemente se había tumbado y desfallecido al instante, como una pobre viuda extenuada. Así se sentía, en el primer día de un largo duelo. Se miró la herida que se había hecho en el embarcadero, que el día anterior parecía tan dramática. Apenas era un arañazo, un goterón de sangre en la rótula. Mientras se duchaba le vino a la mente la imagen nocturna de la madre, parte de un sueño más grande. Oyó un ladrido al otro lado de la puerta y suspiró. Las cosas se habían transformado hasta volverse irreconocibles y ahora tendría que convivir con ese dichoso animal, que exigiría que lo contemplase y validase su existencia. La madre, estaba claro, pretendía que fuera la chica quien se encargara de él, que lo alimentara y sacara a pasear, que se agachara a recoger sus desechos. La madre, en última instancia, pretendía distraerla de sí misma. No se saldría con la suya. Suspiró otra vez y bajó a la cocina, las narices llenas de olor a zumo y tostadas.

Entre las paredes de madera y azulejos, la madre se movía irreconocible. Los vaqueros ceñidos, una blusa de algodón, grandes pendientes metálicos. La madre de otra persona. La chica se sentó a la mesa, sintiéndose doblemente huérfana. Engulló un pedazo de pan, crujiente y untado en mantequilla y algo amarillo. La madre se acercó canturreando, le llenó un vaso de zumo.

—¿Te gusta la jalea? La compré en el mismo mercadillo que el kimono. En Aguas Calientes. Hay un mercadillo todos los domingos, de productos artesanales. Un día vamos, si quieres.

La madre sonrió sirviéndose su propio vaso de zumo. Aquello, pensó la chica, era demasiado. Estaba ante un globo con forma de madre que en algún momento tendría que pincharse. Su piel, ligeramente bronceada, hacía que sus ojos parecieran más claros. Nunca se había fijado, pero la madre no tenía los ojos marrones del todo sino pardos, con pequeñas motas verdes y amarillas danzando en el iris.

—¿Qué vas a hacer hoy? Telmo pasea tres veces al día, aunque puedes sacarlo más.

La chica dejó la boca abierta, enseñando un emplasto de pan y babas. Miró hacia la puerta. Ahí estaba, una pequeña maleta de ruedas, una que nunca había visto, con una de esas malditas pegatinas de las ancianas de la lluvia y fruslerías de abalorios colgando del asa.

—Me la ha dejado Sofía. Para el viaje. ¡Estoy tan emocionada!

La chica tragó saliva.

—¿Tienes que irte ahora?

La madre consultó su reloj.

—En media hora. Son solo tres noches, pero nos va a dar tiempo a hacer de todo. Una de las chicas ha hecho un planning muy detallado. Veremos las ruinas de un antiguo templo, iremos a comer, nos llevarán en barca por... no sé qué río, hasta no sé qué islote. ¡Cada noche la pasamos en un hotel distinto! Te he dejado los números de todos en un pósit en la nevera. Y tienes comida lista para hoy. Luego podrías ir a hacer la compra, ¿no? Y cocinarte algo tú misma. ¿Eso te gustaría?

La chica se rascó la herida de la pierna.

—Mira esto —dijo disgustada.

La madre se agachó, se puso a la altura de su rodilla.

—No es gran cosa, ¿no? Un poco de mercromina y listo.

Se levantó, decidida a dejar morir desangrada a la chica.

—Voy a acabar de prepararme. ¡Telmo, acompáñame!

El perro caminó pegado a sus tobillos, como un sirviente fiel.

XXVIII

Se rascó la herida en el porche, en el patio ajardinado, en el alto taburete junto a la encimera de la cocina. En su dormitorio se deslizó bajo la cama, agarró su caja de latón. Dentro estaba el maldito clip del tutor. ¿Cómo podía haber guardado algo tan ridículo? Ese clip hablaba de qué clase de persona era ella exactamente, la clase de persona que guardaba el artículo de papelería más irrelevante como un vestigio amoroso, como algo con la capacidad de evocar emociones trascendentales. Desplegó el clip y lo pasó por encima de su herida, a cada rato más roja e inflamada. Si se esforzaba un poco podía introducir el clip en la piel, horadarla con él, hacerlo reptar bajo su epidermis. Quizá así pudiera llegar por fin a alguna parte, encontrar el problema que habitaba en su interior. Al perro le ponía nervioso su búsqueda, ladró dando aviso a la madre. La chica lo miró condescendiente.

—Aquí solo estamos tú y yo, Telmo.

El perro comprendió, miró hacia la ventana afligido. El sol le bañó el rostro, volviéndolo de oro. En el patio, entre árboles antiguos, el estudio del padre se alzaba como un gran reproche de cristal y madera. La chica no se había atrevido a entrar, ni siquiera a mirarlo. Se había expulsado de su propio refugio, mancillado con su ingenuidad y su estupidez. Por primera vez deseó que el padre estuviera muerto de verdad, muerto sin remisión, una montaña de huesos crudos incapaz de ver en qué tipo de desastre se había convertido su hija. Se dijo que en ese estado debería llamar a alguien, no estar sola. Pero no tenía a quien llamar, esa era la realidad de su situación: diecinueve años, ningún amigo, un alambre oxidado latiendo bajo la piel caliente. De pronto extrañó al chico como a un viejo amigo de escuela, o como se imaginaba que ese tipo de amigos debían extrañarse, como a algo cómodo y familiar que ponerse en los días de frío.

A mediodía ya no sabía si era ella la que daba vueltas por la casa o si era la casa la que daba vueltas en torno a ella, la casa y el perro y todo lo demás girando a su alrededor sin darle tregua. Encendió la televisión, a la caza de la anestesia. Se limitaría a mirar la pantalla, algo inocuo, quizá anuncios. Haría una lista de qué productos le gustaría más comprar y por qué, luego los ordenaría por colores. Pasó de canal en canal, dos segundos de media entre uno y otro. En casi todos había alguien besándose, un ser humano amando y siendo correspondido. Cualquier ventana al mundo exterior resultaba frustrante. Entonces paró. Había visto algo. Su mano tembló al retroceder hasta el canal local. En este, en primer plano, la cara de Enma hablaba frente a un micrófono. Recordó haberla escuchado en el camping —*Sácate las fotos que quieras*—, su rostro altivo frente al menguado tutor. Sin duda, ella había calado la clase de persona que era él. Los hombres no tenían misterios para Enma; los veía en toda su aspereza, desprovistos

294

de cualquier disfraz. ¿Por qué ella no podía ser ese tipo de chica? Era cierto que podría intentarlo, sí. Copiar las maneras ajenas, elegir un modelo a seguir e imitarlo como un loro muy bien entrenado. Pero en el fondo, en esa zona a la que nadie más que ella tenía acceso, esa zona dentro del cuerpo y la mente que era todo su mundo, seguiría siendo exactamente quien era, sin esperanza de cambio ni remisión. Gimió angustiada y subió el volumen.

Tras Enma, las mujeres del camping se cogían de las manos, todas alineadas, como si así pudieran frenar lo que fuera que las amenazaba, como si todas juntas constituyeran algo inquebrantable. Estaban ahora más morenas que la semana anterior, sus rostros curtidos por el frío y el sol.

—El mundo —clamó Enma— ha abandonado a las mujeres del lago Milagro.

El micrófono se acercó más a sus labios, a sabiendas de que de allí solo saldrían cosas interesantes.

—Pero nosotras no podemos formar parte de ese agravio, no podemos olvidarnos a nosotras mismas, nosotras...

La chica apagó la televisión, ocultó el mando bajo un cojín del sofá. Sintió la imperiosa necesidad de comunicarse, de hablar con alguien. Telmo la miró expectante, como si pudiera leer su deseo.

—Contigo no —dijo la chica.

En la cocina, con el perro a sus pies, consultó los números que la madre había dejado en la puerta de la nevera. No había planeado llamar a ninguno de ellos, y de hecho no tenía nada en concreto que contarle a la madre. El derecho a comunicarse con ella, sin embargo, era algo inapelable. Las madres existían para prestar sus oídos, incluso cuando estos solo fueran a llenarse de morralla. Marcó el número del primer hotel despacio, enredándose el cable del teléfono en el dedo hasta dejarlo sin circulación. Le respondió una voz cantarina, de una felicidad no impostada. Parecía que la dueña de esa voz estaba realmente encantada de ser quien era y de trabajar ahí, en la recepción enmoquetada de un hotel de carretera no demasiado boyante. A la chica se le revolvió el estómago. Balbuceó una descripción de la madre que le pareció poco inspirada, pero la recepcionista supo enseguida a quién estaba buscando.

—¡Alicia! —exclamó—. Qué mujer tan encantadora.

La chica guardó silencio. Quizá la recepcionista estuviera esperando un entusiasta *¡sí, es mi madre, la adoro!*, pero ella, desde luego, no le iba a dar ese gusto.

—¡Le paso!

Al pitido del cambio de línea le siguió una canción melosa, del todo inapropiada. Una voz masculina, profunda como la soledad de la chica, se deslizó desde el interior del altavoz.

A veces me pregunto
Por qué paso noches tan solitarias
Soñando con una canción
Que atormenta mis sueños

Aquella música, valoró la chica, había sido especialmente escogida para torturarla. Sonó durante un minuto, y por fin la madre descolgó el teléfono. De fondo se escuchaban risas femeninas, el sonido opacado de un secador.

—¿Diga?

La chica dudó. No sabía exactamente qué quería, pero desde luego quería —necesitaba— algo.

—¿Kaila?

—¿Dónde está la comida del perro? No puedo alimentarlo si no sé dónde están las latas.

La madre contuvo la respiración.

—¿Aún no le has dado de comer?

Le pareció que hacía un esfuerzo por contenerse.

—Está en la mesa de la cocina, cariño.

Ahora la madre no sonaba perpleja, ni angustiada, como si aquella llamada no tuviera nada de particular. Era igual que hablar con un contestador automático, con otra recepcionista. La chica miró hacia la mesa y vio las latas, una pirámide de caras de perros sonrientes, todos con la lengua fuera y plena confianza en el futuro.

—Vale. —La chica buscó algo más que decir—. ¿Y la mercromina?

—En el cajón del baño, dentro del botiquín.

La madre, por lo que fuera, no tenía ninguna pregunta para ella. No parecía interesada en saber cómo estaba, ni cómo había pasado aquel día sola en la casa, ni si se sentía desesperada o en plena crisis existencial.

—Creo que la herida de mi rodilla se está infectando —dijo la chica—. Creo que podría convertirse en una emergencia.

La madre suspiró al otro lado de la línea.

—Ayer no tenía mala pinta. ¿Por qué no la limpias con una gasa e intentas no pensar en ello? ¿Y si quedas con alguna amiga y le presentas a Telmo?

La chica colgó sin despedirse.

Sobre la mesa de la cocina, además de las latas de comida para perros, la madre había dejado un bizcocho casero de naranja y praliné. La chica hundió un dedo dentro, se lo

297

chupó con saña. Cortó un pedazo, ignorando los gemidos de Telmo y sus constantes miradas hacia las latas, y se sentó a la mesa. Junto al bizcocho, arrugado y con una esquina plegada, la madre había dejado un folleto. Era un tríptico informativo sobre las ruinas que habían ido a visitar. Probablemente se trataba de un olvido, y no estaba allí con la intención de que la chica lo consultara. Con los dientes manchados de chocolate, se recostó en la silla y lo desplegó.

La imagen central mostraba un horizonte plomizo y unas aburridas piedras, tiradas las unas sobre las otras, con parches de musgo creciéndoles por encima. Según el texto las piedras pertenecían a *un templo antiquísimo, un lugar de culto al que peregrinaban mujeres de toda condición, especialmente para el solsticio de verano, y en el que las visitantes ofrecían a las sacerdotisas fruta, conservas y piezas de artesanía. Gracias a estas ofrendas, el templo podía subsistir hasta el año siguiente.** En una esquina del folleto, en letra diminuta, se aclaraba: **Testimonios orales no contrastados.* La chica odió el templo, el solsticio de verano y hasta la fruta.

Con la caída del sol, la casa se volvió tenebrosa y hostil. Todos los muebles parecían conspirar contra la chica, hasta el papel pintado murmuraba en su contra. Angustiada, dio la vuelta al retrato del padre, que colgaba en el salón dominándolo todo. Nunca se había fijado, pero ahora, a la luz del crepúsculo, le pareció que sus ojos brillaban ligeramente, dos heridas anaranjadas siguiendo todos sus movimientos. Ya no soportaba esos ojos, ni su mirada sobre ella, ni la espiral del *Nautilus pompilius* en las manos del padre. Quería deshacerse de todo, borrar de un plumazo todo pasado. Fue a su cuarto, presa de una urgencia abstracta, y agarró la maqueta del volcán que habían hecho juntos. No tenía una sola mota de polvo, casi parecía nueva. Sus manos, sin embargo, le parecieron secas, las manos de una momia. Metió la maqueta como pudo en el armario de la entrada, atestado de ropa de abrigo. La tapó con jerséis, chubasqueros, forros polares, igual que si fuera una bomba. Deseó meterse ella misma allí dentro, esconderse de su propia casa. Dio vueltas sobre la cama, mareada y sudando a mares. Cuando saliera el sol de nuevo, se dijo, todo sería más manejable, menos aterrador. No quedaban más que unas horas: ya debían ser las tres, quizá las cuatro de la madrugada. Miró el reloj, un despertador con forma de tiburón tigre sobre la mesilla, una reliquia infantil.

Eran las diez y media.

Debería dar un paseo, pensó. *Preparar algo de cenar, o ver una película, o tomarme una tila y hacer estiramientos.*

Pero no hizo nada de eso.

A las cinco, sin haber dormido ni un minuto, llamó de nuevo al hotel. Marcar el número le costó más, los dedos temblorosos y torpes. La recepcionista que descolgó no era la misma, pero también parecía más feliz que ella. A aquellas mujeres no les importaban sus trabajos ni sus relaciones personales ni sus padres muertos en extrañas circunstancias; sus vidas no atravesaban ningún drama irresoluble.

En la habitación de la madre reinaba al principio el silencio, luego los murmullos desconcertados. *¿Quién es?, ¿qué hora es?, ¿ha pasado algo?* La voz de la madre sonó avergonzada, como si el resto reprobara aquella interrupción. La chica no se anduvo con rodeos.

—Tienes que volver —pidió.

La madre guardó silencio, una voz resopló a su lado.

—Estaré ahí en solo dos días, ¿de acuerdo?

La chica se aplastó el teléfono contra la cara.

—¡Tienes que volver! ¡No aguanto el dolor!

—¿El dolor?

—La pierna —sollozó la chica—, me duele muchísimo la pierna.

La habitación de la madre se había llenado de voces, voces que se despertaban y se asombraban, una letanía de quejas.

—¿Has ido al ambulatorio?

La chica rompió a llorar. No sabía si sus lágrimas eran un teatro o reales como la pena de existir.

—Ven, por favor. —Escondió la cabeza entre las piernas, oyó al perro sacando la tierra de las macetas—. No me dejes sola.

Un temblor asoló la línea, una gota de rocío se deslizó por la ventana. Pasaron tres segundos, quizá cuatro, que a la chica se le hicieron larguísimos.

—Bien —dijo la madre—. Por la mañana estaré allí.

La chica respiró aliviada. Notó cómo regresaba dentro de su cuerpo, cómo los objetos volvían a ser simplemente eso. El mundo conocido ya planeaba sobre aquella otra cosa que lo había sustituido durante unas horas, y ahora solo tenía que esperar a que se posara suavemente sobre ella.

XXIX

La madre, sin embargo, no llegó.

No había llegado a las once, cuando la chica despertó más descansada y hambrienta, de mejor humor, como si la noche anterior solo hubiera sido un mal sueño. A veces la oscuridad traía terrores de apariencia interminable, pero por la mañana una podía comerse un gofre y trazarse con virtuosismo la línea de los ojos, y entonces la vida parecía más fácil, más asumible. Lo malo era que la noche siempre acababa volviendo, con unos colmillos más o menos afilados, siempre dispuesta a echársele a una al cuello.

Quitándose una legaña del párpado inferior, la chica entró en la habitación de la madre. Quizá había llegado mientras ella aún dormía y se había metido en la cama. Al fin y al cabo estaba de vacaciones, por inverosímil que resultara aquello. El cuarto, sin embargo, estaba vacío. La bata de patchwork colgaba de la silla plegable junto a la cama, el kimono echado por encima intentando —pensó la chica— ocultarla sin conseguirlo. Era posible que la madre hubiera parado en algún sitio a hacer la compra, o que se hubiera entretenido durante el trayecto. Tal vez el autobús que debía coger, en el norte, había sufrido un retraso. Hasta podía haberse cancelado de improviso. El transporte público de la región del Milagro podía ser una auténtica pesadilla, sometido como estaba al humor de sus conductores.

Telmo apareció en la cocina, gimiendo de desesperación. La chica resopló, abrió una lata de comida, la volcó en un cuenco. Los feroces síntomas del agradecimiento canino por la comida —las patas temblorosas, el rabo moviéndose de lado a lado, el lloriqueo incontrolado— eran lo que le impedía ahora disfrutar del alimento. La vida tenía ese tipo de humor descarnado, un humor que a casi nadie le hacía gracia. La chica lo observó comer con desaprobación.

Cuando lloriqueó pidiendo más comida, lo sacó dando palmas de la cocina.

A las seis de la tarde, después de intentar distraerse de las maneras más peregrinas —cambió los muebles de su cuarto con resultados poco provechosos, volvió a ponerlos como estaban, fabricó un letal bote para lapiceros con una lata de refresco vacía—, la chica se rindió a la evidencia. Quizá la madre hubiera decidido, simplemente, no acudir a su llamada. Eso era algo sin precedentes, pero que la madre era ahora otra mujer había quedado suficientemente claro. Tal vez esa nueva madre, además de llevar kimono en lugar de bata, leer libros grotescos y volver a casa con los dientes manchados de vino, era también una mujer poco afectuosa, incapaz de conmoverse ante la petición de auxilio de su única hija. Eso la convertiría en una persona horrible, desde luego, pero la chica ya no arqueaba las cejas por nada. También era posible que hubiera sucedido otra cosa: una eventualidad en absoluto preocupante, como un pinchazo de rueda, o un suceso aterrador, como un corrimiento de tierras.

La chica agarró el teléfono.

Llamó al segundo número de la lista.

Era un hotel distinto al anterior, sin duda más grande, en el que una máquina atendía las llamadas y exigía *marcar o decir en voz alta el número de la habitación con la que desea comunicar.* La chica no sabía el número de habitación. Tampoco sabía, en realidad, si su madre y sus nuevas y flamantes amigas estaban ya en ese hotel. Llamó una y otra vez sin escuchar más que la dichosa voz de la máquina; golpeó el teléfono contra la mesita. Al cabo de una hora, por fin, un hombre de dicción exquisita descolgó al otro lado de la línea. La chica ni siquiera saludó, ni siquiera explicó el problema. Describió a la madre como mejor pudo, aunque, a su juicio, no había nada en ella que la distinguiera de cualquier otra madre. El recepcionista, que había estado comiendo y se reincorporaba ahora a su puesto —así que, como dijo, podía haberse perdido la entrada de algún nuevo huésped—, no recordaba a nadie como la madre, o quizá recordaba a demasiadas mujeres parecidas y era incapaz de decidirse por una.

—Va con otras mujeres —insistió la chica—. Una lleva el pelo muy corto, gris, y un tatuaje horrible en el cuello.

303

—¡Oh, Sofía! —El recepcionista, de pronto, parecía entusiasmado—. Aquí adoramos a Sofía. Vaya, ¿por qué no le gusta su tatuaje?

La chica puso los ojos en blanco, se limitó a carraspear.

—De todos modos, no han vuelto de su excursión. Habían reservado mesa en el pueblo, para cenar. ¿Por qué no llama más tarde?

—¿Sabe adónde iban?

En el restaurante tardaron un poco en entender lo que quería —no, no era una reserva, no era comida para llevar, no era nada relacionado con la multitudinaria cena del sábado—, pero parecía que mencionar el nombre de Sofía solucionaba cualquier problema. No había duda de que el suyo era un peregrinaje usual, que quizá visitaban esas ruinas todos los años, como una especie de ritual. A la chica se le antojó la mar de deprimente. Un grupo de mujeres solas, probablemente faltas de amor y de proyectos vitales, repitiendo el mismo viaje una y otra vez como si así los frisos esculpidos del templo pudieran revelarles una verdad distinta, una en la que ellas fueran por fin las protagonistas. Sofía respondió con la boca llena.

—¡Sí que has tardado en llamar! Nos estábamos preocupando. ¿Un reencuentro difícil?

La chica tragó saliva.

—Soy Kaila.

Hubo un silencio repentino al otro lado de la línea. Pareció que hasta los camareros abandonaban a su hambrienta clientela, que la caja registradora dejaba de hacer su trabajo.

—¿Y tu madre?

—No sé. —La voz de la chica tembló—. No ha llegado todavía.

Sofía dio un respingo, el teléfono cayó. La chica escuchó el aparato rebotar en el suelo de linóleo, los lamentos de Sofía, los pasos apresurados a su alrededor. Todo parecía estar dentro de un sueño, un sueño en una pecera de agua sucia. Una mujer cuya voz nunca había oído exclamó: *¡Teníamos que haberla acompañado, teníamos que haberla acompañado!* Otra gritó: *¡Maldita cría!*, aunque a la chica ni se le ocurrió que pudiera estar refiriéndose a ella.

Una mano agarró por fin el teléfono, el altavoz se llenó de ruido blanco.

—Kaila —Sofía sonaba severa, como una profesora enfadada—, escúchame bien. Tu madre ha salido casi de madrugada. Tenía que hacer transbordo en la ruta norte, junto al lago, muy cerca de Aguayela.

La chica no dijo nada. Los dientes, sintió, se le habían fundido unos con otros.

—¿Me has oído, Kaila?

La chica colgó el teléfono.

Miró su mano sobre el aparato, que ahora parecía la de otra persona. Todo lo que estaba sucediendo, en realidad, debía estar sucediéndole a otra. Probablemente, en el autobús se había acercado demasiado a alguna otra chica y sus destinos se habían intercambiado. Alguien repararía pronto en el error y lo solucionaría todo, no podía ser de otra forma. En unos minutos Sofía volvería a llamar y le diría que se había confundido de madre, que en realidad se refería a otra, y la chica entraría de nuevo en su habitación y allí estaría ella, la Madre, envuelta en su sempiterna bata y memorizando las virtudes de cosas que se transformaban en otras cosas y cuya versatilidad las hacía perfectas para la venta por teléfono. La Madre preguntaría qué le apetecía para cenar y la chica respondería que nada, y luego se retiraría a su cuarto y esperaría a que la sorprendiera con una receta nueva.

—Eso —dijo en voz alta— es exactamente lo que va a pasar.

Su voz le sonó hueca, agorera, el presagio de algo terrible.

XXX

El chico tardó en llegar menos de lo que ella esperaba. Le pareció que había crecido unos centímetros, que la cara se le había hecho más angulosa. Se sintió como una niña ante la llegada de un primo lejano al que no recordaba correctamente y con el que no sabía cómo comportarte. Él la saludó con frialdad, desplegando un mapa de la región sobre la mesa de la cocina. La chica ya había dado alerta a los voluntarios, a las juntas vecinales, a la universidad, a toda autoridad disponible. Ahora, con ayuda del chico, trazaría la posible ruta de regreso de la madre. Lo más práctico para llegar desde el hotel en el que se habían alojado era, desde luego, conducir, pero si una no disponía de transporte propio debía coger un tren y luego dos autobuses: el primero hasta Aguayela y el segundo allí mismo, en el lago, cerca de las pasarelas y la zona en la que Ángela y las demás mujeres se habían esfumado sin dejar rastro.

—Si hubiera sabido que tendría que hacer el transbordo ahí —musitó la chica—, no la habría obligado a volver.

El chico, concentrado en el mapa, no dijo nada. De

todos modos, pensó ella, quizá *obligado* fuese una palabra dura en exceso. Las palabras, a veces tan tramposas, estaban empezando a resultar demasiado reveladoras.

Sofía le había indicado que el hotel del que la madre había salido se llamaba hotel Gran Diosa, pero la chica se había equivocado al apuntar el nombre y había escrito *hotel Gran Adiós*. Con los nervios, las letras y todo lo demás se le mezclaban y pasaban cosas como esa. El chico, con un rotulador rojo, marcó todos los lugares por los que la madre podría haber transitado a pie. Pasarelas, arcenes, carreteras, lúgubres corredores de árboles. La chica se asomó sobre su hombro y rompió a llorar, dio vueltas sobre sí misma con los ojos cerrados, una, dos, nueve vueltas.

—¿No te mareas?

La chica se dejó caer sobre el sofá, con el rostro enterrado entre las manos.

—Solo quiero quedarme inconsciente —gimió.

—Eso no nos conviene.

La chica se puso uno de los cojines sobre la cara, sintió su tacto de terciopelo gastado. De pequeña le gustaba pasar las manos por aquel cojín, ver cómo cambiaba de color en función de la dirección del pelo. El perro gruñó al nuevo monstruo de carne y tela, incapaz de reconocerla.

—Oye, podrías buscar en su cuarto —sugirió el chico— cualquier cosa que nos dé una pista. A lo mejor hay... publicidad de algún lugar que ella quisiera visitar a la vuelta, o un número de teléfono, o una agenda. ¿Harías eso?

—Solo quieres mandarme arriba.

El chico, de nuevo, no respondió.

308

Subió las escaleras con pesadumbre, arrastrando la mano por la barandilla. Telmo la seguía, tropezando en cada escalón. En aquel momento, en el telediario de la cadena local estarían dando la noticia de la desaparición de la madre. Le habían pedido sus datos personales, apellidos, ocupación, descripción física, un par de fotografías. A la chica le había costado horrores encontrar imágenes apropiadas, pero resultó que solo dos días antes de su desaparición le habían sacado una instantánea en el club de lectura. En cada reunión, le había explicado Sofía, se tomaba una fotografía de las recién llegadas con su libro inaugural y se sumaba a la pared. En la imagen la madre aparecía sonriente, los ojos vidriosos pero no de lágrimas, sosteniendo aquel libro del que probablemente no había entendido una sola frase. La chica lo había juzgado como un retrato un tanto irreconocible para ella, pero también era el más reciente y acorde con el nuevo aspecto de la madre. En la facultad, un grupo de estudiantes le habían cosido una nueva sábana a la pancarta que colgaba del dintel de la entrada, en la que se iban actualizando los nombres de las desaparecidas.

ÁNGELA, PRISCILLA, GLORIA, REBECA, LILIANA.

En el caso de la madre, la chica había pedido que añadieran el apellido, como si así fuera a resultar más fácil encontrarla.

ALICIA SIERRA.

La sexta desaparecida en el valle Milagro.

Una vez, siendo niña, la chica había buscado el significado de sus apellidos. *Santos*, el del padre, quería decir intachable, sin mácula, libre de faltas. *Sierra*, el de la madre, fortaleza y majestuosidad. Se preguntó si la madre habría tenido fortaleza en el momento de ser atrapada por lo que fuera que la había atrapado, si seguiría teniendo fortaleza entonces o si ya no tendría absolutamente

309

nada. Fue al baño y vomitó un líquido amarillo y espeso. Lo observó escurrir por las paredes del váter; el hedor de la bilis se le incrustó en la nariz.

En la habitación de la madre hacía frío, más que en el resto de la casa. El frío, allí dentro, parecía recriminarle algo. La chica miró dentro de los bolsillos de la bata, en los cajones de la cómoda, en el arcón al pie de la cama, en el alto armario de madera lacada. Allí no había nada inesperado. Sencilla ropa de verano cuidadosamente guardada en bolsas, agujas de punto, sábanas bajeras. La madre, en realidad, no tenía demasiadas cosas. En su trabajo ya se veía asolada por cantidad de objetos que *valían por decenas*, solía decir, y prefería volver a una casa en la que no se acumularan las pertenencias, una casa que fuera fácil de limpiar. La chica levantó el colchón. Nada. Miró bajo la cama.

Allí seguía aquella caja de zapatos.

Probablemente contendría pantuflas, bolitas de naftalina, ese tipo de cosas. La chica se sentó en el suelo, se arrastró bajo la cama. Deslizó la caja hasta el hueco entre sus piernas. Al levantar la tapa, una fina capa de polvo inundó el aire, las motas brillaron como maquillaje barato. La chica se asomó al interior. La caja, en realidad, estaba llena de trastos.

Un bolígrafo, una agenda, un pequeño tupperware, montones de sobres acartonados, unas fotografías atadas con un cordel, un cenicero de cerámica, un caballito de mar disecado. La chica agarró el caballito de mar, lo levantó ante sus ojos. Tenía textura de barniz, la mirada opaca de quien ya nunca verá nada. Arrugó la nariz. El contenido de aquella caja no tenía sentido alguno. Era ecléctico, desgarbado, caótico como la vida.

—¡Recuerdos! —chilló.

Telmo ladró tras ella.

—¡Calla!

La chica estaba, sin duda, ante *la caja de los recuerdos* de la madre. Nunca había pensado que pudiera tener una ahí, bajo la cama, casi en el mismo lugar en el que ella guardaba la suya. Tampoco había pensado que tuviera cosas que meter en una caja como esa. La chica desató el cordel, ojeó las fotos. Allí estaban la madre-niña con sus padres, a los que la chica no había llegado a conocer porque habían muerto, según la madre, *jóvenes y pobres, pero satisfechos con la vida que habían llevado*. Un retrato escolar de la madre, con el pelo recogido en dos trenzas bajas, la mostraba sonriente y con un tremendo hueco entre las palas. La chica se tocó los dientes. También ella, siendo muy pequeña, había tenido ese vacío oscuro entre sus piezas infantiles. Otra imagen retrataba a la madre rodeada de niños que a la chica no le sonaban en absoluto, probablemente compañeros de clase. La madre-niña aparecía haciendo el pino, las palmas firmes contra el suelo y la lengua fuera, los pies sujetados por una compañerita de abundante pelo negro. La madre-niña, las mejillas salpicadas de pecas, parecía feliz cabeza abajo.

En otra foto, de bordes redondeados y tono descolorido, la madre-niña posaba con aquella misma compañera. Risueñas y con pantalones cortos, los calcetines llenos de migajas de hojas secas, sostenían ambos extremos de una comba. Al fondo se perfilaba el lago, sus aguas negras como colas de tejón. Un escalofrío le trepó a la chica por las vértebras.

La siguiente fotografía estaba tomada en la antigua Universidad de Ciencias.

La chica reconoció la cafetería, forrada con listones

311

de madera y repleta de vitrinas con trofeos. En la imagen aparecía ya el padre, joven y sosegado, los ojos más rasgados de lo que la chica recordaba. Posaba junto a la madre y esa chica del pelo negro, ahora con un mechón de canas ocupando la mitad del flequillo. Los tres reían y alzaban sus cervezas, la amiga hacía el símbolo de la paz con la mano. La chica se inclinó sobre la foto. Del cuello del jersey de la amiga salía un tatuaje que conocía bien, un tatuaje que una podía confundir con muchas cosas, pero que resultaba ser un aparato reproductor femenino lleno de arabescos, con sus trompas de Falopio y todo lo demás.

Así, se dijo la chica, que de eso se conocían su madre y Sofía. Habían sido amigas de niñas, amigas en la universidad. Y luego, en algún momento, habían perdido el contacto. Quizá a Sofía no le gustó que la madre se casara tan pronto, o que se quedara embarazada. Quizá la quería solo para ella. A veces las amistades femeninas eran así: posesivas, llenas de recelo. El resto de las fotos acogían un compendio de viajes, visitas a museos de historia natural, la madre posando junto a un enorme fósil, Sofía abrazada a una guitarra con flores y pájaros pintados, la madre y el padre compartiendo una pizza y una botella de vino.

La madre embarazada y en bañador, con una barriga espléndida, apoyada en el tronco de un pino llorón junto al lago.

La chica se acercó a la imagen.

Era la clase de retrato que una se hacía para recordar su embarazo. En la barriga alguien le había pintado flores y pájaros, iguales a los de la guitarra de Sofía. La madre no estaba *resplandeciente*, tal y como se suponía que las mujeres encintas deberían estar, sino sudada y con los ojos inflamados, pero sonreía y se miraba la enorme panza con afecto.

En la siguiente foto, protegida por una funda de plástico transparente, aparecía ella.

Un bebé diminuto, de piel enrojecida y llena de ronchas, dormitando en los brazos de la madre. Junto a la cabecera de la cama el padre, barbudo y con los cachetes color bermellón, sonreía señalándola. Sofía, con el pelo lleno de canas pese a su edad —si era de la misma edad que la madre, ahí debía tener veintitrés años— y unos anchos pantalones de lino, sostenía una larga tela en la mano. La chica abrió la boca de par en par. Era la bata de patchwork, con los colores mucho más vivos. La mostraba como si fuera una obra de arte, algo de lo que estar orgullosa.

La chica, inquieta, volvió a atar las fotografías con el cordel.

Aquellas imágenes, por curiosas que fueran, no tenían ninguna utilidad para encontrar a la madre, para saber dónde podía estar *ahora*. Volcó la caja sobre el suelo y la vida anterior de la madre se desparramó como granos de arroz. Había objetos, como el caballito de mar disecado, imposibles de interpretar. La chica agarró unos cuantos sobres, abrió el primero de ellos. Era una postal del padre. Una ilustración de un alcatraz patiazul y, en las líneas de texto, un *ojalá estuvieras aquí* escrito con premura. Otro sobre, amarillento por el paso de los años, contenía las notas de la madre en biología. La chica las repasó una a una. Algunas asignaturas habían cambiado, pero las troncales seguían siendo las mismas: *microbiología, fisiología animal y vegetal, ecología, zoología y botánica.*

En todas, sin excepción, la madre superaba el ocho y medio.

313

La chica se rascó la cabeza, que de pronto ardía como quemada por el sol. Aquellas notas eran algo excepcional, del todo inesperado. La madre nunca las había mencionado, probablemente porque ya había olvidado todo al respecto de la universidad y cualquier cosa que aprendiera allí. Por otra parte, tampoco el conocimiento de esas notas serviría para encontrarla ahora. Nada de lo que había allí traspasaba la membrana del tiempo, nada era capaz de colarse en el presente. Escuchó al chico gritar su nombre en la planta de abajo y comenzó a guardar los vestigios en la caja. Aunque supusieran un interesante ejercicio de arqueología, no era momento para entretenerse con ellos. Introdujo primero el caballito de mar disecado, luego el pequeño tupperware lleno de guijarros, las postales viejas, un cenicero de cerámica que, según comprobó con pasmo, estaba firmado por ella misma y pintado en color aguamarina, con infantiles dibujos de plantas trepadoras. La chica no recordaba en absoluto haber hecho aquel cenicero. Una iba borrando cosas de la memoria para acabar reduciendo la vida a solo una decena de recuerdos que se repetían sin parar. Cuando iba a cerrar la caja, la vio por fin.

Pequeña y plateada, como una escurridiza carpa en un estanque, la llave del archivador del padre reposaba entre la maraña de objetos.

La chica la agarró al instante, temerosa de que desapareciera de nuevo. No tenía la menor duda de que era la llave del archivador, la reconocería entre un millón de llaves. Frunció el ceño. Que la hubiera encontrado en aquella caja implicaba que había sido la madre la que no quería que accediera al archivador del padre, la que no quería que consultase sus últimas investigaciones sobre el lago y la criatura. No podía decirse, dadas las circunstancias, que vedar aquel conocimiento hubiera sido una buena idea.

La chica entró en su propio cuarto seguida por el perro. Agarró el cuaderno del padre que había recuperado del bungalow del tutor, ahora guardado en el cajón de la mesilla junto a la cama. El lomo aún estaba húmedo y las páginas se habían combado ligeramente. Aquel cuaderno había subsistido a la muerte del padre, a la traición de la hija y a las manos del tutor, a la huida nocturna por las aguas negras del Milagro. Era un superviviente.

Lo abrió por una página cualquiera. La letra del padre era cuidadosa, todas alineadas como si las hubiera escrito con una regla. La página contenía anotaciones sobre el pH del agua a distintas profundidades del lago, sobre las bacterias halladas en cada capa. La chica leyó en voz alta: «Pseudomonas, Paracoccus, Azotobacter». Aquellos bichos habitaban la capa bentónica del lago, la más profunda, aunque el padre estaba convencido de que, en algunos puntos, el Milagro debía ser muchísimo más hondo, cuajado de grutas laberínticas. Si la chica hubiera tenido ese cuaderno en su poder durante el viaje, estaba segura de que podría haber aportado mucho más al maldito Grupo C. De todos modos, no habría servido de nada. La estancia en Aguayela y el propio tutor parecían ya algo de otro mundo, una existencia anterior. Ni siquiera el colmillo de serpiente, que aún conservaba en el cajón del que había sacado el cuaderno, tan puntiagudo y letal, tan evidentemente físico, conseguía otorgarle veracidad. Continuó pasando las hojas del cuaderno. Las páginas centrales, apabullantes en color y textura, estaban atestadas de ilustraciones de la fauna local. El padre tenía el trazo preciso y armonioso de un dibujante botánico, como si siempre se hubiera dedicado a eso. La chica suspiró. Las virtudes del padre eran incontables y ella no había sido agraciada con ninguna. El padre, pensó, habría sabido cómo encontrar a la madre. Incluso al resto de las mujeres. Ángela y Priscilla, Gloria y Rebeca, la pobre Liliana, todas descansarían ya en la amabilidad de sus hogares, si es que sus hogares eran amables, o sencillamente seguirían en ellos, ocupando sus mecedoras y encendiendo sus hornos y todo lo demás. Entonces el cuaderno se le heló en las manos, como si tuviera su propio clima y el peor invierno acabara de empezar.

La doble página a la que había llegado, dibujada con primoroso detalle, acogía un retrato del padre.

No había duda de que era obra suya, aunque su trazo se había vuelto más urgente, como si alguien le apremiara para que terminase de una vez. El padre se había dibujado a sí mismo, retorcido de forma antinatural y con el rostro atravesado por el dolor. En su cuerpo quebrado se enroscaban decenas de tentáculos que emergían del cuerpo del monstruo marino que se levantaba tras él. El padre estaba siendo devorado, aniquilado sin compasión por la criatura. Una gota de sudor acuoso le escurrió a la chica por la sien y cayó sobre el cuaderno.

En el dibujo, la criatura, de numerosos apéndices y dientes en cada ventosa, contaba además con un pico en el centro de sus brazos. Era una especie de calamar gigante, un monstruo del estilo del *Architeuthis dux*, un calamar que podía alcanzar los trece metros. Sin embargo, se levantaba sobre tierra firme, más como haría un pulpo. Estos, al contrario que los calamares, podían retener agua en su manto y obtener oxígeno a través de la piel, lo que les permitía pasar pequeños periodos fuera del agua. La chica sabía que muchos pulpos habitaban en zonas intermareales, donde el nivel del agua bajaba un par de veces al día. Como el astuto depredador que era, el pulpo se arrastraba entonces hasta las pequeñas pozas que habían quedado aisladas, donde podría lanzarse sobre cangrejos y otras pobres presas sin escapatoria. Quedarse en una de esas pozas, en apariencia seguras por estancas, era en realidad lo peor que uno podía hacer. La chica tomó aire, posó la vista en la pared. Decidió que la idea del padre, pese a lo sórdido del dibujo, no era nada descabellada. Era una idea propia de un científico imaginativo, de un erudito a la caza de la verdad. No debía sentirse turbada, ni arquear la espalda como sentía que lo estaba haciendo. No había nada que objetar al respecto.

La siguiente página estaba garabateada con tal ímpetu que apenas tenía grosor. Con caligrafía más descuidada, más imprevisible, el padre había seguido tomando notas. La chica entornó los ojos, trató de enfocar las letras.

LA CRIATURA ME DEVORÓ, PERO SALÍ ILESO. LOS ELEGIDOS SALIMOS ILESOS. ¿HAY MÁS, O ESTOY YO SOLO?

La chica sintió cómo se mareaba, sus tripas volviéndose del revés. Trató de releer las líneas, pero era incapaz de concentrarse. Pasó las páginas del cuaderno sin apenas notar su tacto. Parecía que su mano fuera la mano de otra, una mano prestada que después de semejante tarea podría cortarse y tirar por el váter.

ESTÁ LA ESCALA DE LOS HOMBRES, QUE ES PERECEDERA, Y LA ESCALA DE DIOS. EN LA ESCALA DE DIOS, LA CRIATURA ES ALFA Y OMEGA, EL PRINCIPIO Y EL FIN.

El padre había cambiado el lápiz por un pincel, y ahora algunas letras estaban del revés. Las frases acababan abruptamente, faltas de resolución.

317

LA CRIATURA ME HABLA A TRAVÉS DEL AGUA. SU IDIOMA SON LOS CHARCOS, LAS CAÑERÍAS, LOS GRIFOS Y LA CRIATURA REVELARÁ LA VERDAD A TODO EL QUE ESTÉ DISPUESTO A ESCUCHARLA, PERO NO

—¡Oye! ¿Qué haces?

La chica cerró el cuaderno azorada, se giró hacia la puerta con ojos estrábicos. El sudor le había rizado el flequillo, mechones encrespados proyectaban sombras sobre su frente.

—Te estaba llamando.

Telmo se sentó a los pies del chico, él le acarició el lomo. Visto desde donde estaba ella, el chico parecía más un edificio que una persona, una especie de refugio antihuracanes, un hospital con servicio de urgencias.

—Ha llamado Sofía. Los espeleólogos irán esta tarde al lago, pasarán por el campamento. Ella está ya allí, cree que deberías ir. Puedo llevarte.

La chica asintió, se levantó apresurada. Ir al lago era perentorio; salir de allí, también. Rebuscó en el armario; se armó de bufanda y guantes. Al abandonar el cuarto, evitó mirar el cuaderno. Quedó sobre el suelo, solitario y frágil, un cuadrado negro en mitad del hogar, un agujero sin fondo.

XXXI

Un sol de sangre caía a plomo entre las cumbres, anunciando la noche. *La gran chatarra* gruñía más que nunca, como si en esos días hubiera desarrollado un feroz rechazo hacia la chica. Le pareció que viajaba dentro de un organismo vivo y que ese organismo vivo quería lo peor para ella. Telmo, entusiasmado, sacaba la cabeza por una ventanilla trasera. La lengua fuera, las orejas aleteando frenéticas contra el cogote. La chica observó su alegría con recelo. No había sido su intención llevar al perro al lago, pero el chico había insistido. Un cachorro como ese no se podía dejar solo en casa, le había dicho, no había que ser ningún lumbreras para saberlo. Ahora conducía en silencio, falto de palabras y gestos. La chica observó sus manos, las dos fijas sobre el volante, sin la menor tentación de dirigirse hacia ella. Todo lo que el mundo le había regalado ella lo había despreciado y condenado a desaparecer. Se daba cuenta ahora, en aquel coche extraño, con el ambientador en forma de abeto meneándose bajo el espejo retrovisor. Mirar aquel ambientador la llenaba de aflicción. Se acurrucó en el lado exterior del asiento y apoyó la cabeza en la ventanilla.

Lloró un par de lágrimas calientes, dulzonas, parecidas a su sudor. Le dio la sensación de que toda ella estaba hecha de ese líquido, de que toda ella era un testimonio de la tristeza. A través del cristal tintado de *la gran chatarra* el bosque parecía una versión alucinatoria de sí mismo, un sueño de ese mismo bosque soñado por alguien que nunca había estado allí. Empezó a llover, una lluvia fina pero persistente, y las hojas y las raíces se perlaron de gotas ocres. La chica levantó la cabeza. Lo que caía del cielo era agua mezclada con tierra, una lluvia de barro que nunca antes había visto.

Cuando *la gran chatarra* paró en la zona del campamento, Telmo saltó aparatoso por la ventanilla. Esperó ante el capó, observándolos, la cola agitándose como si le esperase una gran misión. La chica no salió tras él. Se demoró en el interior del coche, sin saber cómo despedirse.

—Sofía te está esperando —dijo el chico.

Ella asintió, metió una manga dentro del abrigo. El chico le pasó una correa granate, que sin duda había cogido del perchero del recibidor.

—Luego átalo, se te va a perder.

La chica agarró la correa, la dejó sobre su regazo mientras seguía trasteando con el abrigo.

—Tu madre es genial, ¿sabes?

El chico sonaba ofendido, un recelo añejo en su garganta. Lo miró a los ojos, desvalida, y eso pareció enfurecerlo aún más. Toda la simpatía que solía despertar en él se había desplazado hacia un lugar oscuro de su cerebro, un lugar inalcanzable. El chico pronunció las palabras despacio, dejando claro que no respondían a un error de cálculo, que no había en ellas ninguna improvisación.

—Ella no tiene la culpa de que tu padre se tirase al lago.

320

La chica intentó meter algo de aire en los pulmones, pero estos se negaban a responder debidamente. Así era su cuerpo: una pobre máquina rota, en absoluto fiable. Abrió la puerta sin despedirse y salió del coche, con pasos de borracha. Era complicado poner un pie tras el otro a su debido tiempo, caminar sin que las rodillas perdieran coordinación. No estaba hecha para el mundo y el mundo no estaba hecho para ella. Oyó a *la gran chatarra* rugir de vuelta a la carretera, sus propias pisadas sobre el camino de barro. En el fango, las huellas de Telmo parecían las de un diminuto dinosaurio, uno de esos de aspecto inofensivo, serenos comedores de hierba, que luego abrían la boca y eran todo dientes y restos de vísceras.

La lluvia había convertido el Campamento Salvamento en una especie de asentamiento para refugiados. Los bajos de las tiendas de campaña estaban embarrados, las botellas que un día habían conformado la escultura se desperdigaban lánguidas por el suelo. En el centro del claro, en círculo, las mujeres intentaban mantener la lumbre de una fogata. La llovizna había humedecido la leña y las llamas agonizaban, se replegaban y volvían al lugar del que habían salido. A la chica le pareció que se encontraba en la antesala de un gran funeral, uno que llevaba décadas celebrándose y al que ella llegaba ahora, tarde y mal vestida, con el pelo sucio y pegado al cráneo. Todo, de alguna forma, acababa allí. Sofía estaba de pie, con un fuelle en la mano, intentando insuflar algo de vida al fuego. Esbozó una sonrisa al verla, pero no era la sonrisa que la chica le conocía. Era más bien como si un par de dedos invisibles le estirasen de las comisuras de la boca en contra de su voluntad. Telmo eligió una esterilla y se enroscó sobre ella.

321

—Kaila.

La voz de Sofía, usualmente tan cristalina, sonaba ahora como la de un tísico, alguien con una enfermedad antigua y debilitante. Carraspeó antes de volver a hablar.

—Me alegro de verte.

La chica asintió, aunque nada de lo que sucediera en aquel lugar podría calificarse nunca de alegre y, a esas alturas, todas lo sabían. Las mujeres le hicieron hueco, Enma le alargó una silla plegable. Tenía unas ojeras nuevas, del color de la jacaranda, el pelo negro y crespo como borra. La chica ocupó su asiento y el trasero se le empapó al instante. Notó la ropa interior helada, pegada a la piel. El universo entero era un lugar gélido y hostil. Entre las mujeres que formaban el círculo estaban las hijas de Ángela, Priscilla y Rebeca. También la reportera, la hija de Gloria. Más morenas, pero en absoluto más saludables, con las zapatillas embarradas y los párpados superiores rendidos, telones de piel deseando cerrarse. La chica repasó el resto de las caras. Había mujeres a las que nunca había visto, rostros desconocidos. Buscaba a la hija de Liliana, la última desaparecida, pero tuvo la sensación de que ella no estaba allí, de que Liliana había sido abandonada por todos los que había conocido en su vida anterior, esa vida de mujer de mediana edad que acudía a un centro de desintoxicación para jugar al parchís con una hija de manos temblorosas. Solo aquellas mujeres, extenuadas y presas del cansancio y el frío, seguían haciendo guardia y rogando por su regreso. Le pareció que unas cuantas caras la observaban con desprecio.

—¿Has cenado?

Negó con la cabeza y Sofía rebuscó en una gran bolsa de lona, le lanzó un sándwich envuelto en papel film. La chica se preguntó si formaría parte de los víveres proporcionados por el tutor o si esa habría sido una iniciativa de

322

un solo día, algo emocionante que hacer una vez en la vida y sobre lo que hablar durante el resto del año.

—Come.

La chica se metió el sándwich en el bolsillo. Miró a su derecha. La hija de Rebeca, con su cazadora de Pizzas Dominique, tamborileaba con los dedos sobre sus muslos. Hablaba sola, moviendo la boca, pero sin que de esta saliera sonido alguno. La chica observó sus labios agrietados. En realidad, se dio cuenta, sí tarareaba algo, aunque muy bajito. Aguzó el oído, intentando descifrarlo. Le pareció que era esa canción infantil: *Rema tu barca río abajo, alegre alegre alegre, la vida no es más que un sueño.* Era una canción que solía cantar con el padre durante sus excursiones, y a veces aún creía oírla de sus propios labios o, por lo visto, hasta de labios de los demás. A su lado, la hija de Ángela se rodeaba las piernas flexionadas con los brazos. Un ojo se le cerraba cada pocos segundos, varias veces seguidas, como en un código morse que seguro pedía auxilio. Aquellas mujeres, pensó la chica, estaban al borde de la locura. Se sintió rodeada de iguales, pero eso no hacía la situación más llevadera. El silencio estaba contaminado por murmullos, por respiraciones agitadas, por el crujir de la hojarasca y el rasguño de las aves rapaces. Tenían que seguir hablando, decidió, o aquel silencio se las tragaría a todas.

—¿Sabemos cuándo van a llegar los espeleólogos?

Una mujer resopló con violencia a su izquierda. Era la hija de Priscilla, a la que ya había visto en la concentración junto a las pasarelas. Había menguado hasta convertir su cara en un montón de aristas; su piel, una máscara flácida cuajada de cicatrices de acné.

—No deberían tardar mucho —repuso Enma—. Se va a hacer de noche.

323

La chica apoyó la cabeza en las rodillas, se dejó mecer por la helada brisa. La herida de la pierna le palpitaba como si quisiera escapar de su piel, fundirse con el bosque y el firmamento violeta. Observó a Sofía azuzar las llamas. Luciérnagas de sangre volaron sin rumbo, llenando la noche de arañazos. Se imaginó siendo arrasada por ese fuego, solo un poco de polvo sobre el césped húmedo. Sofía dejó el fuelle y se sentó a su lado. Sacó su propio sándwich y le hincó el diente. El relleno era colorido y brillante, las gotas se le escurrían por los dedos y caían sobre el lecho boscoso. Mientras comía en silencio, la noche se hizo más densa, una noche sin luna y sin salida. Enma se irguió, repartió linternas para todas. Ninguna mencionó que, con tal oscuridad, los espeleólogos no tenían nada que hacer allí. Tendrían que acudir al día siguiente, si es que acudían, si es que no pensaban dejarlas eternamente esperando, sentadas en ese círculo triste cada vez más mudo. Enma sacaba las linternas de una bolsa impermeable y depositaba una en cada mano, todas distintas: faroles de camping, dinamos, grandes linternas de campamentos escolares. Las mujeres daban las gracias, las encendían y apagaban un par de veces para asegurarse de que funcionaban bien. A la chica le tocó un frontal para la cabeza. Lo encendió y un óvalo de luz blanca se dibujó en el suelo. El frontal era poderoso, iluminaba testarudo cualquier detalle. Observó el tatuaje del cuello de Sofía, su línea difuminada y grisácea.

—¿Te gusta?

Sofía se señaló el cuello.

—Es de los primeros. Tengo muchísimos.

La chica asintió pudorosa.

—Mira —dijo Sofía—. Este me lo hice con tu madre.

—¿Cómo? —Se sintió ofendida, de un modo nuevo y abrumador—. Mi madre no tiene tatuajes.

—¡Ya lo sé! —Sofía se subió la manga del jersey—. Me refiero a que ella me acompañó. Éramos muy jóvenes, de tu edad más o menos.

La chica no se sentía joven, ni ágil, ni cercana a la redención. Iluminó el antebrazo de Sofía y examinó el tatuaje. Era una silueta un tanto amorfa, desgastada por el paso de los años, pero no había duda de lo que representaba. Un caballito de mar, con la cola curvada en una espiral hacia arriba.

—Es de algo que robamos juntas.

La chica la miró desconcertada. Sofía, pese al cansancio y el desasosiego, parecía disfrutar de aquella conversación.

—Fue en un museo de historia natural. El guardia de seguridad le llamó la atención a tu madre por reírse. No sé de qué se reía. Entonces nos reíamos sin parar. Decidimos llevarnos algo, aunque fuera muy pequeñ...

—¡Cállate de una vez!

La chica se puso la mano en el corazón. El perro se despertó confundido; miró a su alrededor como si no recordara dónde estaba ni cómo había llegado hasta ahí. Ladró asustado.

—¡No quiero que habléis más, dejad de hablar!

La hija de Priscilla se levantó vacilante, los ojos le apuntaban hacia sitios distintos. En la bruma nocturna las pupilas se le habían vuelto brillantes, primitivas, como las de un gran reptil.

—Sí, sí. Tienes razón —musitó Sofía—. No es momento para contar anécdotas.

Las mujeres se mantenían en silencio, las manos apretadas entre las rodillas, las cabezas gachas. La respiración de la hija de Priscilla sonaba agitada, imponiéndose al ruido de las llamas. Sofía apoyó los codos sobre las rodillas, dulcificó la voz.

—Dime, ¿hay algo que pueda hacer para que te sientas mejor?

La hija de Priscilla lanzó un alarido bronco, desde el centro de su esternón. Echó a correr a través del claro. Telmo gimió, dio vueltas sobre sí mismo, se mordió el rabo.

—¡No vayas sola!

A través del claro, Enma persiguió la sombra de la hija de Priscilla. La chica las vio sumirse en la oscuridad, el haz de la linterna de Enma temblando sobre el césped gris. Antes de decidir imitarlas, ya corría tras ellas. Corría sin sentir el dolor, sin advertir el cansancio. Todo lo que podía hacer ahora era correr, eso era todo lo que le quedaba. Correría hasta que el cuerpo se le partiera en pedazos, hasta que solo quedaran de ella las uñas y los anillos. La boca le sabía a sangre, a la herrumbre más vieja del mundo. A su espalda escuchaba los pasos del resto de las mujeres, todas huyendo de algo, todas desesperadas por llegar a un sitio nuevo. El perro la adelantó, hundiendo las patas en el fango. El miedo le había enseñado a coordinar sus pasos, a desplazarse a toda velocidad. El miedo sin duda era el más productivo de los maestros, aunque la mayoría de sus lecciones estaban envenenadas.

La hija de Priscilla corría ya por la orilla del lago. La chica, con el frontal aún encendido en la frente, la vio tropezar con las raíces de los pinos llorones, meter los pies en madrigueras abandonadas, darse de bruces con la pared de roca que rodeaba el lago.

La hija de Priscilla palpó esa pared y después, como en un truco de magia, desapareció en una de las grutas que se abrían en ella. Telmo la siguió adentro. Cuando la chica llegó, paró ante la entrada de la gruta. Era un triángulo quebrado y oscuro, un vacío estrecho, con forma de colmillo. Aquel vacío, sintió la chica, quería que entrara en él. Aquel vacío y ella tenían la misma forma. Una mano la agarró del brazo y la chica se giró sin chillar, ya decidida, serena y ligera como un montón de plumas.

—Deberíamos esperar a los espeleólogos —rogó Enma—. Las grutas son muy peligrosas.

La chica se zafó de su agarre y la gruta, magnánima, se la tragó.

El interior de la montaña olía a piedra y a moho, a huevos podridos y a azufre. El suelo calcáreo era resbaladizo, lleno de pequeñas crestas y profundos agujeros. Había que caminar con la mirada puesta en todas partes: en las paredes que se estrechaban y se abrían cada pocos metros y en el techo cuajado de estalactitas, afiladas como picahielos en su parte inferior. La hija de Priscilla tenía que estar allí, unas decenas de pasos por delante, en alguna parte. Perturbada y sola. Encontrarla, se dijo la chica, era algo que podía hacer. Algo en lo que podía concentrarse durante un rato. Notaba los calcetines empapados en agua helada, la herida de la pierna entumecida. Caminaba despacio, los pies deslizándose por la roca a la menor oportunidad, las manos intentando agarrarse a cualquier saliente de la pared. Escuchó un siseo, un batir de alas, el aire filtrándose en la roca. Detrás de ella, las cabecitas de tres mujeres se movían apiñadas. La reportera, la hija de Ángela, la hija de Rebeca. Caminaban dubitativas, cogidas de una mano, las linternas encendidas en la otra. A lo lejos, el eco de los ladridos de Telmo rebotó en las paredes rocosas. Las hijas de las cuatro desaparecidas del lago Milagro avanzaban ahora al mismo paso y la chica sintió que juntas conformaban una unidad, un mismo organismo pluricelular.

—¡Allí!

La reportera, toda ella perlada de humedad como un ser mitológico, señalaba hacia el fondo de la gruta. Allí el espacio se abría en una bóveda de paredes relucientes, nacaradas, del color del yogur que empieza a fermentar. Luego se curvaba a la derecha, llevando hasta nadie sabía dónde. La hija de Priscilla, parada justo delante de la curva, miraba algo que nadie alcanzaba a ver. Las mujeres, temerosas, caminaron hacia ella. Estaba paralizada, una escultura de tela y piel. Sigilosa, la chica le apoyó la mano en el hombro. Estaba tenso como una correa. La hija de Priscilla no se inmutó, no volvió su rostro hacia ella. Miraba hacia el fondo de la gruta, tenuemente iluminado por sus linternas. Allí, a media decena de metros de distancia, quizá menos, una sombra las contemplaba inmóvil. La chica sintió su cuerpo desgajarse, el corazón temblar igual que si acabara de nacer. La reportera chilló.

—¡La criatura!

La sombra se agitó como si compartiera su temor. No cabía duda de que estaban ante algo grande, algo que podía destruirlas. La hija de Priscilla avanzó, un brazo alargado, y las demás se desplazaron tras ella. Allí era fácil trastabillar y perder el equilibrio, pero la criatura caminaba despacio, moviéndose sigilosa por la gruta, como si las esperase. Aquel era su territorio, su hogar de tuétano y sangre. No tenía prisa. La chica se sentía ingrávida, transportada, en otro plano de existencia. La gruta se volvía cada vez más irregular y en el suelo se abrieron agujeros, negros y eternos, hambrientos de algo que masticar. Por delante de ellas, la chica vio cómo el perro tentaba un agujero con una de las patas delanteras. Asustado ante su vacío, gimió y volvió al camino. Estaba tan mojado que parecía otro animal, una alimaña sacada de un río. Caminaba hacia todas partes, dudando, desconcertado por los ecos de la gruta y por su propia soledad. La chica lo vio desaparecer tras un recodo.

—¡Cuidado! —La hija de Ángela abrió los brazos, impidiendo el paso de las demás—. Hay que rodearlo.

Ante las mujeres se abría un agujero del tamaño de una piscina hinchable. La sombra de la criatura apenas se meneaba, quieta a unos metros de ellas. La chica la miró y, le pareció, la criatura le devolvió la mirada. La chica y la criatura, por fin, estaban frente a frente. Se observaban la una a la otra, dialogando, como si fueran la misma cosa. El aire estaba helado, la chica bullendo por dentro. Cuando resbaló en el suelo húmedo y cayó de rodillas, la criatura, compasiva, se agachó con ella. La verdad golpeó a la chica como un retrovisor roto. Se sentó, mareada y lúcida. Aquella era una de esas cosas que *no se sabían hasta que se sabían* pero que una vez alcanzadas eran tan ciertas como el fluir de la sangre en las venas, como la luna pendiendo del cielo. Sintió que aquel conocimiento la había estado esperando, paciente, inasequible al desaliento, mientras ella daba palos de ciego a su alrededor. Despacio, la chica levantó un brazo. La criatura se irguió, se hizo más esbelta. Acto seguido, la chica se movió hacia la izquierda. La criatura la imitó, moviéndose con ella. La chica se llevó las manos a la boca, como si aquellas palabras necesitaran ayuda para salir.

—Somos nosotras —musitó.

Las mujeres, ocupadas en no despeñarse por el agujero, no le hicieron el menor caso. Se agarraban las unas

329

a las otras y se daban órdenes, desorientadas y torpes, una maraña de piernas y manos.

—¡Mirad! —gritó la chica—. ¡Moveos hacia la derecha! Las mujeres, apretujadas y sobrecogidas, la miraron sin entender. La chica debía ser presa del delirio, hablaba en el lenguaje de la puerta trasera del mundo. Un lugar por el que la cordura salía y ya nunca se la volvía a ver. La chica señaló la sombra, inmóvil sobre la pared de roca.

—¡Somos nosotras! —dijo, y el eco de la cueva le devolvió su propia revelación.

La reportera rompió a llorar, encogida como un animal cautivo. La hija de Ángela la miró, algo brilló en sus ojos y luego siguió su camino. Quizá, pensó la chica, un atisbo de reconocimiento, una confirmación fugaz. Quería zarandear al resto y gritarles que no podía estar más claro, que aquella criatura a la que perseguían no era más que su sombra, que el único monstruo eran ellas. Que todas, de un modo u otro, habían hecho que sus madres desaparecieran. Al momento, algo se le echó encima. La hija de Priscilla, enajenada y tambaleante, lanzaba puñetazos ciegos en dirección a la chica. Pegaba con la ferocidad de los niños, los ojos entornados y los brazos hacia delante, sin dar espacio a la réplica. Así era como iba a morir, auguró la chica, derrotada en las entrañas pestilentes de la tierra pero al fin segura de algo. Escuchó aullar a la hija de Priscilla y la contempló a través de sus dedos, protegiéndose la cara con las manos. Ante la mirada estupefacta de todas, la mujer perdió pie una y otra vez, traicionada por la superficie húmeda de la gruta. Los pies le bailaban desesperados, incapaces de seguir el ritmo del suelo. Antes de que pudieran reaccionar, la hija de Priscilla se precipitó hacia uno de los agujeros. La chica la oyó rebotar contra las paredes, su grito extinguirse en el abismo rocoso.

La comitiva salió de la gruta muda, cada mujer concentrada en el suelo y en sus propios pasos. Aquel lugar no era más que una gran ratonera, una trampa a la que ellas mismas se habían lanzado. Bajo los cepos más oxidados, sin embargo, residía a veces el verdadero discernimiento. El perro se agitó en brazos de la chica, un lastimero ovillo de pelo. Le pareció que estaba más flaco al tacto, puro hueso y temblores, como si hubiera empezado a extinguirse desde que la madre se lo había confiado. Estrechó al animal y su frío se le pegó al esternón, inundándole todo el pecho.

—Lo has visto, ¿verdad?

La reportera tomó del brazo a la chica, obligándola a parar. El perro tiritó exhausto. Olía a tierra revuelta, a bodega cerrada durante años. Desde donde estaban, la chica podía ver a Sofía y al resto de las mujeres repartiendo mantas, a las hijas de Ángela y Rebeca ya envueltas en capas apolilladas.

—Había algo enroscado en el pie de esa mujer, algo que la ha hecho caer al agujero.

La chica sintió los años pasar a través de ella, cada suceso de su vida ocupando el lugar preciso. La reportera apretó los dedos en torno a su brazo, sacudiéndola ansiosa.

—¿No lo has visto?

La chica negó con la cabeza.

No había visto nada y, sin embargo, sentía que ahora podía verlo todo, que los ojos le habían mudado la piel. Habían adoptado otro color y otra forma y observaban el mundo a vista de pájaro, en toda su extensión, tal y como realmente era.

331

—Tengo que atender al perro —repuso—. Tiene que comer.

La chica se alejó de la reportera, dejó la gruta atrás. Notó cómo su entrada se hacía más pequeña, cómo se reducía hasta el tamaño del cerebro de un cocodrilo. Ahora, decidió, se dejaría envolver por aquellas mujeres en una manta vieja, abrigaría con otra al perro, lo alimentaría con el sándwich húmedo que guardaba en su bolsillo. Lo acunaría con tesón, delicadamente, hasta que se quedara dormido. Volverían a la casa en la que había crecido y le mostraría cada recoveco. Los rincones más tibios en invierno, el cruce de corrientes en verano. Dejarían siempre encendida la luz de la cocina, todas las horas del día, para que otros supieran que estaban allí. La madre, fuera cual fuera su paradero, sabría que podía volver, que la estaban esperando.

La chica alzó la cara hacia el cielo. La noche, todavía sin luna, estaba ahora colmada de estrellas.

Mientras estrechaba al perro, ya adormilado, distintas criaturas se desperezaban y bullían bajo tierra, esperando el momento de salir a la superficie.